Hijas de la luna

Die Legende der Töchter des Mondes

Band 2

von

Jaliah J.

Impressum

Alle Rechte am Werk liegen beim Autor
J., Jaliah
Hijas de la luna
Die Töchter des Mondes Band 2

Berlin, Dezember 2014
Zweitauflage
Lektorat: Günter Bast
Cover/Bildgestaltung: Klaud Design – Marie Wölk

Herstellung und Verlag:
BoD - Books on Demand, Norderstedt

ISBN 978-3-7347-3191-4
www.jaliahj.de

Dieses Buch widme ich an erster Stelle meinem Lektor, Günter Bast, der sich sehr viel Mühe gibt, sehr viel Zeit investiert und den ich mit meiner Namenswahl jedes Mal zum Verzweifeln bringe.

Genauso gilt auch ein großer Dank an diejenigen, die mich neben meiner Familie und Freunden auch über das Internet sehr unterstützen, die Mariposa-Familia, vielen Dank und ich hab euch alle ganz tief ins Herz geschlossen.

Chronik

Der Clan der Yasus

Calin:	24 J., Anführer des Rudels
Luca:	16 J.
Vlad:	17 J.
Radu:	22 J.
Tolja:	20 J.
Davud:	23 J.

weitere Personen vom Yasus-Clan

Cesar:	22 J., Bruder von Calin
Ovid u. Adina:	Eltern von Calin und Cesar
Sora:	Zwillingsschwester von Vlad
Graham:	Stammältester

Der Zirkel der Vampire

Vladan:	Anführer des Zirkels, 879 J., mit 28 J. verwandelt
Catalina:	613 J., im Alter von 23 Jahren verwandelt
Lucian:	613 J., im Alter von 24 Jahren verwandelt
Nicola:	480 J., im Alter von 21 Jahren verwandelt
Dorian:	502 J., im Alter von 22 Jahren verwandelt
Tristan:	300 J., im Alter von 30 Jahren verwandelt

Die Wächter

Gabriel, Felicitas und Raphael

Die Töchter des Mondes

Saphira:	20 Jahre
Luna:	16 Jahre

Kapitel 1

Saphira sieht der aufgehenden Sonne entgegen. Es ist mitten im Winter hier in Barnar. Die, die hier ihr ganzes Leben verbracht haben, behaupten aber, er habe noch nicht einmal richtig angefangen und doch ist Saphira nur noch kalt. Die Kälte steckt tief in ihren Knochen und sie hat das Gefühl, Wärme schon ewig nicht mehr gespürt zu haben. Sie sieht in den Himmel, der Wind umfasst ihr Gesicht. Es fühlt sich so ewig an, dabei ist es gerade mal drei Tage her, dass sie Wärme gespürt hat, Calins Wärme. In dem Moment, wo sie sich vereinigt haben, war ihr warm, sie hat ihn gespürt, sie waren eins. Doch seitdem hat sich alles geändert. Saphira sieht noch einmal in den Wald. Sie hat diesen schon am ersten Tag, als sie und Luna hier nach Barnar gekommen sind, nicht gemocht, nun hasst sie ihn. Als sie sich ganz sicher ist, dass keine Gefahr mehr droht, kehrt sie zurück in ihr Zimmer.

Saphira ist erschöpft, übermüdet, seit der Nacht, in der sie angegriffen wurden, hat sie nachts kein Auge mehr zugetan. Erst wenn die Sonne aufgeht, schläft sie etwas, aber sie spürt nach diesen drei Tagen deutlich, dass es bei Weitem nicht ausreicht. Doch so sehr sie versucht daran zu glauben, dass sie sicher ist, sie schafft es nicht, die Angst loszuwerden. Sie kann nicht einmal fernsehen, sie starrt nur aus dem Fenster und sieht zum Wald, der Gefahr, der sie jetzt schon einmal ins Auge gesehen hat und die sie seitdem nicht mehr loslässt, entgegen. Sie geht erst einmal zu Luna hinüber und sieht ihre Schwester noch schlafen. Luna schafft es zwar einzuschlafen, aber Saphira ist wach.

Sie hört, wie ihre Schwester jedes Mal aufschreckt, weil ihre Träume sie quälen. Manchmal legt sie sich zu ihr, aber dann ist die Gefahr zu groß, dass sie selbst die Augen schließt und sie geht wieder zum Fenster. Sie kann und will nicht schlafen, wenn es Nacht ist und sie in Gefahr sind. Noch nie hatte sie ein derartiges Gefühl, eine ständige Beklemmtheit, die sie aufzufressen scheint. Luna greift neben sich und seufzt enttäuscht im Schlaf auf, Saphira wendet sich ab und schließt die Tür. Vlad war nicht mehr hier, auch Calin nicht. Sie haben keine Zeit, sie sind entweder in der Hütte im Wald, in der sie Amanda untergebracht haben und wo diese rund um die Uhr bewacht wird, oder sie bewachen nachts das Gebiet. Nicht mal zwei Minuten hatten sie nach diesem Tag Zeit.

Beide rufen des Öfteren an, um sich zu erkundigen, ob alles in Ordnung ist, aber zu mehr sind sie nicht in der Lage. Saphira weiß nicht mal, wie sie alle mit dem Tod von Luca umgehen. Nachdem sie Saphira und Luna nach Hause gebracht haben, sind sie zusammen zu seiner Mutter gefahren. Ihre schmerzvollen und verzweifelten Schreie über den Verlust ihres Sohnes sind durch die ganze Stadt gefegt, wie eine Warnung. Ein Signal, was nur diejenigen deuten können, die wissen, dass dies nur der Anfang war.

In ihrem Zimmer legt sich Saphira auf ihr Bett. Sie hört Anis aufstehen, lauscht den vertrauen Klängen der Kaffeemaschine, vernimmt das Rascheln der Tüten, das Öffnen der Kühlschranktür und schließlich die Haustür. Zum Glück sind gerade Ferien und Luna muss nicht zur Schule, Saphira hat heute die Spätschicht, so kann sie sich noch etwas ausruhen. Doch als sie die Augen schließt, holen sie die Bilder wieder ein, die Vampire, die sie angegriffen haben. Von Calin, wie er als Wolf gekämpft hat, die Vampire zerstückelt hat. Auch wenn sie weggesehen hat, dieses Geräusch wird sie niemals vergessen. Die gierigen Blicke, die die Ruhelosen ihr zugeworfen haben, ohne Verstand, wie in einem Rausch, einfach wie Tiere.

Dass Vladan, Nicola und die anderen auch zu ihnen gehören, kommt ihr dabei unbegreiflich vor. Nicola hat ein paar Mal versucht sie anzurufen, doch Saphira brauchte erst einmal Abstand zu allem. Sie weiß nicht, was jetzt mit ihnen ist, sie hat gesehen, dass sie alle sehr sauer darüber waren, dass Calin sich durchgesetzt hat und diese Amanda verschont hat. Auch das geht nicht aus Saphiras Kopf, ist sie vielleicht seine Seelenverwandte? Amanda ist nun eine Vampirin, aber Calin scheint das nicht zu akzeptieren. Und immerhin ist er seitdem auch nicht mehr bei Saphira gewesen. Saphira schließt die Augen, sie ist müde, über all das nachzudenken.

Calin überprüft erneut die Vorhänge in dem alten Blockhaus, sie haben mühevoll jedes Loch ausgestopft, die schwersten und dunkelsten Stoffe benutzt, um die Tür und die Fenster abzudichten. Die Fenster hat Vlad mit Brettern nochmal extra zugenagelt, es darf kein Sonnenstrahl nach innen dringen. Er sieht sich im Blockhaus um. Es gibt ein Bad und eine kleine Kochnische, mehrere Matratzen sind auf dem Boden verteilt, damit sie wenigstens ein paar Stunden schlafen können. In der Ecke steht ein richtiges Bett, auf dem gerade Amanda nach ihrem nächtlichen Kampf eingeschlafen ist. Calin atmet tief durch und sieht zu Davud, der den Kopf schüttelt. Sie alle konnten Amanda nicht töten oder dieses zulassen. Sie war ein Teil von ihnen, doch die letzten Tage haben gezeigt, dass von der alten Amanda nicht mehr viel da ist. Die ganze Nacht ist ein einziger Kampf, sie ist sogar mit Handschellen kaum zu bändigen.

Sie stellen ihr Essen hin, was sie erst immer weggeschlagen hat, mittlerweile isst sie wenigstens etwas, aber nicht genug. Sie schreit, beschimpft sie, benimmt sich wie eine Wahnsinnige, egal wer vom Rudel an sie herantritt. Sie beißt um sich, mit Worten bei ihr durchzudringen ist unmöglich, aber Calin wird nicht müde es zu versuchen, auch wenn er merkt, dass die anderen langsam aufgeben. Ihm fällt es auch schwer, in ihre schwarzen Augen zu sehen, ihre wilden Bewegungen, ihre Zähne, doch Calin weiß, dass tief in ihr die Amanda steckt, die früher so herzlich gelacht hat, womit sie jeden angesteckt hat. Die Amanda, mit der er seine ersten Erfahrungen gemacht hat, die ihm so viel bedeutet hat als Freundin, ihnen allen.

Ihre braunen Locken fallen ihr noch immer wild ins Gesicht, sie hat die gleiche Blässe wie alle Vampire, ihre Gesichtszüge sind noch weicher geworden, elfenhaft. Sie war immer wunderschön, doch jetzt sieht sie aus wie eine Göttin, auch wenn sie sich nicht so verhält. Calin sieht zu ihr, sie windet sich im Schlaf, auch wenn sie jetzt etwas zu sich nimmt, es reicht nicht, noch lange nicht. Calin weiß, dass sie Blut zu sich nehmen muss, sie lechzt danach. Gabriel hat ihm verraten, dass die ruhelosen Vampire öfter als Vladans Zirkel trinken und sie es häufiger brauchen. Calin flucht und sieht zu Vlad, der todmüde auf der Matratze eingeschlafen ist.

Sobald die Sonne aufgeht, gibt sie ihren Kampf auf und sie können sich etwas zurücklehnen. Calin geht in die Kochnische und reißt sich ein Stück von dem Brot ab, das seine Mutter gebacken hat, sie versorgt sie von ihrem Zuhause aus. Calin weiß, dass sie, Ovid, alle, sich große Sorgen machen neben der Trauer um Luca, doch keiner von ihnen darf herkommen. Sein Blick fällt auf ein Bild, auf dem Amanda, Davud, Tolja, Sora und er zusammen am See sind und herumalbern. Das war noch vor der Verwandlung, vor dem Unfall, er sieht zu Amanda. Nein, er war damals nicht für sie da, er wusste von nichts, konnte nicht verhindern, dass der Vampir sie verwandelt hat, jetzt wird er für sie da sein, so lange, bis die alte Amanda wieder hervorkommt.

Saphira hat wenigstens ein paar Stunden geschlafen. Gegen Mittag fährt sie langsam los zum Buchladen, sie kann es nicht übers Herz bringen, Luna grübelnd alleine im Haus zu lassen und überredet sie mitzukommen. Bevor sie zum Laden fahren, halten sie vor dem Geschäft von Vlads und Soras Vater und sehen nach, ob Sora da ist, aber der Vater verneint dies, selber noch sichtlich berührt von Lucas Tod, sie sei zu Hause und ruhe sich aus. Sie ist noch nicht so weit, erklärt er niedergeschlagen, dann wendet er sich an Luna und fragt, ob wenigstens sie Vlad in den letzten Tagen zu Gesicht bekommen hat, doch sie verneint traurig.

Man sieht dem älteren Mann in seinen faltenumringten Augen die Sorge und Trauer an, doch er nickt nur und streichelt Luna leicht über die Wange. »Es wird alles wieder gut, da bin ich mir ganz sicher.« Auch wenn erkennbar ist, dass er das selbst nicht glaubt, nicken Saphira und Luna ebenfalls. Hier scheint man sich bereits schon damit abgefunden zu haben, dass solche Sachen passieren, dass es dazu gehört, wenn man Teil des Rudels ist. Saphira weiß nicht, ob sie das noch trauriger machen oder sie wütend werden sollte. Sie weiß auch nicht, was man ändern kann, was passieren wird, was genau mit dieser Amanda ist. Sie weiß momentan gar nichts.

Im Buchladen angekommen ist zum Glück gleich viel zu tun, es wird immer kälter, schneller dunkel, mittlerweile ist es nur noch einige Stunden hell, was viele dazu bringt mehr zu lesen. Luna hat im Gegensatz zu Saphira nie besonders viel gelesen. Ihr haben die Bücher gereicht, die sie von der Schule aus lesen musste und sie zieht sich auch gleich in eine Ecke auf die Couch zurück zum Grübeln.

Vielleicht ist es doch nicht gut, dass Ferien sind, je beschäftigter man ist, je weniger Zeit man hat, über diese verworrene, aussichtslose und vor allem unveränderbare Situation nachzudenken, desto besser. Saphira konzentriert sich ganz auf die Kunden, berät viel ausführlicher als sonst, fast schon flehend die Gespräche, die sie zwingen, an etwas anderes zu denken, nicht enden zu lassen. Als sie das nächste Mal nach Luna sieht, bemerkt Saphira, dass die sich in die Mystery-Ecke gesetzt und einige Bücher aufgeschlagen hat.

Vielleicht geht es ihr genauso und sie will sich ablenken. Saphira widmet sich wieder den Kunden und erst, als etwas später die Tür aufgeht und Nicola grazil und schön wie immer hereinkommt, blickt sie auf. Marion begrüßt sie freundlich und Nicola schenkt Saphira ein aufmunterndes Lächeln. »Wenn du nicht reagierst, komme ich zu dir!« Saphira bedient die Kundin, die sie gerade zu einem alten Klassiker überreden konnte, noch zu Ende, dann umarmt sie Nicola. Sie ziehen sich zu Luna in die Ecke zurück. Viel Kontakt hatte Luna noch nicht zu Nicola, aber Saphiras kleiner Schwester scheint es auszureichen, dass Saphira ihr vertraut und sie lächelt Nicola freundlich an. »Saphira sieh mal, was ich entdeckt habe, hier hat einer aufgelistet, wie man Vampire wieder zu Menschen verwandeln kann.«

Luna hält ihnen aufgeregt das Buch entgegen. Saphira sieht sich um, doch es scheint niemand etwas mitbekommen zu haben. »Psst, nicht so laut!«, weist sie ihre Schwester an und Nicola nimmt ihr das Buch aus der Hand. »Deine Schwester hat aber einen ganz anderen Buchgeschmack als du. Das sind alles Ammenmärchen, guck doch, die behaupten auch, wir vertragen kein Knoblauch. Lucian kann gar nicht genug davon bekommen. Es gibt keinen Weg, eine Verwandlung rückgängig zu machen, glaub mir. Gäbe es einen, wüssten wir davon. Tristan hat jahrelang nach so einer Möglichkeit gesucht, es gibt keine! Wenn man einmal verwandelt ist, bleibt das so!« Nicola klappt das Buch zu und wirft es unsanft auf den Haufen zurück. »Papierverschwendung! Wieso wollt ihr das eigentlich wissen?« Luna setzt sich frustriert wieder hin. »Wegen dieser Amanda, wenn das Problem mit ihr gelöst ist, können die Männer wieder etwas mehr zur Ruhe kommen ... zumindest ein wenig.«

Nicola sieht verwundert zu Saphira. »Sie lebt noch? Ich ... wir waren davon ausgegangen, dass Calin nach einem Tag aufgibt und sie beseitigt. Sie ist eine Ruhelose, was will er erreichen?« Saphira zuckt die Schultern. »Ich weiß es nicht, ich habe kaum mit ihm gesprochen seit ... das alles passiert ist.« Nicola seufzt genervt auf. »Ich gehe mir das mal ansehen. Vladan wird ausflippen, wenn er erfährt, dass sie noch da ist. Die letzten Nächte sind sich alle aus dem Weg gegangen, auch wenn wir gemeinsam das Gebiet bewacht haben. Vladan ist eh extrem nervös, ich werde mal sehen, was die Wölfe so treiben, bevor er das tut, mich werden sie vielleicht nicht gleich auffressen.«

Saphira blickt entschlossen zu Luna. »Wir kommen mit!« Sofort ändert sich Nicolas Blick. »Oh nein, dann werden sie mich auffressen!« Saphira denkt gar nicht daran, mit Nicola darüber zu diskutieren. Wieso ist sie nicht viel früher auf die Idee gekommen dorthin zu fahren? Sie weiß, wo die Hütte ungefähr liegen müsste, man kommt mit dem Auto in die Nähe, ein kleines Stück muss man laufen. Sie liegt fast an dem See, sie sind damals dort bei ihrem Spaziergang mit Vlad und Luna vorbeigelaufen. Saphira geht direkt zu Marion, die heute eh mit ihr zusammen im Geschäft ist, weil sie auf eine Lieferung wartet und sagt ihr Bescheid, dass sie etwas zu erledigen haben und fragt, ob sie gehen kann. Zum Glück ist Marion in solchen Sachen sehr entgegenkommend und sie verlassen das Geschäft. Saphira sieht zur verschlossenen Werkstatt und ihr Herz zieht sich zusammen, sie muss wissen was da los ist.

»Nein, das ist keine gute Idee. Erstens, die Wölfe werden stinksauer sein, zweitens ist dort ein ruheloser Vampir, der wahrscheinlich schon lange kein Blut mehr zu sich genommen hat und der auch so schon nach euch lechzt, womit wir gleich zur dritten Tatsache kommen, dass gerade der gefährlichste Vampir und wahrscheinlich 100 andere Ruhelose hinter euch her sind. Ihr solltet doch eigentlich wissen, dass ihr, besonders wenn es dunkel ist, gar nicht mehr alleine raus oder direkt nach Hause fahren sollt.« Saphira geht zu ihrem Auto, Luna folgt ihr. »Wir fahren, komm mit oder nicht, Nicola, aber ich will wissen was da los ist!« Nicola verschränkt die Arme vor der Brust. Wenn die Situation nicht so ernst wäre, hätte Saphira sicher losgelacht. Da steht eine atemberaubend schöne Frau, die auch noch unmenschliche Kräfte hat, weil sie ein Vampir ist und … schmollt.

Nicola wendet sich an Luna, in der Hoffnung bei ihr Unterstützung zu finden, doch die zuckt die Schultern. »Ich will Vlad sehen, ich vermisse ihn und wenn du dabei bist, kann uns doch nichts passieren. Außerdem wird die Stadt doch bewacht.« Nicola seufzt aufgebend. »Na gut, aber wenn die Wolfis ausflippen, seid ihr Schuld. Und wir nehmen dein Auto, mit meinem Wagen fahre ich nicht in die Pampa.« Sie steigen in Saphiras kleinen roten Liebling und fahren los. Sobald sie an die Wälder kommen, wird die Straße holpriger. Saphira denkt an Calins Worte beim Autokauf, dass der Kleinwagen nicht für diese Gegend gemacht ist und betet, dass sie so nah wie möglich herankommen.

Auch wenn Nicola sie begleitet, die Angst sitzt ihr im Nacken und je mehr sie in die Dunkelheit fahren, umso panischer wird sie.

Nicola scheint das zu bemerken. »Alles okay? Dreh doch einfach um, Saphira, ich gucke später alleine nach und erzähle dir dann alles«, versucht sie noch einmal einzuwerfen, doch Saphira hält schon am Waldrand, wo sie weiß, dass es von hier nur ein paar Schritte bis zur Blockhütte sind. Sobald sie aus dem Auto steigen, ist Luna an ihrer Seite. Auch sie kann ihre Angst nicht gut verstecken, und Saphira bereut den Entschluss herzukommen bereits. Nicola jedoch stellt sich genau zwischen sie und deutet ihnen loszugehen. »Ich bin ganz wachsam, es ist niemand fremdes in der Nähe, ich pass auf«, verspricht sie und sie gehen in den Wald hinein.

Saphira Herz klopft bis zum Anschlag. Die Dunkelheit, die Geräusche, die Erinnerungen, sie hat das Gefühl keine Luft mehr zu bekommen, doch zum Glück entdecken sie die Hütte wirklich schnell und laufen darauf zu, als wäre es ihre Rettung, wobei doch darin eine Gefahr lauert. Je näher sie kommen, desto mehr nehmen sie ein Geräusch, ein Schreien wahr. Saphira bekommt überall am Körper eine Gänsehaut. »Sie hat euch bereits gerochen«, flüstert Nicola, drängt sie aber zum Weitergehen. Doch sie kommen gar nicht zur Hütte, Calin kommt schon vorher herausgestürmt, hinter ihm Tolja. »Was zur Hölle denkt ihr euch, hier aufzutauchen?«, fährt er alle drei wütend an. Saphira sieht erschrocken zu ihm, er trägt nur eine Jeans, ist obenherum nackt, es sieht so aus, als wäre er gerade schwer beschäftigt gewesen. »Wir wollten sehen, was bei euch los ist.« Nicola findet als erstes ihre Sprache wieder und Calin blickt zu Saphira.

Als sich ihre Augen treffen und Saphira nur Wut in seinen entdeckt, wird ihr schlecht. »Wo ist Vlad?«, mischt sich nun auch Luna ein, doch Calin starrt weiter zu Saphira. »Ich dachte, ihr hättet endlich verstanden, wie gefährlich es für euch ist und dass nachts durch den Wald zu wandern das Letzte ist, was ihr tun solltet.« Saphira spürt ihre Tränen hochkommen, sie ist wütend und normalerweise, wenn sie wütend ist, kann sie sich auch nicht beherrschen, das alle wissen zu lassen, doch wenn sie so wütend und verletzt ist wie in diesem Augenblick, wird sie sprachlos und ihre Gefühle nehmen überhand.

»Hey, Waufi, beruhige dich mal wieder! Sie sind ja mit mir hier.« Nicola versucht die Situation zu entschärfen, doch die Frau im Haus kreischt immer mehr, immer schrecklicher. »Erkläre du mal lieber, wieso dieses kreischende Etwas noch da ist.«

Calin wendet sich an Nicola, kurz verschwindet sein wütender Gesichtsausdruck und man sieht ihm seine Erschöpfung an. »Sie ist kein Etwas, sie ist eine alte Freundin und keiner fasst sie an!« Nicola stemmt die Hände in die Hüften. »Kann es sein, dass das dein neues Lieblingswort ist? Weiß Gabriel, was ihr hier so treibt?« Tolja tritt nun auch ganz an sie heran, er hat dunkle Ringe unter den Augen, doch im Gegensatz zu Calin ist er angezogen. »Vlad ist auf Patrouille, Luna«, beantwortet er die Frage von vorhin und sie seufzt enttäuscht auf. »Geht nach Hause, ihr habt hier nichts verloren, es ist zu gefährlich, es ist so schon schwer und ihr macht es noch schlimmer.« Calin scheint nicht mehr ganz so wütend zu sein, und Saphira bemerkt, wie Nicola Calins Arm betrachtet, was dieser auch zu bemerken scheint und ihn schnell wegdreht. »Ihr Schwachköpfe, lasst mich zu ihr! Was denkt ihr eigentlich, was ihr da tut?«

Nicola wird immer aufgebrachter. Saphira will nun auch einen Blick auf Calins Arm werfen, doch der weiß das zu verhindern. Er nickt sauer und sieht zu Tolja. »Bring die beiden nach Hause!« Tolja schnauft leise auf. »Bist du sicher, ihr schafft das mit zwei Vampiren?« Nicola sieht ihn nur empört an, doch bevor die Diskussion weitergeht, wendet sich Saphira ab und geht wieder in Richtung Auto, bevor ihr die ersten Tränen über die Wange laufen.

Sie bemerkt, wie Luna neben ihr herläuft. »Saphira!« Sie hört Calin, doch reagiert nicht. Tolja folgt ihnen. »Saphira, warte!« Sie hört auch Calins Fluchen, doch nachkommen tut er ihr nicht, und Saphiras Enttäuschung wächst mit jeder Minute. Der Schmerz über sein Verhalten brennt in ihr. Sie weiß, dass er andere Sorgen hat, doch sie wollte ihn sehen, teilhaben, ihn vielleicht unterstützen, wenigstens einmal in den Arm nehmen, irgendetwas, aber nicht das.

Die ganze Rückfahrt sieht Saphira nur aus dem Fenster, niemand sagt ein Wort. Sie spürt, dass es Tolja unangenehm ist, er hat ihre Tränen gesehen und auch Lunas enttäuschtes Gesicht. Als er vor dem Haus hält und sie alle aussteigen, wendet er sich noch einmal an sie. »Seid nicht sauer, es ist nicht leicht für sie, für alle.« Diesmal wendet sich Luna sauer ab. »Für uns auch nicht!« Saphira folgt ihr ins Haus, während Tolja bedrückt in Richtung Wald geht.

Kapitel 2

Calin flucht laut, das alles wächst ihm über den Kopf. Er sieht Saphira nach, wie sie enttäuscht davongeht und sie hat recht, doch er kann das alles gerade nicht ändern. »Komm schon, Wulfi.«. Er wendet sich um und sieht Nicolas sauer an, eigentlich keine schlechte Idee, an der Vampirin seine Wut auszulassen, doch das würde alles nur noch komplizierter machen und noch mehr Probleme verursachen. Nicht nur mit Vladan und Gabriel, sondern auch mit Saphira, allein das regt ihn schon auf. Die Frau, die er liebt, muss sich genau eine Untote als Freundin suchen. Nicola läuft unbeirrt zur Hütte, doch bevor sie eintritt, hält Calin sie auf. »Hör mal, sie mag dir nichts bedeuten, aber uns bedeutet sie etwas, also verhalte dich auch danach!« Nicola sieht ihn aus ihren schwarzen toten Augen an, für einen Augenblick bildet sich Calin ein, etwas Menschliches darin zu entdecken. Sie seufzt etwas genervt auf, aber nickt und sieht zu seinem Arm. »Wenn du ihr helfen willst und dich dabei töten, bitte, aber jetzt lass mich erstmal zu ihr.« Calin lässt sie durch.

Sie betreten die Hütte, wo Davud ihnen schon entnervt entgegen sieht. Amandas kläglich Schreie sind mittlerweile in ein leises Wimmern umgeschlagen. »Der Duft ... so gut, nur einen Tropfen.« Sie legt erschöpft den Kopf auf die Matratze. Calin seufzt leise und will zu ihr, doch Nicola hält ihn auf. »Könnt ihr euch ihr nähern?« Calin zuckt die Schultern. »Ab und zu, wenn sie so erschöpft ist, geht es. Wir sind schnell genug, unsere Reflexe zu ausgeprägt, dass uns etwas passieren könnte.« Er tritt zur Matratze und gießt ihr etwas Wasser ein. Amanda will die Hand heben, aber lässt sie kraftlos wieder fallen, so erschöpft wie jetzt war sie noch nicht, es wird immer schlimmer. Calin setzt sich neben ihren Kopf, er schiebt ihre langen braunen Locken nach hinten, um in ihr Gesicht sehen zu können. »Wollen wir es nochmal probieren? Aber du musst dich beherrschen! Du brauchst Blut ...« Er hört selbst, wie abwertend das klingt, aber er kann seinen Hass auf diese Sache nicht unterdrücken.

»Das ist widerlich!« Davud steht auf und Calin wirft ihm einen bösen Blick zu. »Was willst du tun? Sie sterben lassen?« Davud fährt sich wütend über den Kopf und tritt laut fluchend gegen die Holzwand. »Das ist nicht richtig, nicht normal!« Nicola geht dazwischen. »Nimm deinen Arm wieder weg, das geht nicht. Sie kann dich dabei verwandeln, vielleicht nicht töten, aber sie ist nicht in der Lage zu kontrollieren, ob sie jemanden verwandelt, ruhelose Vampire tun das eh nie. Ich weiß nicht, ob sich ein Vampir schon einmal an einem Wolf ausprobiert hat, aber du willst sicher nicht der sein, an dem das getestet wird.« Calin wird wütend und steht auf. »Was sollen wir dann tun, ihr einen Menschen bringen, den sie dann zerfleischt?« Nicola hebt die Augenbrauen und Calin zischt einen Fluch. »Okay, es gibt nur einen Weg wie wir das lösen können. Nehmt sie an den Handfesseln mit raus, solange es noch dunkel ist, wir müssen zu Gabriel.«

Sora sieht unruhig in den Wald. Die letzten Tage seit dieser schrecklichen Nacht, in der sie Luca verloren haben, hat sie ihr Zimmer kaum noch verlassen. Vlad ist auch nicht mehr zuhause gewesen. Keiner weiß so wirklich, was die Jungs machen, nur dass es wichtig ist. Sie fühlt sich müde und leer. Luca war wie ein Bruder für sie, ihn dort so liegen zu sehen, ohne Leben in sich, ohne einen seiner frechen Sprüche auf den Lippen, hat in ihr etwas zerstört. Das Wissen, dass niemand weiß, wie es weitergehen wird, macht ihr Angst. Wird sie noch jemanden verlieren? Ihre Eltern lassen sie in Ruhe, sie sind selbst in zu großer Trauer und Sorge, als dass sie sie auffangen könnten. Das will Sora auch gar nicht. Sie will einfach niemanden sehen und nichts mehr hören.

Doch er war jede Nacht da, Dorian. Jede Nacht hat er, versteckt im Wald, aber für sie dennoch sichtbar, auf einem großen Stein bei ihrem Haus gesessen. Sie erinnert sich an seine Worte, dass er über sie wachen wird und das hat er getan. Er war die ganze Zeit da, sie stand immer wieder am Fenster und hat ihn beobachtet. Sicherlich wird er das gewusst haben, es war zu dunkel, um sein Gesicht genau zu erkennen, aber sie ist sich sicher, dass er wusste, sie weiß, dass er da ist. Doch heute ist er nicht gekommen. Sora sieht angestrengt zum Stein, die Sonne ist schon lange untergegangen und er hat sich noch nicht einmal blicken lassen. Am Anfang hat sie dem nicht viel Beachtung geschenkt, aber dann begann es sie nervös zu machen. Es wird einen Grund haben, warum er diese Nacht nicht kommt, vielleicht ist etwas passiert. Vlad oder einen der anderen braucht sie nicht anzurufen, nachts sind sie alle dabei die Stadt zu bewachen und sind nicht erreichbar. Saphira und Luna konnte sie ebenfalls nicht erreichen, und da hat sie angefangen Panik zu bekommen. Sie hat gehört, dass sich die Schwestern auch zurückgezogen haben, also warum sollten sie nicht an ihr Handy gehen? Die einzige Erklärung dafür ist, dass etwas passiert ist.

Ohne weiter darüber nachzudenken, zieht sie sich schließlich schnell ihren Jogginganzug und ihre dicke Winterjacke über und schlüpft in ihre weichen Winterboots. Sie ist schon viel zu sehr in die Geschichte verwickelt, als dass sie jetzt in Ruhe zu Hause bleiben kann, sie will wissen, was dort vor sich geht. Sie stopft schnell ein paar dicke Kissen unter ihre Decke. Wer weiß, wie lange sie wegbleibt, und ihre Eltern sollen nicht noch einen Grund mehr zur Sorge haben. Sie nimmt erst den Autoschlüssel von Vlads Wagen, aber dann fällt ihr ein, dass es, auch wenn ihre Eltern zur Zeit gedanklich ganz woanders sind, ihnen trotzdem auffallen würde, wenn der riesige Jeep plötzlich fehlt. So nimmt sie den Autoschlüssel ihres Kleinwagens, der etwas weiter abseits steht und den sie sonst kaum fährt.

Sie wird ganz hibbelig, als sie bei Saphira und Luna vor dem Haus hält, doch sie braucht gar nicht zu klingeln und Anis aus dem Bett zu holen. Saphiras Auto ist nicht da. Sora lehnt sich nach hinten und atmet tief durch, ihr Herz rast wie wahnsinnig. Sie überlegt, was für Möglichkeiten sie noch hat. Auch wenn die einzige Möglichkeit, die ihr einfällt, ihr am wenigsten gefällt und eine wahnsinnige Angst macht, startet sie den Wagen und fährt zum Haus von Vladans Zirkel.

»Verdammt, mach es uns doch nicht so schwer!« Davud kann sich nicht mehr beherrschen und schreit Amanda lauthals an, doch die zuckt nicht einmal mit der Wimper. Sie ist, seit sie gemeinsam mühevoll mit den Handschellen aus der Hütte in den Jeep verfrachtet wurde, wie in einem Wahn, schreit und schlägt um sich, und die Schläge von ihr haben es in sich. Calins Wange und sein Arm fühlen sich schon taub an und Davuds Hals und seine Arme sind von Kratzern übersät. Nicola hält sich zurück, aber Calin kann ihr 'habe ich doch gleich gesagt', förmlich riechen und das macht ihn noch wütender.

Seine Gedanken wandern immer wieder zu Saphira, wie sie enttäuscht weggegangen ist und er will unbedingt noch nach ihr sehen, sobald er das hier geklärt hat. Als sie an der Burg der Wächter angekommen sind, wehrt sich Amanda noch mehr, sie spürt, wo sie hier ist. Dafür, dass sie eigentlich so erschöpft war, scheint sie ihre letzten Reserven zu verbrauchen. Calin will gar nicht wissen, wie sie danach zusammenklappen wird. Sobald sie aussteigen, beginnt Amanda ganz ruhig zu werden und läuft friedlich neben ihnen zur Burg.

Nicola und Calin wechseln einen Blick, sie hatte recht, an Raphaels Gabe, die Gedanken der Leute zu beeinflussen, hätte er auch früher denken können. Sie treten ein. Und noch bevor sie in den Besprechungsraum gehen können, wo sie sich sonst jedes Mal versammeln, kommt ihnen Felicitas entgegen. »Kommt mit!« Auch Nicola scheint verwundert, doch sie folgen der hübschen dunklen Zukunftsseherin die alte Steintreppe hinauf, ein Stockwerk höher. Der erste Stock ist genau wie das Untergeschoss nicht verputzt oder sonstiges. Kalter Stein soweit das Auge reicht, der einzige Kontrast sind mehrere braune alte Holztüren, die wohl zu verschiedenen Zimmern führen. Gleich die erste Tür wird von Felicitas geöffnet und sie betreten einen kahlen Raum, in dem ein robuster Schreibtisch und ein aus dem gleichen dunklen Holz gefertigter Kleiderschrank stehen, außerdem ein großes Himmelbett. Raphael tritt ebenfalls ein. Ohne die anderen zu begrüßen, nimmt er Amanda die Handschellen ab. Erst will Calin protestieren, doch Raphael scheint sie wirklich unter Kontrolle zu haben.

Amanda lässt sich aufs Bett nieder und sofort sieht man ihr die immer größer werdende Erschöpfung an. »Ihr hättet schon früher herkommen sollen, falsch, ihr hättet das ganze gar nicht anfangen sollen«, mahnt Raphael, während er sich seinen Hemdsärmel hochfaltet. Davud verzieht das Gesicht. »Du willst doch nicht ...« Doch bevor er den Satz zu Ende sprechen kann, hält Raphael Amanda schon seinen Arm hin und sie beißt zu. Calins Magen zieht sich zusammen, Felicitas wendet sich ab und Davud geht fluchend aus dem Raum.

Calin kann seinen Blick aber nicht abwenden. Amanda scheint in großen Schlücken zu trinken. Raphael schließt die Augen, ob aus Qual oder aus was auch immer, ist nicht ersichtlich. »Lasst die beiden allein.« Nicola deutet ihnen ihr zu folgen und Calin verlässt neben Felicitas den Raum. Sie gehen die Treppe hinunter und Felicitas wendet sich an Calin. »Gabriel will noch mit dir sprechen, geh den Gang entlang, der letzte Raum.« Sie deutet auf einen dunklen Gang, der neben der Treppe anfängt und der Calin vorher nie wirklich aufgefallen ist. Sie geht mit Nicola in die Richtung des Besprechungsraumes. Calin hört noch, wie Nicola anfängt mit Felicitas über eine unbedingt wohnhaftere Einrichtung für die Burg zu reden, dann geht er in den dunklen Gang.

Raphael öffnet einen Spalt die Augen, sobald er spürt, dass die anderen den Raum verlassen haben. Er muss sich zusammenreißen und die Kontrolle behalten. Er weiß, was für Gefühle es mit sich bringt, wenn ein Vampir von seinem Blut trinkt. Kaum ein Mensch kann diesem starken Begehren widerstehen, aber er wird es schaffen. Er muss die Gedanken von Amanda kontrollieren, aber im Gegensatz zu denen, die sie hatte, als sie hier angekommen ist und denen, die sie gerade hat, ist es nicht mehr ganz so schwer. Sie scheint erst einmal voll und ganz die Nahrungsaufnahme zu genießen. Er wirft einen genaueren Blick auf sie, sie ist wie alle Vampire schön. Er begutachtet ihre helle Haut, ihre braunen Locken, die sich beinahe fließend über das Bett ergießen, während sie ihre Lippen an seinen Arm drückt und mit hastigen Schlucken sein Blut trinkt. Ihre Wangen bekommen sogar einen kleinen Rotstich und noch während er sie beobachtet, spürt er, dass ihre Gefühle umschlagen. Auch für Vampire ist es hocherotisch, Blut zu sich zu nehmen, selten eine Nahrungsaufnahme ohne einen sexuellen Akt, und in Amanda wächst die Begierde.

Raphael schluckt, als ihre Augen seinen Körper und sein Gesicht entlangfahren, ohne ihre Lippen von ihm abzulassen. Er will ihre Gedanken in eine andere Richtung drängen, doch sie beginnt sich gerade vorzustellen, wie er hart in sie stößt. Raphael stöhnt leise auf bei den Bildern, die Amanda durch den Kopf jagen. Sie löst ihre Lippen von seinem Arm und Raphael weiß, dass er genau jetzt ihre Gedanken wieder übernehmen muss, doch schneller als er den Gedanken zu Ende denken kann, sitzt sie auf seinem Schoß. »Ich bin noch nicht satt!«, flüstert sie an sein Ohr und er bekommt eine Gänsehaut. Sie fährt mit der Zunge seinen Hals entlang und Raphael erschaudert. »Darf ich weiter trinken?« Sie reibt ihren Unterleib an ihm, wobei er in ihre dunklen Augen sieht. »Trink!«

Seine Stimme ist rau und hart wie immer und er ist dankbar, dass in diesem Moment niemand seine Gedanken lesen kann. Er umfasst ihren Nacken, als sie noch einmal zubeißt. Diesmal sind die Gefühle noch intensiver, sie trinkt nicht mehr fordernd, nur noch genießend und reibt dabei ihren Schoß an seiner Erregung. Da sie nur einen langen Rock trägt, spürt er mehr als ihm lieb ist. Er stöhnt erneut auf, er kann nicht anders. Seine Finger finden ihren Weg zu dem Ort, wo sie ihm schon entgegenfiebert und sobald er diesen erreicht hat, belohnt Amanda es an seinem Hals mit einem Stöhnen. Es ist unglaublich, Raphael hat schon viel Macht gespürt, aber diese Gefühle, während sie von ihm trinkt, sind kaum zu kontrollieren. Sie scheint kaum mehr zu bremsen zu sein unter seiner Hand, sie windet sich und schafft es, seine Erregung zu befreien. Ohne eine unnötige Sekunde zu verschwenden, hebt er sie darauf, und, wie sie es in Gedanken schon gehofft hatte, stößt fest zu, als er in sie eindringt.

Calin klopft an die letzte Tür des Ganges. Genau wie alle anderen ist es eine einfache Holztür und als ein leises »herein« von Gabriel ertönt, knarrt sie beim Öffnen. Der Raum ist exakt so eingerichtet wie der Raum, in dem sie Amanda und Raphael gelassen haben, nur dass es kein Himmelbett gibt, sondern ein großes massives Holzbett. Calin sieht sich um, nichts Persönliches, kein Anzeichen, dass hier jemand drin wohnen könnte. Calin gibt es auf, die Wächter verstehen zu wollen und sieht zu Gabriel, der, wie fast immer in letzter Zeit, vor einem der großen Fenster steht. Es ist offen, die kalte Luft weht herein, doch Gabriel starrt unbeirrt in die Dunkelheit. »Komm zu mir, Calin!« Ohne sich umzublicken weist Gabriel Calin an. Der stellt sich zu ihm und sieht ebenfalls in die Nacht hinaus. »Es wird noch kälter werden, ab morgen werden eisige Zeiten anbrechen!« Calin würde am liebsten die Augen verdrehen, er hasst diese Art. Meint er das jetzt so wie er es sagt, oder etwas anderes? »Auf das Wetter bezogen?« Gabriel nickt lächelnd, »natürlich auf das Wetter bezogen!«

Eine Weile herrscht Stille, dann seufzt Gabriel laut, in den wenigen Augenblicken, in all der Zeit, die Calin ihn nun schon kennt, hat er erstmalig das Gefühl, man merkt Gabriel sein hohes Alter an. Dann zeigt sich in einer seiner kleinen Bewegungen, Gestik oder Mimik, wie viele Jahrhunderte er schon mitgemacht hat, doch so schnell wie es kommt, verschwindet es wieder. »Ihr seid momentan zu abgelenkt! Wir haben alle gesehen, was die kleine Vorbotschaft war, zu dem, was auf uns zukommen wird, und momentan habt ihr zu viel mit der Vampirin zu tun, ihr seid nicht konzentriert genug. Du weißt, was für Konsequenzen das haben kann. Ich will mir nicht ausmalen, was Maurice für Pläne hat und wir wissen nicht, ob er morgen oder in einem Monat zurückschlägt, nur, dass er es tun wird.

Ich war gestern bei Vladan, ich wäre heute zu dir gekommen, aber nun hat euch euer Weg eh hierher geführt. Es gibt etwas, was ihr wissen müsst. Sobald wir bei dem Kampf dazugestoßen sind, haben wir gemerkt, dass Raphaels Kräfte nichts nützen.« Calin blickt erstaunt zu dem alten Mann. Jetzt wo er es sagt, fällt es ihm ein. Wieso hat Raphael nicht einfach seine Kraft der Gedankenbeherrschung bei den Vampiren angewandt?

»Wie, sie nutzen nichts? Ich dachte, nur Maurice ist gegen eure Kräfte geschützt?« Gabriel runzelt die Stirn, es fällt ihm sichtlich schwer, eine Schwäche seiner Wächter einzugestehen. »Das versuchen wir herauszubekommen, die ganzen ruhelosen Vampire, die hier waren, schienen unter dem gleichen Zauber zu stehen wie Maurice. Wir müssen herausfinden, woher das kommt und deswegen haben wir auch nichts unternommen wegen eurer Vampirin.«

Calin knurrt leise, 'ihre Vampirin' hört sich falsch an. »Doch als ihr hierher gekommen seid, hat Raphael bemerkt, dass es nun wieder geht. Scheinbar ist Maurice' Anwesenheit der Schutz der anderen oder so etwas in der Art, genau wissen wir das nicht. Deswegen werde ich morgen mit deinem Vater sprechen, er soll Petru aufsuchen und ihn danach befragen.« Gabriel räuspert sich und Calin schweigt. Er fühlt sich beklommen. So oft hat er sich gewünscht, den immer so erhabenen und über allen Dingen stehenden Gabriel einmal schwach zu erleben, aber jetzt, wo es soweit ist, wo dieser sogar bei Petru nach Rat fragen will, fühlt er sich schlecht.

Die Aussichten werden immer dunkler, keiner weiß wirklich, was hier gerade passiert. »Ich sage meinem Vater Bescheid, er wird sich darum kümmern«, verspricht er Gabriel und dieser sieht ihm das erste Mal heute direkt in die Augen. »Wir behalten solange diese Amanda bei uns, hier haben wir sie unter Kontrolle und wenn es ihr besser geht, können wir versuchen, etwas über Maurice von ihr in Erfahrung zu bringen.« Calin gefällt der Gedanke gar nicht, Gabriel lächelt matt. »Wir werden gut auf sie aufpassen.«

Sora sieht unsicher zum Haus, vor dem sie den Wagen parkt. Es ist jetzt schon das dritte Mal, dass sie hier ist, obwohl sie das nicht dürfte. Sie geht direkt zur großen Eingangstür, wenn sie jetzt anfängt darüber nachzudenken, wird es nur noch schlimmer. Sie klopft und weiß aber genau, dass ihr Herzschlag viel lauter als dieses Klopfen ist. Sie hält den Atem an und lauscht nach Geräuschen, doch sie vernimmt nichts, es ist mucksmäuschenstill. Wenn jetzt auch hier niemand da ist, weiß sie nicht mehr, wo sie noch suchen soll und dann weiß sie genau, dass gerade ihre schlimmsten Befürchtungen ... Sora schreckt zusammen, als plötzlich die Haustür aufgemacht wird und Catalina sie fragend ansieht.
»Sora, was tust du denn hier?« Sora braucht einige Sekunden, um wieder richtig atmen zu können. »Ich wollte zu ... Dorian«, gibt sie etwas kleinlaut zu und Catalina sieht sie noch verwunderter an. »Dorian? Wieso solltest du zu ihm wollen?« Sora spürt ihre aufsteigende Röte, ja was soll sie jetzt sagen, doch zum Glück scheint Catalina das zu bemerken und winkt sie hinein. »Komm erst einmal herein, er ist nicht da, aber er kommt sicher jeden Augenblick.«
Sora winkt höflich ab. »Nein, kein Problem, ich warte bei meinem Auto.« Catalina schüttelt sofort den Kopf. »Das kommt gar nicht in Frage, du warst doch dabei, du weißt, dass ihr euch nicht draußen in der Nacht aufhalten sollt.« Sora ist etwas verwundert über Catalinas Art, man könnte fast meinen, sie macht sich ernsthaft Sorgen um Sora, was Blödsinn ist, denn sie sind Feinde, auch wenn es gerade irgendwie nicht so aussieht. Sora fasst sich an den Kopf, er sticht wieder, wie so oft in den letzten Tagen, weil sie einfach zu viel nachdenkt. Catalina berührt leicht ihren Arm. »Komm schon herein, Sora, es ist in Ordnung!«
Sora sieht sich in der riesigen Küche um, Catalina hat sie durch das überdimensionale Untergeschoss hierher geführt. Das Auto

von Dorian hat schon gezeigt, dass der Zirkel über Geld verfügt, aber dieses kleine Schloss ist ein Traum. Jeder Winkel scheint perfekt zusammenzupassen, solch eine stilvolle und teure Einrichtung hat Sora noch nie gesehen. Sie ist sich sicher, dies ist den beiden Frauen im Zirkel zuzuschreiben. Catalina werkelt in der Küche herum, während Sora an einem Tisch sitzt und ihr dabei zusieht. Diese Situation ist zu unreal, fast wirkt Catalina wie eine Hausfrau. Wüsste Sora nicht, dass sie zu Vladans Zirkel gehört, würde sie sich wohlfühlen. Es duftet herrlich, Catalina scheint zu merken, dass es Sora nicht gut geht. Sie stellt ihr regelmäßig etwas zum Probieren oder zum Trinken hin, aber ansonsten lässt sie sie ihren Gedanken nachgehen.

Sora spürt, dass sie hier falsch ist, nichts zu suchen hat, doch sie entspannt sich etwas. Erst als sie Catalinas unruhigen Blick zur Uhr sieht, wird Sora wieder wacher und bemerkt ebenfalls, dass es bereits kurz vor Sonnenaufgang ist. »Wieso kommen sie nicht?« Catalina hat bereits den Tisch eingedeckt und scheint nur noch auf alle anderen zu warten. »Ich weiß es nicht, ich denke sie werden gleich kommen...« Catalina schafft es nicht ihre Sorge zu verbergen, Sora steht auf, ihre Kopfschmerzen werden schlimmer, »ich muss los, ich denke, wir wissen beide, dass etwas nicht stimmt. Vielleicht weiß meine Familie bereits etwas.«

Plötzlich knallt die Haustür laut zu und Catalina und sie gehen beide schnell in den Flur. Lachend treten Vladan, Dorian, Tristan und Lucian ein. Ihr Lachen erstirbt abrupt, als sie Sora erblicken. »Was zur Hölle ...?« Vladan kommt gar nicht dazu weiterzufragen, da geht die Haustür erneut auf und Nicola tritt ein und sieht ebenso verwundert zu ihnen. Sora wäre am liebsten unsichtbar, offensichtlich ist nichts passiert, die Männer sehen alle ziemlich angeheitert aus, zumindest bis sie sie entdeckt haben. Dorians dunkle Augen bohren sich in ihre. »Ich wollte nur wissen ... ich habe niemanden gesehen und keinen erreicht, ich dachte ...«, versucht Sora sich zu erklären und gibt es schnell wieder auf. Viel zu unangenehm ist ihr die Situation.

»Ich muss schnell nach Hause!« ist das Einzige, was sie noch herauspressen kann, doch im gleichen Augenblick klickt es im ganzen Haus und die Fenster werden durch schwere Rollläden geschlossen. »Zu spät!« Lucian zieht die Augenbrauen hoch und Sora schluckt schwer.

Kapitel 3

Saphira steht unter der warmen Dusche. Kaum war die Sonne aufgegangen, hat sie sich müde in ihr Bad geschleppt. Luna ist über die Enttäuschung in der Nacht nur schwer eingeschlafen und Anis hat das Haus vor einer halben Stunde verlassen. Saphira will auch schlafen, muss schlafen, doch erst versucht sie, unter dem warmen Wasserstrahl die Kälte in ihrem Körper zu vertreiben. Doch es gelingt nicht so recht, diese Kälte sitzt ihr zu tief in den Knochen. Sie lehnt den Kopf zurück und Tränen vermischen sich mit den Wasserperlen. Plötzlich klopft es an der Duschkabine, Saphira erschreckt so sehr, dass sie fast den Halt verliert. Sie erkennt den Schatten von Calin in dem verschwommenen Glas. »Was tust du hier?« Die Traurigkeit ist sofort gewichen und Wut tritt an ihre Stelle. »Ich warte schon lange in deinem Zimmer, aber du scheinst nicht genug zu bekommen, komm, ich will mit dir reden! Es tut mir leid wegen vorhin, aber ...«

Saphira unterbricht ihn »Ich will es nicht hören! Ich will meine Ruhe!« Calin seufzt schwer. »Saphira, bitte komm raus, ich will mit dir reden. Als du vorhin weggegangen bist, ich wollte das nicht, es hat mich ...« Saphira wird immer wütender, sie nimmt eines der vielen kleinen Probefläschchen ihrer Schwester und wirft es gegen die Duschscheibe. »Es hat dich was? Verletzt? Du weißt gar nicht wie es ist, wirklich verletzt zu sein!« Calin lacht leise, was sie nur noch wütender werden lässt.

»Hast du gerade die Scheibe mit Shampoo beworfen?« Saphira schnauft auf und will etwas erwidern, doch Calin öffnet die Duschkabine. Saphira versucht sich zu bedecken. »Lass das, mach sofort wieder zu!« Calin grinst nur breit. »Da gibt es nichts, was ich nicht schon gesehen habe und was ich nicht vergöttere!« Er zwinkert frech. Saphira greift nach der nächsten Flasche und wirft sie ihm direkt an den Kopf. Obwohl er angeblich solche Reflexe hat, ist er nicht ausgewichen, weil er wohl zu abgelenkt ist, doch dann treffen seine Augen die ihren und Tränen steigen ihr wieder in die Augen, sie liebt ihn, sie liebt ihn so sehr. Ihr Magen zieht sich zusammen, als er sie liebevoll aus seinen dunklen Augen ansieht. Seine Narbe, sie liebt alles an ihm.

»Komm her, es tut mir wirklich leid. Ich wollte dir nie wehtun!«, sagt Calin leise, doch als sie sich immer noch nicht bewegt, tritt er einfach zu ihr in die Dusche. Saphiras Augen werden groß, als er mit Socken, Jeans und Shirt bei ihr steht. Er wird klitschnass, doch er achtet nicht darauf. Er nimmt ihr Gesicht in seine großen Hände und zwingt sie so ihn anzusehen. »Ich liebe dich, Saphira, du hast mir so sehr gefehlt. Bitte sei nicht sauer, es ist gerade nicht einfach.« Saphira sieht ihm in die Augen. Sie will ihm so viel sagen, an den Kopf werfen, fragen, aber sie fängt an zu weinen und legt ihre Stirn an seine. »Ich habe Angst, Calin! Wirklich Angst!« Calin umarmt sie ganz, seine Hände fahren ihren Rücken entlang. »Ich wünschte, ich könnte sie dir nehmen, du weißt, dass ich da bin, auch wenn es gerade nicht so aussieht.« Ich war oft hier am Haus, ich habe dich am Fenster gesehen. Ich bin da, das musst du wissen! Du kannst in Ruhe schlafen. Ich und die anderen passen auf euch auf!«

Saphira nickt, sie ist zu müde, um all ihre Gefühle zu erklären und sie bezweifelt auch, dass er diese verstehen würde. »Du hast mir auch gefehlt«, gibt sie zu und lacht, jetzt ist er klitschnass. Sein Shirt, seine Hose, seine Haare … alles trieft vor Nässe. Mit geschickten Fingern zieht sie ihm sein Shirt aus. Seine Hose geht so nass nur schwer von ihm, doch sobald er von seiner Kleidung befreit ist, umfasst er ihren Nacken. »Ich liebe dich, mein Engel. Ich schwöre, dass ich mein Leben für dich geben werde!« Saphira legt alle Gefühle, die sie nicht in der Lage war zu beschreiben, in diesen Kuss, während Calin ihn fordernd erwidert. Ohne Probleme drängt er sie an die Wand und hebt sie hoch. Saphira lässt seine Lippen los und legt den Kopf in den Nacken. Sie schließt genießend die Augen, während Calin in sie eindringt und ihre Brüste verwöhnt. Das heiße Wasser, Calin wieder zu spüren, das erste Mal seit Tagen wird Saphira wieder warm.

Sora sieht leicht panisch in die Runde, die sie geschlossen anstarrt. »Wie gesagt, ich gehe jetzt!« Sie hört selbst, dass ihre Stimme zittert. »Du kannst nicht gehen, es ist alles bis zum Sonnenuntergang verriegelt. Hier kommt jetzt keiner rein und keiner raus. Was hast du hier eigentlich gesucht?«, wendet sich Vladan an sie, für Sora von allen der Furcht einflößendste, allein auf Grund der Tatsache, dass er der Anführer ist. Sora sieht zu Dorian. »Ich muss hier raus! Ich kann nicht hierbleiben!«, sagt sie flehend zu ihm und Tränen steigen ihr in die Augen bei dem Gedanken, in was für einer Situation sie ist. »Keine Angst, keiner von uns hat Interesse an einer von euch!« Tristan kann seine Abneigung nicht verbergen, und diesmal greift Dorian ein, als er sich endlich von Soras grünen Augen wegreißen kann.

»Halt die Klappe, Tristan, geht schon mal vor essen, ich kläre das!« Alle sehen jetzt ebenso verwundert zu ihm wie vorhin zu Sora, doch Catalina greift nun ebenfalls ein. »Genau, das Essen wartet schon lange, also los.« Lucian, Nicola und Catalina gehen als Erstes in den Raum, in dem vorhin alles eingedeckt wurde. Tristan grummelt noch etwas in einer anderen Sprache, dann folgt er ihnen, nur Vladan sieht Dorian eindringlich an. »Darüber reden wir später«, ermahnt er schließlich. Sora ist sich sicher, dass Vladan sich nicht oft solche Befehle von Dorian anhören muss, doch letztlich geht er ebenfalls kopfschüttelnd davon.

Sora sieht ihm nach und will sich gerade Dorian zuwenden, da packt dieser sie schon unsanft am Arm und zieht sie in den nächsten Raum. Dieser Raum sieht aus wie ein Spielzimmer für Männer, überall stehen Spielautomaten, ein Billardtisch, eine riesige Kinoweinland, eine Bar, Spielkonsolen. Sora will sich gerade weiter umsehen, da taucht das zugegebenermaßen schöne aber unheimlich saure Gesicht von Dorian nah an ihrem auf. »Was fällt dir ein herzukommen? Bist du wahnsinnig?« Sora zuckt zusammen. »Du warst nicht da!«, sagt sie leise zurück. Dorian zieht die Augenbrauen zusammen. »Ich war was?« Nun sieht er sie ungläubig an. »Du warst nicht da heute Nacht!«

Sora sieht ihm in die Augen, augenblicklich fällt alles von ihm ab und er sieht sie etwas verblüfft an. »Nein, ich war nicht da, ich musste etwas erledigen. Wenn ich gewusst hätte, dass es dir wichtig ist, dass ich komme, wäre ich noch … also ich hätte dann noch …« Er stockt und Sora wendet ihren Blick ab, ihnen Beiden ist es mehr als unangenehm, dass nun offensichtlich wird, dass sie so aufeinander achten. »Komm erst einmal etwas essen!«, knurrt Dorian schließlich schon fast und grummelt, ebenso wie Tristan vorher, etwas in einer anderen Sprache, doch Sora hält ihn am Arm zurück. »Ich kann nicht hierbleiben, Dorian, das weißt du. Ich muss hier irgendwie raus, ich habe hier bei euch nichts verloren.« Dorian wirft ihr nur einen kalten Blick zu. »Das hättest du dir vorher überlegen müssen.«

Saphira öffnet langsam ihre Augen, ihr war warm und kuschelig, doch plötzlich wird ihr kalt. Sie sieht sich um, sie weiß genau, sie ist auf Calins Brust eingeschlafen, er ist sogar vor ihr eingeschlafen, so sehr kam die Erschöpfung bei ihm durch. »Bitte sag ihm, er soll sich melden«, vernimmt sie aus dem Zimmer von Luna und läuft, noch etwas wackelig auf den Beinen, zu ihr. Calin trägt eine von Saphiras Jogginghosen, die ihm nur bis zu den Knien gehen. Saphira muss lächeln, als er in einer Tasche wühlt, die Vlad hier hatte. Calin bemerkt sie und nimmt sich einige Sachen heraus. Offensichtlich hatte Vlad hier einige Klamotten gelagert. »Ich sage es ihm, Luna. Er wird sich sicher heute melden, ich habe sie gestern erst einmal alle nach Hause geschickt zu ihren Familien. Da Amanda jetzt in der Burg ist, kommt er sicher nachher vorbei. Sei nicht sauer mit ihm.« Luna zuckt die Schultern. »Er fehlt mir einfach.« Calin hat scheinbar alles was er braucht und steht auf. »Du ihm auch, glaub mir! Ich habe das oft genug gespürt.«

Luna muss nun auch endlich wieder lächeln und Saphira sieht zur Uhr. Sie muss sich zur Schicht fertig machen. Als sie Luna fragt, ob sie sie begleitet, schüttelt diese den Kopf. Sicherlich will sie auf Vlad warten. Saphira macht sich schnell fertig, dabei spürt sie immer wieder den liebevollen Blick von Calin auf sich. Und bevor sie zusammen das Haus verlassen, zieht er sie noch einmal in seine Arme. »Ich verspreche dir, dass alles gut wird, es wird nicht leicht, aber am Ende wird alles gut.« Er fährt sie zur Arbeit und geht in die Werkstatt. Seitdem die ruhelosen Vampire sie angegriffen haben, wurde nichts mehr getan und Saphira ist sich sicher, dass sich die Arbeit nur so stapelt. Es dauert nicht lange und Cesar und Davud tauchen ebenfalls auf. Davud sieht man die Strapazen der letzten Tage auch deutlich an. Cesar kommt zu ihr in den Laden und gibt ihr eine Karte. »Morgen Abend wird Luca beerdigt. Kommt ihr auch?« Saphira hält die einfache und traurige Karte in der Hand und streicht mit den Finger darüber. »Natürlich kommen wir!«

Sora traut sich kaum aufzublicken, widerwillig ist sie Dorian in das Esszimmer gefolgt und hat sich neben die beiden Frauen gesetzt. Catalina hält ihr immer wieder eine Schüssel hin und fordert sie freundlich auf zu essen. Sora würde am liebsten ganz darauf verzichten, aber sie hat Hunger. Sie bedient sich minimal und spürt die Blicke der anderen auf sich, insbesondere den von Dorian. Doch sie ist gar nicht in der Lage aufzusehen und herauszufinden, ob der böse, besorgt, oder einfach nur gleichgültig ist. Es ist still am Tisch, bis Nicola sich räuspert und erzählt, dass Amanda nun bei den Wächtern sei. Sofort beginnt zwischen Vladan und Tristan eine Diskussion, ob dies gut oder schlecht sei, doch Sora verfolgt diese nicht. Sie kann es nicht mehr sagen, sie kann nicht mehr definieren, was gut oder schlecht ist. Ist es schlecht, jetzt hier bei den Vampiren zu sitzen? Garantiert. Doch bisher hat außer einigen bösen Worten und missachtenden Blicken nie einer etwas Böses getan.

Ist es schlecht, dass Amanda wieder aufgetaucht ist? Sie erinnert sich an das so frohe immer lachende Mädchen, das mit den Jungs damals herumgealbert hat, sie war eine von ihnen. Doch nun ist sie ein Vampir, ihre Feindin, ist es gut oder schlecht? Ist es schlecht, dass Luca gestorben ist beim Angriff der Vampire? Ihr Herz zieht sich zusammen, aber wurde ihr das nicht ein Leben lang eingetrichtert? Das Rudel ist dazu da, den Stamm vor den Vampiren zu schützen, egal um welchen Preis, also sollte sich das doch nicht so falsch anfühlen. Die Liebe zwischen Saphira und Calin, wie kann etwas, was so schön ist, so rein ist, denn wenn sie an die strahlenden Augen von Calin denkt, dann kann sie das nur so sehen, falsch und schlecht sein? Weil er für eine andere bestimmt ist? Ihr Kuss mit Dorian, wieso hat es sich so gut angefühlt, wenn es doch so verboten und schlecht ist? Sora weiß es nicht mehr, sie kann nicht mehr sagen, was gut oder was schlecht ist. Wie sollte sie?

Unsicher blickt sie von ihrem Teller hoch. Vladan und Tristan reden immer noch über Amanda. Vladan denkt, dass sie von ihr, wenn sie wieder bei Verstand ist, einige Informationen über Maurice bekommen könnten. Wenn sie sich alle so ansieht, die Frauen, die Männer, wie sie hier beisammen sitzen und das von Catalina für sie zubereitete Essen genießen, so unterschiedlich zu den Mahlzeiten in ihrer Familie oder bei einem der Treffen, die bei Ovid stattfinden, bei denen sie schon einige Male dabei war, um Adina zu helfen, ist es gar nicht. Wenn man so mit ihnen zusammen ist, fällt es leicht zu vergessen, was sie sind, was sie ausmacht. Doch als Lucian sein Glas nimmt und Rotwein trinkt, bekommt sie eine Gänsehaut. Ihr Blick fällt auf Dorian. Als sie sieht, wie er sie mustert, wahrscheinlich jede ihre Reaktionen genau abschätzt, wendet sie ihren Blick schnell wieder auf den Teller.

Calin schließt die Werkstatt auf, sie werden die nächsten Tage sehr viel Arbeit nachholen müssen, er reibt sich müde die Augen. Auch wenn sein Körper dazu bestimmt ist Strapazen auszuhalten, spürt er die Erschöpfung. Das alles geht ihm an die Knochen, die ständige Sorge um Saphira, Lucas Tod, Amanda, nicht zu wissen, was als nächstes passiert. Davud klopft ihm auf die Schulter. »Es kommen wieder bessere Zeiten!« Calin nickt. »Und ich werde dafür sorgen, dass sie schnell kommen. Ich werde nicht zulassen, dass sie uns noch einmal überraschen und noch einer wegen ihnen verletzt oder getötet wird. Ich fahre nachher zu Gabriel, gucken, was mit Amanda ist. Radu, Tolja und Vlad dürften sich bis dahin einigermaßen erholt haben, wir müssen wieder unsere Wachen richtig einhalten.« Davud nickt. »Ja, wir machen das schon zusammen, aber du brauchst auch neue Kraft, du siehst scheiße aus, Calin!« Er grinst ihn frech an und Calin lächelt, doch sofort stellt er es wieder ein. Es geht nicht, noch nicht, nicht so lange Luca nicht gerächt und die Situation unter Kontrolle ist. Er hört, wie ein Wagen vor der Werkstatt hält, ein paar Minuten später kommt seine Mutter mit Cesar hinein.

Sie umarmt Calin lange und hält ihm einen Korb hin, in dem Muffins, Kaffee und alles, was man zu einem guten Frühstück braucht, verstaut ist. Calin küsst die weichen Wangen seiner Mutter, sie alle haben es gerade nicht leicht. »Wie geht es Lucas Mutter?« Adina treten die Tränen in ihre müden Augen und sie streichelt die Wange ihres ältesten Sohnes. »Sie ist stark, wir sind alle für sie da. Du weißt, wir sind eine Familie.« Calin nickt. »Ich habe Angst, Calin! Ich will nicht auch meine Söhne verlieren, alle sind in großer Sorge, selbst Anis spürt, dass etwas nicht stimmt. Er macht sich große Sorgen um Saphira und Luna.« Calin sieht aus dem Fenster in das gegenüberliegende Schaufenster, wo Saphira einer Kundin gerade lächelnd ein Buch aushändigt. »Ich werde mein Leben dafür geben, dass so etwas nicht noch einmal passiert, das schwöre ich!« Erst als er sich wieder zu seiner Mutter herumdreht, bemerkt er, dass diese Worte sie nicht beruhigt haben, sondern, dass sie ihn noch besorgter ansieht.

Sora sieht sich in dem großen Raum um, in den Catalina sie gebracht hat, sie hat es kaum am Tisch ausgehalten. Catalina scheint das gespürt zu haben und hat sie gefragt, ob sie sich ausruhen möchte. Auch wenn sie sich hier nicht wohl fühlt, ist das tausendmal besser, als am Tisch mit ihnen allen. Sora hat nicht mal wirklich genau darauf geachtet, wohin Catalina sie eigentlich gebracht hat. Nun steht sie unschlüssig in einem großen, hellen Raum. Das ganze Schloss prunkt nur so vor schönen Bildern und Gegenständen, das ist ihr sofort aufgefallen. Auch in diesem Raum sieht man deutlich den Reichtum des Zirkels. Es gibt ein riesiges Himmelbett mit unzähligen Kissen und Decken, alles aufeinander abgestimmt. Ein schönes Bad grenzt unmittelbar ans Zimmer, ein enorm großer Kleiderschrank steht an der Wand, Sora kann sich nicht mal vorstellen, wie man diesen jemals füllen sollte. Ein Spiegel, umrandet von Edelsteinen, steht mit einem Kosmetiktisch in der anderen Ecke. Sora seufzt traurig auf, sie darf hier nicht sein. Sie geht zum Fenster und streicht über die festen Rollläden, es ist gerade mal Vormittag, sie hat keine Wahl, sie muss hier noch eine Weile bleiben.

»Ruhe dich etwas aus, ich kann mir vorstellen, dass es unangenehm für dich ist.« Catalina tritt zu ihr. »Nicola und ich haben gestern erst eine Lieferung mit neuen Anziehsachen bekommen, ich werde dir ein paar Sachen heraussuchen, auch was bequemes, dann kannst du duschen, wenn du möchtest.« Sora versucht die schöne Vampirin anzulächeln, doch es gelingt ihr nicht wirklich. »Es geht mich vielleicht nichts an, aber Sora, was ist mit dir und Dorian?« Soras Magen dreht sich um. Natürlich weiß jetzt jeder, dass sie Dorian kennt, obwohl sie es nicht sollte. Dieser ganze Einfall hierherzukommen, scheint die blödeste Idee zu sein, die sie jemals hatte. Sora schüttelt den Kopf. »Nichts, es ist gar nichts«, wiegelt sie ab. Catalina sieht sie lange aus ihren dunklen verfluchten Augen an, einen Augenblick glaubt Sora, so etwas wie Mitleid darin zu erkennen, doch wie sollte sie, sie ist seelenlos. »Das ist gut, alles andere wäre eine Katastrophe.« Catalina sagt das leise und mehr zu sich selbst, aber Sora nickt, sie hat es schon zu spüren bekommen. Catalina bringt ihr Handtücher. Sora nimmt ihr Handy heraus, sobald Catalina den Raum verlassen hat. Sie ruft sofort Saphira an, die Einzige, der sie in dieser Sache vertrauen kann. Saphira ist gerade im Geschäft, und als Sora ihr von der misslichen Lage erzählt, weiß diese auch nicht so wirklich, was sie sagen soll. Aber sie beruhigt Sora und versichert ihr, dass keiner ihr dort etwas tun wird und dass sie, falls jemand fragen sollte, sie deckt. Danach ruft sie bei ihrem Vater im Geschäft an und erzählt ihm die einzige Geschichte, die ihr einfällt. Dass sie in die andere Stadt fährt, um etwas zu besorgen und, wie zu erwarten, hat der ganz andere Sachen im Kopf, ermahnt sie nur daran zu denken, im Dunkeln nicht draußen zu sein. Sora legt auf. Sobald die Sonne untergeht, wird sie sich hier aus dem Staub machen, das ist garantiert.

Saphira legt auf und sieht durch die Schaufensterscheibe zur Werkstatt hinüber. Adina hat ihr gerade Muffins vorbeigebracht und sah genauso aus wie sie sich fühlt, müde und nervös. Es ist nervenzerreißend nicht zu wissen, wann etwas passiert und was genau, denn dass etwas passieren wird, das scheint allen bewusst zu sein. Und selbst wenn alles überstanden ist, was ist mit ihr und Calin? Die Probleme und Fragen häufen sich, und sie verflucht den Tag, als sie hierhergekommen sind, auch wenn sie es in Venezuela nicht leicht hatten, es war tausendmal besser als hier. Plötzlich klopft ihr Herz schneller, wieso ist sie nicht früher darauf gekommen? Wenn sie und Luna nicht mehr hier sind, haben dieser Maurice und all die anderen keinen Grund herzukommen. Sie sind dort vor allen Vampiren geschützt. Ihr Blick fällt zur Werkstatt. Ihr Herz zieht sich zusammen, aber wozu? Er ist für eine andere bestimmt, sie wird so oder so irgendwann ohne ihn dastehen, je früher sie sich an den Gedanken gewöhnt, desto besser. Sie greift nach ihrem Handy und wählt Lunas Nummer.

Sora steigt aus der Dusche, das hat gut getan, die warmen Wasserstrahlen haben sie gewärmt. Sie ist müde, sie hat diese Nacht und die letzten kaum ein Auge zugetan. Sie bindet sich ein großes weißes Wollhandtuch um und tritt in den großen Raum zurück. Sora erschreckt leicht, als sie Dorian auf dem Bett sitzen sieht und zieht das Handtuch fester. Er zeigt auf einen Stapel Kleider, der auf dem Bett liegt. »Hier nimm dir, was du brauchst!« Sora nickt und wartet, dass er den Raum verlässt, doch er macht keinerlei Anstalten dazu. Er mustert sie und steht dann auf. Sora geht ein paar Schritte zurück, als er direkt auf sie zukommt.

»Warum hast du so eine Abneigung gegen uns? Ich habe dich doch im Kino aufgeklärt, das das meiste nur Ammenmärchen sind. Wieso tust du so, als würdest du uns hassen? Ich sehe doch den Zweifel in deinen Augen.« Sora fühlt sich eingeengt und wappnet sich innerlich, es wäre vielleicht nicht so klug, in einem Haus voller Vampire eine Diskussion über ihre Feindschaft anzufangen. »Es ist wahrscheinlich genetisch bedingt und es ist besser so ...«, gibt sie leise zu, mehr fällt ihr dazu nicht ein. »Hör auf mit dem Blödsinn, sag die Wahrheit, willst du mir sagen, dass du mich hasst? Wieso hast du dich gestern um mich gesorgt, wenn du mich so hasst, Sora? Wieso hast du nicht einem deiner Hunde gesagt, dass ich Nacht für Nacht in eurem Garten war, wenn wir so schrecklich sind?«

Sora geht wieder ein paar Schritte zurück und landet mit dem Rücken an der Wand. Dorian folgt ihr langsam. »So war das nicht ...« Dorian unterbricht sie. »War es nicht? Und was genau tust du dann hier, Sora und bist nicht bei deinen Hunden?« Dorian ist wütend, auch in Sora kommt die Wut hoch. »Nenne sie nicht Hunde, sie sind Menschen, im Gegensatz zu euch gefühllosen ...« Sie bricht ab, doch Dorian steht schon ganz vor ihr. »Zu uns gefühllosen was, Sora?« Er sieht sie eindringlich aus seinen dunklen Augen an. »Ihr seid tot, ihr fühlt nichts ...«, flüstert sie, aber sie weiß, dass es sich nicht echt anhört. Sie ist gefangen in seinen Augen, seine Nähe lässt alles in ihr kribbeln. »Wir fühlen nichts? Ist das nichts?« Ohne dass sie es verhindern kann oder will, legt Dorian seine Lippen auf ihre. Sie sollte ihn wegstoßen, ihn auffordern aufzuhören, doch sie kann nicht. Sie wird von seinem Duft eingehüllt, sein

Geschmack raubt ihr die letzten Sinne, sie will es einfach. Sie schaltet ihren Verstand aus und erwidert seinen Kuss. Sobald er das spürt, zieht er sie enger an sich. Seine Hände umfassen sie ganz und sie seufzt leise auf, als er mit seiner Zunge um Einlass bittet. In dem Moment weiß sie, dass sie ihm total verfallen ist und das, was Catalina vorhin gesagt hat, es wäre eine Katastrophe, hallt in ihrem Kopf auf.

Kapitel 4

Dorian weiß, er sollte das nicht, aber er kann der kleinen Yasus-Frau nicht widerstehen. Seit ihrer ersten Begegnung ist sie fortwährend in seinen Gedanken. Er versucht sie zu vergessen. Die Tatsache, dass nun alle in Gefahr sind, kam ihm allerdings nur recht, um in ihrer Nähe zu sein. Er kann nicht genug von ihr bekommen. Er verlangsamt seinen Kuss, will noch die letzten Sekunden genießen, in denen er ihren süßen Geschmack erleben darf, er weiß nicht, ob und wann es jemals wieder dazu kommen wird. Sora ist so zart und zerbrechlich, seine Hände fahren ihre langen schwarzen Haare hinab zu ihrem Rücken. Er hat Durst, auch wenn er erst getrunken hat, so spürt er einen starken Drang, von ihr zu kosten. Er spürt, wie sich seine Eckzähne vergrößern und löst langsam den Kuss. Sobald Sora ihre schönen grünen Augen wieder öffnet, sieht er darin die Unsicherheit, Panik, über das eben schon wieder geschehene Verbotene. Doch er sieht auch die Sehnsucht, die sie scheinbar genauso verspürt wie er.

Er senkt seinen Mund erneut auf ihren und küsst ihre leicht zitternde Oberlippe. »Wir haben Gefühle, Sora, auch wenn es manchmal nicht gut ist.« Sora fasst sich mit den Fingern an die Lippe. »Wir dürfen das nicht! Das ist nicht richtig!« Dorian nickt und küsst ihre Finger, die ihre Lippen verdecken. »Du hast recht!« Er weiß, wie wahr ihre Worte sind, aber er muss lächeln über ihren schockierten Gesichtsausdruck. Er genießt es zu sehr, sie jetzt hier bei sich zu haben, um wirklich an die Konsequenzen zu denken. Erst scheint Sora wütend zu werden über seinen nicht vorhandenen Ernst für die Lage, aber plötzlich beugt sie sich nach oben und erobert Dorians Lippen, was ihn überrascht. Er erwidert den Kuss sofort, scheinbar unterschätzt er seine kleine Yasus.

Jetzt ist eh schon alles zu spät, er hebt sie leicht an, ohne sich von ihren Lippen zu trennen und bringt sie zu dem großen Bett. Mit seinem Fuß schmeißt er die Klamotten hinunter und legt sie vorsichtig hin. Dorian kann nur schwer einschätzen, wie behutsam er mit ihr umgehen soll. Ihm kommt es so vor als wäre sie aus Seide. Sobald er Sora auf die weiche Matratze gelegt hat, löst sie den Kuss. »Und warum tun wir das dann?« Sie muss erst wieder Luft bekommen. Dorian vergisst immer, wie viel Luft Menschen brauchen. Er legt sich auf sie, achtet darauf, dass er sie mit seinem Gewicht nicht erdrückt. »Weil es sich richtig anfühlt, oder tut es das nicht?« Dorian küsst ihre Stirn, arbeitet sich zu ihrer Nase hinab und trifft wieder ihre Lippen. Sie küssen sich und er ist dankbar, dass er gerade so falsch lag und sie noch länger genießen darf.

Sora zieht ihn enger an sich, dabei verrutscht ihr Handtuch. Als Dorian das bemerkt, kann er nicht anders und fasst über ihre weichen Brüste. Er weiß nicht, ob sie zu so etwas bereit ist, dass sie ihn überhaupt freiwillig in ihre Nähe lässt, erscheint ihm gerade wie ein Wunder. Doch als sie sich ihm entgegenstreckt, übernimmt langsam sein Instinkt die Überhand. Er wendet sich von ihren Lippen ab und widmet sich ihren Brüsten, dabei kann er es nicht mehr verhindern, dass seine Eckzähne sich ganz ausfahren. Vorsichtig zieht er ihre Brustwarzen ein und entlockt ihr ein Stöhnen. Normalerweise sind Menschenfrauen in einem Rausch, wenn sie schon so weit sind, sobald er zubeißt, können sie nicht mehr klar denken, doch Sora scheint einfach nur zu genießen, ohne dabei in einen Rausch zu verfallen.

Dorian will das Handtuch ganz entfernen, doch sie stoppt ihn zaghaft. »Ich bin nicht das, was du gewöhnt bist«, flüstert sie leise. Er sieht ihr ins Gesicht, ist das ihr Ernst? »Was meinst du genau?« Sora wendet den Blick ab und sieht verlegen zur Decke. »Na ja, du weißt schon, die perfekten Frauen, die du sonst gewöhnt bist.« Dorian muss sich zurückhalten, um nicht laut loszulachen. Er betrachtet sie lange. Ihre dunklen Haare erstrecken sich über das weiße Laken, ihre braune Haut schimmert, ihre grünen lebendigen Augen sehen ihn unsicher an. »Nein, bist du nicht.« Er neigt sich zu ihr und küsst ihre Nasensitzen, dann ihre vollen Lippen. »Du bist das Schönste, was ich jemals gesehen habe ... und ich habe schon viel gesehen!«

Luna schluchzt laut und Saphira stoppt in ihrem immer fortwährenden Umhergelaufe in ihrer Küche. Sobald sie etwas Freiraum im Geschäft hatte, ist sie nach Hause gefahren. Vlad war anscheinend gerade da, denn Luna hat gestrahlt wie lange nicht mehr, doch Saphiras Idee bringt sie wieder zum Weinen und das bricht ihr das Herz. Aber sie weiß auch, dass Luna nur weint, weil sie spürt, dass Saphira recht hat. »Es wäre für alle das Beste!« Saphira setzt sich niedergeschlagen neben ihre Schwester, ihr wird immer bewusster, wie recht sie doch hat. »Es gibt einen Grund, warum unsere Vorfahren nicht hier geblieben sind. Überlege doch mal, wenn wir nicht hier sind, kommt dieser Maurice sicher nicht wieder. Die ganzen ruhelosen Vampire treibt es nicht hierher. Es wird keinen Kampf mehr geben, sie können alle weiterleben wie zuvor.« Saphira schluckt, währen sie erst gar nicht hergekommen, wäre Luca noch am Leben. Luna wischt sich die Tränen weg. »Was ist mit Vlad? Ich bin seine Seelenverwandte. Was ist mit Calin? Anis? Willst du sie alle hier zurücklassen? Und Venezuela? Es gibt auch einen Grund, warum wir von da weg sind!«

Saphira lehnt sich zurück. »Ich weiß, es ist alles so verflucht schwierig. Warum gibt es diese ganzen Legenden? Warum müssen wir ein Teil davon sein? Warum mussten wir je davon erfahren?« Luna sieht sie fragend an, doch Saphira weiß selbst keine Antwort, sie will selber nicht weg hier. Auch wenn sie und Calin, so wie es aussieht, gar keine Zukunft haben werden, will sie ihn nicht verlassen. Anis verlassen, die ganzen Jungs, Sora, Nicola, ihre Arbeit im Bücherladen? Sie merkt, wie sehr ihr das alles in dieser kurzen Zeit schon ans Herz gewachsen ist. So sehr sie Barnar am Anfang gehasst hat, so ungern möchte sie jetzt hier weg. »Lass uns darüber nachdenken,« sagt sie leise zu Luna, »ich denke, auf der Beerdigung von Luca morgen Abend werden wir unsere Antwort schon selber finden.«

Luna reisst die Augen weiter auf. »Denkst du etwa, ich will, dass noch einer von ihnen stirbt? Wenn ich die Garantie habe, dass keiner von ihnen mehr zu leiden hat, würde ich auf die Liebe zu Vlad verzichten, um ihre Leben zu schützen, aber wer garantiert dir, dass die ruhelosen Vampire nicht trotzdem angreifen? Du hast doch selber gehört, wie wahnsinnig dieser Maurice ist. Er wird diesem Kampf so oder so nicht entgehen wollen.« Saphira runzelt die Stirn, das könnte natürlich sein, aber wenn er davon erfährt, vielleicht doch. Sie muss in Erfahrung bringen, ob es eine Möglichkeit gibt. Sie überlegt hin und her, wen sie deswegen fragen könnte, doch letztlich fällt ihr nur eine Person ein, die ziemlich neutral zu allem steht, die sie fragen könnte und die nicht versuchen würde, sie von ihrem Vorhaben abzubringen. Sie steht auf und gibt Luna einen Kuss. »Kein Wort zu niemandem, wir sprechen später noch einmal darüber!« Luna nickt niedergeschlagen. »Gehst du wieder in den Laden?« Saphira nimmt ihr Handy heraus, um Marion abzusagen. Sie ist sehr dankbar dafür, dass sie so eine verständnisvolle Chefin hat. »Nein, ich gehe zu den Wächtern!«

Sora blickt sich benommen um, sie muss eingeschlafen sein. Es ist so dunkel und sie ist nicht zu Hause, plötzlich vernimmt sie einen ihr mittlerweile gut bekannten Geruch und merkt, dass sie in den Armen von Dorian liegt. Ihr Herz klopft schneller, sie ist noch im Haus der Vampire. Sie hebt ihren Kopf von seiner Brust und sieht in sein schlafendes Gesicht. Dadurch, dass die Fenster noch verriegelt sind, weiß sie, dass es noch Tag sein muss und sie noch keine Chance hat hier wegzukommen. Nur das brennende Licht im Bad lässt sie etwas erkennen und sie mustert für eine Weile Dorian. Er sieht so friedlich aus, so zufrieden. Er hält seine Arme um sie geschlungen, als würde er sein Glück festhalten. Was er wohl einmal für ein Mensch war? Er muss früh verwandelt worden sein, was für eine Geschichte er wohl gehabt hat? Wieso kann er nicht einfach ein Mensch sein, dann wäre sie jetzt die glücklichste Frau der Welt, in seinen Armen zu liegen, so fühlt es sich einfach nur falsch an, trotzdem kann sie nicht aus seinen Armen weichen.

Er ist so zärtlich zu ihr, sie denkt daran, wie er vor ihren Augen mit Vampiren gekämpft hat, wie sehr ihn ihre Familie hasst. Sie beugt sich leicht hoch und merkt dabei, dass sie ihr Handtuch immer noch umschlungen hat. Sie hasst ihren Körper. Als kleines Mädchen hatte sie eine Blinddarm-Operation, die kompliziert verlaufen ist, und nun trägt sie eine längere Narbe an dieser Stelle. Sie geht nicht gerne schwimmen und zeigt auch so nicht besonders viel Haut. Sie mag es einfach unauffällig. Das, was sie hier gerade tut, dieses Verbotene, ist so untypisch für sie. Es entspricht so gar nicht dem, wie sich die zuverlässige Sora sonst immer verhält. Und diese Gefühle, die Dorian vorhin bei ihr ausgelöst hat, waren so fremd, aber auch so schön. Sie ist eh schon zu weit gegangen, warum nicht diese paar verbotenen Stunden, die sie beide haben, ausnutzen?

Es wird danach nie wieder dazu kommen. Als sie jetzt an seinem Körper herabblickt, schluckt sie leicht. Er trägt eine Jeans und ein helles Shirt. Seine Haut ist so hell im Gegensatz zu ihrer, sieht aus wie Seide. Sie streichelt mit den Fingerspitzen über seinen Arm, dann spürt sie die Muskeln an seinem Oberarm, streichelt über seine breite Brust. Er ist verboten und viel zu schön für sie. Als sie ihm wieder ins Gesicht schaut, blickt sie ihm in die Augen, sie hat ihn geweckt. Seine Augen liegen ruhig auf ihr, abwartend. Sora spricht sich selber in Gedanken Mut zu und stemmt sich auf, so dass sie auf ihm sitzt. Seine Hände lassen sie dabei nicht los und umfassen nun ihr Becken. Er regt sich nicht, sieht sie einfach nur abwartend an. Doch als sie sich auf ihm niederlässt, spürt sie, dass sich doch etwas in ihm regt und ihr wird heiß, als sie sich darauf setzt. Was tut sie hier? So was würde sie sich sonst nie trauen. Sie sieht zu ihm herab, ihre Hände zittern und umfassen das Handtuch, sie weiß gar nicht so wirklich, was sie da gerade tut.

Doch Dorian reagiert, seine Hände verlassen ihr Becken und er legt sie auf ihre zitternde Hände und öffnet das Handtuch. Am liebsten würde sie ihre Augen schließen, doch Dorian lässt sie nicht. Er hält sie in seinem Blick gefangen und als das Handtuch dann weg ist, schweifen seine Augen über ihren nun ganz nackten Körper. Er sagt nichts, kein Wort, Sora beginnt sich zu schämen. Was dachte sie sich, dass sie einen Vampir verführen kann, der täglich von Amazonen umgeben ist? Doch dann richtet sich Dorian auf, seine Hand geht an Soras Wange und kurz bevor ihre Lippen sich treffen, hält er ein. »Ich habe in meinem Leben noch nie etwas so sehr gewollt wie dich!«

Sora bekommt eine Gänsehaut, als er sie so fordernd küsst. Seine Hände fahren ihren Körper entlang und sie zieht ihm sein Shirt aus. Sie will ihn näher spüren. Als sich ihre nackte Haut trifft, liegt ein Zischen in der Luft, dunkel und hell, Vampir und eine vom Stamm der Yasus so vereint ist verboten, gefährlich und aufregend. Sie erschreckt etwas, als Dorians Hände weiter nach unten wandern, aber er weiß was er tut und sie muss ihre Lippen von seinen lösen um aufzustöhnen. Seine Lippen fahren ihren Hals entlang, Sora spürt seine Zähne an ihrem Hals. Sie sollte erschrecken und aufspringen, doch es kribbelt alles nur. Solche Gefühle hat sie noch nie erlebt.

Sora gibt sich, vielleicht das erste Mal in ihrem Leben, ganz ihren Gefühlen hin. Dorian wandert weiter, seine Lippen finden automatisch den Weg zu ihren Brüsten und Sora beginnt seine Jeans aufzuknöpfen. Sie hat noch nie mit jemandem geschlafen, sie versucht zu verdrängen, wie viel Erfahrung er sicherlich schon hat und das sie sich ihr erstes Mal ganz anders oder zumindest mit jemand ganz anderem vorgestellt hat. Als Dorian bemerkt, dass ihre Hände immer noch leicht zittern, küsst er sie und raubt ihr erneut den Atem. Sie vergisst endgültig alle Bedenken. Dafür ist später noch Zeit, sie geht ganz in dem Hier und Jetzt auf. Dorian bringt ihre sonst so geordnete Welt durcheinander, doch gerade kann sie es nicht ändern. Will es nicht ändern.

Als er sie jetzt so küsst, spürt sie seine Erregung ganz an sich und ihr Herz beginnt immer schneller zu rasen. Seine Lippen lösen sich, er sieht ihr in die Augen. »Du gehörst jetzt zu mir!« Seine Stimme ist rau, erregt und ernst, Sora schluckt. Er und sie wissen, dass es nicht so ist, dass es niemals so sein kann, aber etwas in ihr will es in diesem Moment glauben. Er küsst sie noch einmal, aber diesmal ganz zärtlich. Sora treten die Tränen in die Augen, wieso ist alles so kompliziert? Er hebt ihr Becken leicht an, sie spürt, wie er in sie eindringt. Sie hält die Luft an, sie erwartet Schmerzen, aber das tritt nicht ein. Es ist einfach nur schön. Es fühlt sich so richtig an, so mit ihm vereint zu sein. Und das ist falsch.

Sora genießt es, sie legt ihren Kopf in den Nacken und Dorian stöhnt auf, er knabbert an ihrem Hals, dann sagt er mir rauer Stimme »mein«. Sora spürt einen kurzen Schmerz. Plötzlich werden alle Gefühle noch stärker, noch intensiver. Sie kann all diese Empfindungen gar nicht zuordnen und öffnet die Augen. Sora will Halt an Dorian finden, sucht seine Lippen und merkt erst da, dass er von ihr trinkt. Er hat sie gebissen. Mit einem Schlag sind alle Gefühle weg, sie bekommt Panik und schlägt auf seinen Rücken ein. Sofort löst er sich von ihr, er will etwas sagen, doch Sora lässt ihn gar nicht dazu kommen. Wie von Sinnen springt sie auf, hält sich das Handtuch vor den Körper und ihren Hals fest. Sie blickt auf den verwirrten Dorian hinab, sieht auf seinen Mund, mit dem er gerade von ihrem Blut getrunken hat, auf das mit kleinen Blutflecken beschmierte Laken und bricht in Tränen aus. »Sora, es tut mir leid, aber ich konnte nicht ... das verletzte dich nicht, ich könnte dir niemals ...« Sie lässt ihn nicht weiterreden. Sora rennt ins Bad, schließt die Tür hinter sich zu und lässt sich daran zu Boden gleiten. Was hat sie bloß getan?

Saphira hält mitten im Wald und flucht. Sie findet den Weg zu der Burg der Wächter nicht mehr. Sie hat hier in diesem Waldgebiet die Orientierung verloren und bezweifelt auch, dass ihr kleiner roter Liebling noch tiefer diese Wege fahren kann. Saphira steigt aus und sieht sich um, sie ist sich eigentlich sicher, dass hier irgendwo die Burg zu sehen sein muss. Doch es gibt nichts, nur Wald. Sie will gerade wieder einsteigen, als Felicitas zwischen zwei Bäumen auf sie zukommt. Saphira atmet erleichtert auf, sie hat noch immer nicht so ganz verstanden, wer von den Wächtern welche Gabe hat, aber scheinbar wusste Felicitas, dass sie zu ihr wollte. Saphira zieht ihren Mantel enger zu als sie sieht, dass Felicitas wie fast immer eine Art Robe, ein weißes altes Kleid trägt, und nur das. Kein Mantel, keine festen Schuhe, ihre leichten Ballerinas, wie immer. Auch sind ihre Haare wie jedes Mal, als Saphira sie getroffen hat, kunstvoll hochgesteckt und sie fragt sich, wie lange Felicitas dafür wohl jedes Mal braucht.

»Raphael hat mir gesagt, dass du zu mir willst.« Saphira nickt, klar Raphaels Gabe. »Ja, ich wollte mit dir etwas besprechen ... im Vertrauen.« Felicitas macht eine einladende Geste. »Wir sind für alle Legenden da und es ist mir eine Ehre. Lass uns ein Stück gehen.« Sie läuft in eine Richtung und Saphira hält mit ihr Schritt, sie weiß eh nicht, wo genau sie sind, von daher bleibt ihr gar nichts anderes übrig. »Dir ist sicherlich kalt, ich würde dich ja gerne zu unserem Heim bitten, aber mit Amanda wäre das zur Zeit etwas riskant. Sie schläft zwar jetzt tagsüber in unseren dunklen Kellergewölben, aber wir wollten so ein Risiko nicht eingehen, auch wenn Raphael sie gut unter Kontrolle hat.« Saphira sieht die hübsche dunkle Frau von der Seite an, sie hat Felicitas noch nie so viel reden gehört, kann sich kaum daran erinnern, je ihre Stimme gehört zu haben und nun schmunzelt Felicitas sogar leicht. »Ist dir nicht kalt?«

Die Frage poltert einfach so aus Saphira heraus, dabei wollte sie sich doch extra zurückhalten, doch Felicitas lächelt mild. »Ich habe solche Empfindungen wie Kälte oder Hunger nicht ... nicht wirklich.« Saphira ist nicht mal mehr groß erstaunt über diese Aussage, was sollte sie noch schockieren? »Also Saphira, wie kann ich dir helfen?«, unterbricht Felicitas ihre Gedanken, während sie ohne ersichtliches Ziel durch den schneebedeckten dichten Wald laufen. »Ich wollte dich fragen, wenn Luna und ich nicht hergekommen wären, dann wären die ruhelosen Vampire nicht aufgetaucht, dann wäre Maurice nicht auf uns aufmerksam geworden, dann wäre ...«

Saphira fehlen die Worte, als sie selber ihre Worte begreift, sie fuchtelt mit den Armen in der Luft. »Dann wäre das alles nicht so passiert, wie es gekommen ist.«

Felicitas legt ihre Hand auf Saphiras Arm. »Du solltest deine kostbare Zeit nicht damit verschwenden darüber nachzudenken, was wäre wenn. Nimm es so wie es gekommen ist und mache das Beste daraus.« Saphira würde am liebsten losschreien, dass sie das nicht will, dass sie jetzt, wo sie es so klar sieht, am liebsten alles rückgängig machen würde. »Meine Schwester und ich haben das nie gewollt, wir wollen nicht, dass noch jemand verletzt wird. Wenn dieser Angriff wirklich stattfindet, so viel schlimmer als der letzte ... Du hast doch gehört, was Gabriel erzählt hat von seinem Bruder, wo Maurice eine ganze Stadt, Hunderte von Menschen ausgelöscht hat. Das müssen wir verhindern. Diese ganzen armen Menschen wissen nicht einmal, was ihnen bevorsteht.« Saphira denkt bedrückt an Marion, wie sie einem ihrer Kunden von dem neuesten Vampirroman vorschwärmt, sie haben nicht mal eine Ahnung, dass sie mitten in so einem Horrorszenario stecken.

Saphira sieht, dass sie auf eine Lichtung zugehen. »Verstehst du Felicitas, ich will nur wissen, gibt es eine Möglichkeit das ganze aufzuhalten? Dass, wenn Luna und ich wieder weg sind, das Ganze nicht stattfindet, dass man Maurice wissen lässt, dass er uns, hinter denen er her ist, hier nicht antreffen wird.« Felicitas selbst scheint zu grübeln, sie sieht stur nach vorn, am liebsten würde Saphira sie schütteln, damit sie eine Regung zeigt. Dann hebt sie den Finger. »Ja, die Möglichkeit besteht, Saphira, wir könnten ausschwärmen, die ruhelosen Vampire wissen lassen, dass ihr weg seid. Ich bin sicher, es würde zu Maurice durchdringen, aber das ist nicht so vorgesehen. Du weißt, ich bin eine Seherin. Ich kann zwar keine Legenden sehen, nur menschliche Schicksale, doch daraus schließen, was passiert. Das ist auch nicht immer so gewissenhaft, eine spontane neue Entscheidung kann das ganze Bild wieder ändern, manchmal hängen jahrelange Situationen nur von einer kleinen Entscheidung ab, das ist nicht so einfach.«

»Also weißt du nicht, ob es helfen würde?« Felicitas schüttelt den Kopf. »Nein, das weiß ich erst, wenn ihr es macht, wenn ihr weggeht, wird sich zeigen, ob das etwas ändert, aber ich denke, es ist der falsche Weg.« Sie treten auf die Lichtung, Saphira erkennt sie sofort. Hier standen sie alle zusammen nach dem Kampf. Hier hat Luca seine letzten Atemzüge gemacht. »Ihr solltet Barnar nicht verlassen, ich sehe dein Schicksal nicht, nicht das von Luna oder Calin, aber ich sehe so viel um zu wissen, dass dein Schicksal hier liegt. Du weißt, dass alle bereit sind zum Kämpfen und eine Legende ist nicht dazu geboren, aufzugeben und davonzulaufen.« Saphira blickt auf die Lichtung, mit dem weißen Schnee wirkt sie so friedlich, sie stellt sich das ganze Blut vor, dass ihretwegen fließen könnte. »Unsere Legende schon!«

Kapitel 5

Sora wird vom Aufgehen der Fensterläden wach und fährt hoch. Sie ist noch immer im Bad, sie muss eingeschlafen sein. Dorian hat noch eine ganze Weile gegen die Tür geklopft und wollte, dass sie mit ihm redet. Dann wurde es still, sie weiß nicht, ob er noch im Zimmer ist, sie will es auch gar nicht herausfinden. Sora steht auf, noch immer hat sie nur das Handtuch um. Sie denkt an die frischen Sachen, die Catalina für sie herausgelegt hat, aber sie hätte sie eh nicht tragen können, wie sollte sie das ihren Eltern erklären? Also schlüpft Sora in ihre alten Klamotten, die noch im Bad liegen. Sie versucht das so geräuschlos wie möglich zu tun und überlegt dann hin und her. Entweder sie geht jetzt blitzschnell aus dem Zimmer direkt hinunter und verschwindet ohne ein Wort, was Dorian sicherlich nicht zulassen wird, oder sie muss sich etwas anderes einfallen lassen.

Sie will niemandem von ihnen mehr begegnen. Soras Blick fällt auf das Badezimmerfenster, das nun frei ist. Sie steigt auf die Toilette und öffnet es. Sie sind im ersten Stock, aber besonders tief ist es nicht und unter ihr sind weiche Büsche. Sie sieht, dass sie genau auf der Seite des Hauses ist wo sie hin muss, nur ein paar Schritte und sie ist an ihrem Auto. Ohne noch länger darüber nachzudenken, klettert Sora mühevoll auf die Fensterbank und springt, die Alternative will sie nicht. Als sie unten ankommt, stellt sie stöhnend fest, dass die Büsche doch nicht so weich waren wie sie aussahen. Doch sie denkt nicht weiter nach, sie steht auf und überbrückt schnell die letzten Schritte zu ihrem Auto. Erst als sie dieses gestartet hat und losgefahren ist, schluchzt sie auf und beginnt zu weinen.

Was hat sie sich bloß dabei gedacht? Sie blickt in den Rückspiegel und sieht Dorian an dem Fenster stehen, aus dem sie gerade gesprungen ist. Er sieht ihr traurig nach. Sora versucht sich die Tränen wegzuwischen, sie muss jetzt einen klaren Kopf behalten.

Es darf niemals jemand von diesem Ausrutscher erfahren. Als sie vor ihren Haus hält, sieht sie in den Spiegel und versucht sich etwas herzurichten, sodass niemand bemerkt, was sie die letzten Stunden gemacht hat.

Sie sieht, dass ihre Jacke durch den Sturz in die Büsche am Arm aufgerissen ist und sie dort blutet. Sie greift nach hinten, wo zum Glück noch eine dünne Jacke liegt und wechselt schnell die Jacken. Als sie dann in ihr Haus tritt, sitzt ihre Mutter mit Lucas Mutter auf der Couch. Sora schluckt schwer und begrüßt die beiden leise. »Sora, es ist schon dunkel, du sollst nicht ...« Sora unterbricht ihre Mutter, sie hat jetzt keine Lust auf diese Strafpredigt, sie fühlt sich auch so schon schlecht genug. »Ja, es tut mir leid, es war viel Verkehr!« Lucas Mutter gibt Sora einen Kuss, als diese sie begrüßt. »Höre auf deine Mutter, Sora, mach ihr keinen Kummer. Lasst nicht noch so ein Unglück über unseren Stamm hereinbrechen!«

Sora gibt ihr einen Kuss zurück und nickt, noch schlimmer könnte sie sich jetzt nicht fühlen. Sie hat mit einem Vampir, einem der Wesen, die für Lucas Tod verantwortlich ist, geschlafen. Als ihre Mutter sie fragt, ob sie etwas essen will, erklärt Sora, erst einmal duschen zu wollen, sie ist durchgefroren. Ihre Mutter ermahnt sie erneut. »Kein Wunder bei der dünnen Jacke.« Sora geht die Treppe hoch und trifft auf Vlad. Sie spürt, wie ihr sofort die Röte in die Wangen steigt. Auch wenn sie und Vlad schon lange nicht mehr so ein enges Verhältnis wie früher haben, er ist ihr Zwilling, er spürt, wenn sie etwas hat. Er bindet sich gerade seine Uhr um. Sora will sich mit einem einfachen »hey« vorbeischleichen, doch Vlad hält sie auf.

»Hey! Das ist alles? Wir haben uns die letzten Tage kaum gesehen!« Sora sieht ihn ungläubig an, muss ihr blöder Bruder genau jetzt einen auf happy family tun? Er umarmt sie und Sora seufzt leise auf, sie will es nicht, doch sie kuschelt sich an Vlads breite Schulter. Sie hat ihn schon immer mehr als jeden anderen Menschen auf der Welt geliebt. Sie wünschte, sie wären beide wieder fünf und all diese Probleme so weit weg. »Alles okay, Prinzessin?«

Vlad lächelt und gibt ihr einen Kuss auf die Stirn. Sora nickt zaghaft und weicht seinem Blick aus. Er sieht auf die Uhr. »Ich muss Streife schieben und bleibe dann bei Luna.« Sora nickt. »Grüß die beiden von mir, sag ihnen, ich komme morgen mal vorbei.« Vlad sieht sie zufrieden an. »Mach ich und du ruh dich aus! Du siehst sehr müde aus.« Sora sieht ihrem Zwilling hinterher. Er hat das Glück gefunden, seine Seelenverwandte und Luna ist perfekt für ihn. Sie hat ihn noch nie so glücklich gesehen. Bei ihnen stimmt alles, alles ist perfekt und er würde dieses Glück nie wieder gehen lassen, kann er gar nicht, er ist an Luna gebunden.

Sobald das warme Wasser auf Sora prasselt, entspannt sie sich endlich. Sie will die Gedanken an die letzten Stunden verdrängen, muss das alles hinter sich lassen. Sie fährt ihren Körper entlang, denkt daran, wie Dorian sie angefasst hat, sie geküsst hat. So schön es in diesem Moment war, es hätte nie passieren dürfen. Sie fasst ihren Hals entlang an die Stelle, wo Dorian sie gebissen hat. Ohne sich richtig abzuspülen, macht sie die Dusche aus und stellt sich vor den Spiegel. Sora wischt die beschlagene Scheibe sauber und begutachtet die Stelle, zwei kleine Löcher prangen an ihrem Hals. Es kribbelt, wenn sie über die Stelle fasst und ihr wird schlecht. Als sie sich ihren Schlafanzug angezogen, ihre Wunde am Arm verbunden und die Haare getrocknet hat, sieht sie aus dem Fenster. Sie ist sich sicher, dass Dorian unten sein wird in der Hoffnung, noch mit ihr sprechen zu können, doch sie wird nicht nachgeben. Als sie die Jalousien öffnet, blickt sie sich eine Weile um, aber er ist nicht zu sehen. Sora steht die Nacht noch des öfteren am Fenster, doch Dorian lässt sich nicht blicken.

Saphiras Herz schlägt bis zum Hals. »Ras' doch nicht so, man merkt, dass du deinen Führerschein in Venezuela gemacht hast!«, murmelt Anis. Saphira trifft Lunas Blick im Rückspiegel und sieht, dass auch sie nervös ist. Es sollte ein ganz normaler Familiennachmittag werden. Nachdem Saphira von Felicitas gekommen ist, hat sie Luna und Anis eingesammelt, damit sie etwas zusammen unternehmen. Es war schön, sie waren im Kino und anschließend essen, Saphira hat es geschafft, alles andere für ein paar Stunden auszublenden, doch als sie losgefahren sind, musste sie feststellen, dass es schon sehr dunkel ist. Sie hat alles so verdrängt, dass sie ganz vergessen hat, in was für einer Gefahr sie zur Zeit stecken.

Wenn jetzt jemand angreift, können sie nichts tun und haben Anis auch noch dieser Gefahr ausgesetzt. Ihr wird bewusst, wie unmöglich es ist weiter hier zu leben, wie soll das gehen, ausgerechnet hier, wo schon so früh die Sonne untergeht? Saphira und Luna sind viel zu freiheitsliebende Menschen, um den Rest ihres Lebens im Haus zu verbringen. Sie müssen weg von Anis, auch wenn es ihnen das Herz brechen wird, aber sie können nicht auch noch sein Leben aufs Spiel setzen. Sobald sie in Barnar einfahren, atmet sie innerlich auf, und es ertönt ein Jaulen aus dem Wald. Sie wirft sich einen Blick mit Luna zu, sie können nicht ständig auf das Rudel angewiesen sein. Saphira will sich gar nicht vorstellen, was für Sorgen diese sich die letzten Stunden gemacht haben. Keine zwei Minuten später klingelt ihr Handy. »Wie schön, dass du jetzt rangehst!« Calin ist sauer und Saphira entschuldigt sich. »Ich hatte keinen Empfang und habe die Zeit vergessen.« Sie weiß selber, dass das nicht geht und ist froh, dass Calin nicht weiter darauf eingeht, sondern nur ein »bis später« murmelt.

Raphael läuft in der Burg hinter Amanda her. Es ist alles abgeriegelt, doch er kommt sich wie ein Volltrottel vor, ihr nachzulaufen und ihre Gedanken unter Kontrolle zu halten. Sobald es dunkel wird, wandert sie. Sie läuft von Fenster zu Fenster, von Turm zu Turm, durch alle Zimmer, als würde sie etwas suchen. Seit sie an diesem Abend von Raphael das Blut getrunken hat, geht es ihr besser, aber sie redet nie. Ihre Gedanken sind noch zu verwirrt und sie scheint zu wissen, dass Raphael sie lesen kann. Er sieht Gedankenfetzen ihres früheren Lebens, in besonders guten Augenblicken erinnert sie sich sogar an Calin oder einen der anderen Jungs. Sie hat sie nicht vergessen, und das ist eine verblüffende Tatsache, die Gabriel ebenso überrascht hat wie ihn.

Sie wussten nicht, dass sich Vampire an ihr früheres Leben erinnern. Vielleicht liegt es auch daran, dass bei Amanda die Verwandlung noch nicht so lange her ist wie z. B. bei Vladan, bei dem er solche Erinnerungen noch nie gesehen hat. Nur bei Tristan sieht er die Wut darüber, dass er das Leben damals verloren hat, aber keine Erinnerungen an dieses selbst. Manchmal scheint sie auch daran zu denken, wie es war, als sie das Blut von Raphael getrunken hat, daran, wie sie sich geliebt haben. Raphael kann es selbst nicht vergessen, es war einmalig, er würde es sofort wiederholen. Noch nie hatte er solch eine Erfüllung wie in diesem Moment, doch sobald Amandas Gedanken dahin wandern, sieht sie ihn verlegen an und zwingt sich, an etwas anderes zu denken. Raphael hat ihr noch einmal Blut angeboten, doch sie lehnt es ab, auch Gabriel sagt, sie müssen diesbezüglich vorsichtig sein. Vampire trinken kein Blut von anderen Legenden, keiner weiß, was dabei passieren kann.

Irgendwann vor einer Stunde muss Saphira in der Nähe gewesen sein. Amanda wurde unruhig, so wie schon im Schlaf heute Mittag, als Saphira ebenfalls hier war, um nach Felicitas zu suchen. Es ist unfassbar, was für eine Wirkung der Duft vom Blut der Töchter des Mondes auf Vampire hat, umso größer sein Respekt für Vladans Zirkel, dass es ihnen nichts auszumachen scheint. Raphael hört Calin schon von Weitem, er ist in Sorge. Er kennt Calin gut und hat Mitleid mit dem Anführer des Rudels, so viel verschiedene Probleme wie er sie momentan mit sich herumschleppt, würden viele in den Wahnsinn treiben.

Auch Amanda scheint ihn schon früh zu bemerken. Raphael ist gespannt wie sie reagiert, auch wenn er weiß, dass das Blut vom Stamm für Vampire nicht sehr anziehend wirkt. Doch Amanda ist uninteressiert, sie blickt weiter stur aus dem Fenster, auch als Calin eintritt und sich neben Raphael auf das Sofa niederlässt. »Und wie geht es ihr?« Raphael erzählt ihm von den Veränderungen, auch davon, an was sie sich erinnert. Calin lächelt, als er ihm erzählt, dass er sieht, wie sie auf einer Wiese stundenlang gespielt haben, den Ball fangen, werfen. Amanda konnte für ein Mädchen ungewöhnlich gut fangen. Raphael mag das Bild von Amanda in ihren Erinnerungen. Mit Cap, den wilden braunen Haaren und dem ansteckenden Lachen. Auch in Calins Erinnerungen sieht er sie so und versteht, warum dieser sie nicht aufgeben kann. »Schon etwas wegen Maurice erfahren?« Raphael schüttelt den Kopf. »Sie spricht noch nicht. Aber sie isst schon normal, allerdings nur, wenn Felicitas ihr das Essen bringt. Aber es wird besser.« Calin nickt und scheint etwas beruhigter.

Raphael verschweigt ihm, dass Saphira vorhin da war. Natürlich weiß er, was ihre Pläne sind. Er hat mit den Jahren gelernt nicht alles weiterzugeben. Ob sie auf dem richtigen Weg ist, weiß er auch nicht, er hat auch gelernt, nicht mehr alles zu beurteilen, dass könnte er gar nicht. »Ich wusste, dass sie noch nicht verloren ist, ich wusste, dass in ihr noch die alte Amanda steckt.« Raphael lehnt sich zurück und schnalzt bei Calins hoffnungsvoller Aussage die Zunge. »Ich würde mir nicht zu große Hoffnungen machen, Calin.« Doch er sieht in Calins Gedanken, dass es sinnlos ist, ihm das jetzt einzureden. Calin greift neben sich in eine Obstschale, die auf einem der kleinen Tische steht. Blitzschnell wirft er eine Apfelsine in Amandas Richtung. »Na los, Amanda, fang du Mädchen!« Raphael will gerade etwas einwerfen, doch genauso schnell dreht sie sich um und fängt ohne Probleme die Apfelsine. Raphael sieht in beiden Erinnerungen, dass Calin sie damit früher immer aufgezogen hat und ein kleines wenn auch minimales Lächeln bildet sich um Amandas Mund. »Sie wird wieder«, sagt Calin leise. Amanda dreht sich um und starrt weiter aus dem Fenster, als wäre nie etwas passiert. Raphael hat nicht so große Hoffnungen wie er.

Saphira wird immer wieder wach, nun hat sie den Versuch, noch Schlaf zu finden, ganz aufgegeben. Sie legt ihren Kopf auf Calins Brust und lauscht seinem Herzschlag. Er ist erst spät in der Nacht gekommen, sie dachte schon, er würde noch Ärger machen, weil sie vorhin so unvorsichtig waren, doch er hat sie nur geküsst und gesagt, sie soll nicht so leichtsinnig sein, er würde es nicht ertragen sie zu verlieren. Das hat Saphira die Kehle zugeschnürt. Er muss es ertragen sie zu verlieren. Sie ist sich sicher, dass er es irgendwann verstehen wird und spätestens, wenn er seine Seelenverwandte gefunden hat, auch vergessen haben wird. Genauso sicher ist sie, dass sie ihn nie wieder vergessen wird. Sie glaubt fest daran, dass man nur einmal in seinem Leben so sehr lieben wird, dass man bereit ist, alles für diese Person zu tun, alles was danach kommt, ist nur der Versuch, an dieses Gefühl heranzukommen.

Sie will sich gar nicht vorstellen, wie Vlad es aufnehmen wird. Luna ist seine Seelengefährtin, doch es gibt etwas, was wichtiger ist: Sein Leben. Das Leben aller, die sie so schützen können. Sie alle sind bereit, ohne zu zögern ihr Leben für die beiden Schwestern aufs Spiel zu setzen. Es ist ihre Pflicht, wenigstens dafür zu sorgen, dass sie das erst gar nicht müssen. Auch wenn es ihnen das Herz brechen wird. Saphira hört Luna aufstehen, sie ist sich sicher, Vlad springt in diesem Moment vom Balkon.

Luna hat heute Schule, Calin muss arbeiten, aber sie hat frei und freut sich sogar darauf, etwas Zeit allein zu haben. Sie küsst sanft Calins Lippen, er öffnet seine Augen ein Spalt. »Du musst langsam aufwachen.« Calin zieht sie enger an sich und knurrt leise, was wohl ein Nein bedeuten soll. Saphira muss lachen und versucht sich ihm zu entwenden, doch er denkt nicht daran sie loszulassen. Er liebkost ihren Hals und ihre Schultern. »Ich kann nicht genug von dir bekommen.« Saphira kuschelt sich an ihn, sie genauso wenig von ihm. Sie zeichnet verträumt sein Stammestattoo nach, er spielt mit einer Strähne ihrer Haare. »Wenn das alles vorbei ist und die Werkstatt wieder läuft, lass uns wegfahren, irgendwo hin, nur wir beide!«

Saphira könnte heulen, sie will ihn jetzt nicht auch noch belügen. »Das wäre schön«, sagt sie nur leise und zum Glück kommt in diesem Moment Luna ins Zimmer geplatzt. »Schwager, ich hab Pan Cakes gemacht, willst du auch welche?« Saphira wirft ein Kissen nach ihrer Schwester, während Calin begeistert aufsteht. Normalerweise würde sie ihre Schwester tadeln, dass sie einfach hereinplatzt, aber dieses Mal kam es ihr zu gelegen, das Letzte was sie jetzt tun sollte, ist, mit Calin Pläne für die Zukunft machen.

Nachdem Luna und Calin zusammen losgefahren sind, weil Calin darauf bestanden hat, Luna zur Schule zu fahren und sie auch wieder abzuholen, macht Saphira den Haushalt. Danach setzt sie sich seit Langem das erste Mal wieder auf die Couch und liest ein Buch. Sie weiß, dass Calin ihre kleine Schwester sehr lieb gewonnen hat, und wieder versetzt es ihr einen Stich zu wissen wie schön alles sein könnte. Aber eben nur könnte. Nach einem Kapitel klingelt es plötzlich. Saphira freut sich sehr, als Sora vor der Tür steht. Sie hat neben Nicola auch in Sora eine gute Freundin gefunden, sie beide teilen Wissen, was kein anderer erfahren darf.

Saphira setzt Tee auf und sie machen es sich im Wohnzimmer gemütlich. Als Saphira Sora fragt, warum sie ihren Schal nicht abnimmt, sagt diese nur leise und auch etwas traurig, dass sie etwas erkältet ist. Sie reden über die Beerdigung, die heute Abend stattfinden wird. Sora erzählt ihr, wie der Stamm ihren Mitgliedern die letzte Ehre erweist. Die Toten werden auf einem besonderen, heiligen Hügel verbrannt. Man sagt, von dort verteilt sich die Asche in alle Richtungen, sodass die Person vom Himmel über den Stamm wachen kann. Saphira findet diese Idee passend. Sora erwähnt noch, dass die Mitglieder des Rudels natürlich eine besondere Ehrung bekommen.

Saphira wird jetzt schon schlecht, wenn sie an später denkt und sie lenkt das Thema um, doch als sie auf Dorian zu sprechen kommt, zuckt Sora sofort zusammen. Saphira fragt weiter nach, sie weiß doch, dass sie gestern den gesamten Tag mit ihm verbracht hat. Sora hat sie von ihm angerufen und schließlich sprudelt alles aus ihr heraus. Saphira hört ungläubig zu und betrachtet dann die Wunde am Hals. »Aber es hat sich gut angefühlt?« Sora nickt und weint. »Ist das nicht ... krank?« Saphira schüttelt verständnisvoll den Kopf. »Nein, ist es nicht. Du sollst es krank finden, das wurde dir so beigebracht, aber ich habe das Gefühl, dein Herz weigert sich das so zu sehen.«

Sora bindet sich den Schal wieder um. »Es ist egal was mein Herz sagt, es geht nicht! Ich kann das meiner Familie, meinem Stamm nicht antun und es ist eh vorbei.« Dann sieht sie Sora neugierig an, nun beichtet auch Saphira ihr alles. Es tut gut, mit jemandem darüber zu reden. Saphira schildert ihr ihre Plänet, wie sie versuchen will alle zu schützen, indem sie und Luna weggehen, ebenso von Felicitas, die denkt, dass es klappen könnte, auch wenn sie es nicht gut heißt. Sora sieht sie bittend an. »Ihr dürft das nicht tun, denkt doch an Vlad, er kann nicht ohne Luna leben. Calin genauso wenig, ob du seine Seelenverwandte bist oder nicht, er würde durchdrehen, wir alle, bitte Saphira, tut das nicht.« Saphira steht auf, um neuen Tee zu holen. »Du selber hast gesagt, dass du ihretwegen auf dein Glück verzichtest. Wir werden tun was wir tun müssen, um ihre Leben zu schützen.« Zwar sieht Sora nicht zufrieden aus, aber sie sieht in Soras wunderschönen grünen Augen, dass sie es zumindest versteht.

Sobald die Dämmerung anbricht, fahren sie alle ein Stück außerhalb von Barnar zu einer riesigen grünen Rasenfläche, in deren Mitte ein hoher, breiter Hügel steht. Drumherum sind Fackeln verteilt, sodass alles in schauriges Licht getaucht ist. Kaum betreten sie diesen Fackelkreis, ist alles ruhig, niemand sagt einen Ton. Saphira läuft mit Sora, Luna und Anis hinter der Mutter von Luca, Adina und Vlads Mutter. Calin ist, seit sie aus dem Auto gestiegen sind, weg, ebenso wie die anderen Jungs, deren Seelenverwandte sich nun auch zu ihnen gesellen. Saphira beobachtet, wie die Mutter von Luca sich bemüht stark zu bleiben, es sind wirklich sehr viele vom Stamm da.

Als sie sich auf dem Hügel versammelt haben, stellen Ovid und Graham nochmal mehrere Fackeln auf, nur in der Mitte bleibt Platz. Erst jetzt sieht Saphira den mit Blütenblättern bedeckten Boden. Graham als Stammesältester beginnt leise etwas in einer anderen Sprache zu summen. Saphira kennt die Sprache, auch wenn sie sie nicht versteht, es ist die Stammessprache. Im selben Augenblick kommen die Männer vom Rudel. Alle zusammen tragen auf einer Holzbahre den leblosen Körper von Luca. Er ist in schön bedeckte Decken eingehüllt. Saphira erinnert sich, wie Sora das auch erwähnt hatte. Es sind die Babydecken, die zu jeder Geburt für die Kinder vom Stamm gefertigt werden. Lucas Mutter beginnt zu schluchzen und wird von Adina gestützt. Saphira selbst kommen die Tränen und als sie sich umsieht, merkt sie, dass es allen so geht.

Die Jungs vom Rudel verziehen allerdings keine Miene, sie stellen die Bahre in die Mitte der Fackeln und umkreisen ihn, so dass eine Weile nichts mehr von Luca zu sehen ist, nur die Rücken des Rudels. Dann gehen sie auf die Knie und sprechen in der Sprache, die Saphira nicht versteht. Jeder von ihnen nimmt eine Paste und macht einen Punkt auf Lucas Stirn, dabei murmelt jeder seine eigenen letzten Worte zu ihm. Und da sieht Saphira trotz der Regungslosigkeit ihrer Gesichter, in ihren Augen flackert der Schmerz auf. Calin ist als letzter und am längsten dran. Danach sieht er zu der Mutter von Luca, scheinbar abschätzend, ob sie es schafft, noch ein paar Worte zu sprechen, doch die arme Frau wird nur noch von Adina und Vlads Mutter auf den Beinen gehalten.

Noch einmal stimmt Graham an, es ist ganz still, man hört nur seinen Sprechgesang und die Fackeln, dann nimmt jeder der Männer eine Fackel und sie zünden die Bahre an. Saphira will sich wegdrehen, um das nicht mit ansehen zu müssen, doch plötzlich schreit Lucas Mutter wild auf. Sie rennt zu den Flammen, in denen ihr Kind verbrannt wird, aber Calin ist schneller. Er hält sie auf, in seinen Armen bricht sie zusammen. Am Boden liegend schreit sie weinend ihre Wut heraus. »Verflucht seid ihr verdammten seelenlosen Vampire, ihr habt mein Kind getötet, alles was passiert ist, hat ihn getötet. Ich gab ihm seinen Herzschlag und ihr habt ihn genommen, verflucht seid ihr!«

Saphira weint und viele andere auch. Sie blickt Sora in die Augen, auch Luna trifft ihren Blick. Als sie sich alle drei ansehen, wissen sie, sie haben keine Wahl. Keine von ihnen. Sora nicht wegen Dorian, sie nicht Barnar zu verlassen. Sie müssen alle drei verhindern, dass so etwas noch einmal passiert.

Kapitel 6

Sora räumt die Regale im Geschäft ihres Vaters ein. Eine Routinearbeit, die sie gerade jetzt über alles hasst, weil es sie zum Nachdenken zwingt. Vier Tage ist die Beerdigung von Luca her, seitdem ist nichts mehr gewesen. Und Sora meint nichts, ihr Leben besteht aus ... nichts! Sie arbeitet und bleibt zu Hause, selten trifft sie sich mit einer Freundin, alle sind gerade mit ihren Beziehungen beschäftigt. Sie gönnt es jedem von Herzen, aber sie merkt, wie langweilig und sinnlos ihr Leben ist. Vlad ist auf Streife, schläft oder ist bei Luna, ihre Eltern sind zwar da, aber viel zu sehr mit ihrer Arbeit und anderen Dingen beschäftigt. Der Job bei ihrem Vater im Laden langweilt sie, füllt sie nicht aus. Sie hatte mal so viel Träume, sie war immer die Klassenbeste, hat ein Jahr übersprungen.
Sie wollte einen Mann kennenlernen und die Welt bereisen, doch seit dem Abschluss hängt sie hier fest. Es ist schön in Barnar, wenn man seinen Platz hat, aber sie fühlt sich gerade einfach nur überflüssig. Würde es jemandem auffallen, dass sie weg ist, wenn sie gehen würde? Registrieren bestimmt, doch wirklich stören? Wohl kaum jemanden. Das einzig Spannende und Verbotene war Dorian, und dann war es auch gleich viel zu verboten, um daran festzuhalten.
Wieder kommen ihr seine weichen Lippen in Gedanken, sie verdrängt sie schnell. Sie darf es nicht wollen, trotzdem steht sie jede Nacht immer wieder auf und geht zum Fenster, doch er ist nicht da, er kommt nicht mehr. Was gut ist, es ist richtig so, doch es trifft sie auch. Für ihn war sie sicher eh nur ein kleines naives Abenteuer, in seinem jahrhundertelangen Leben, vielleicht um mal etwas Spannung hineinzubringen. Sie will gar nicht wissen, wie viele er seitdem schon wieder hatte. »Wow, was haben dir die Dosen getan?« Sora schreckt zusammen und entdeckt Saphira, die lachend hinter ihr steht. Sie hat gar nicht gemerkt, dass sie die Dosen lieb-

los aufeinander gestapelt hat. »Noch nichts, aber man sollte die Fronten schon von vornherein klären!«, gibt Sora augenzwinkernd zurück. Saphira lacht noch mehr. »Zeit für ein Mittagessen?« Sora steht auf und sucht nach ihrem Vater, um ihm Bescheid zu geben. »Sehr gerne!«

Die beiden Frauen setzen sich ein paar Häuser weiter in eines der nur drei Restaurants oder Cafés in Barnar. Sora bestellt sich ihren Lieblingsburger, Saphira nur einen Salat. Als Sora allerdings beim Essen auf die perfekte Freundin sieht, vergeht ihr der Appetit, sie sollte Diät halten und noch so einiges mehr. Kein Wunder, dass sie für Dorian nur ein aufregendes Abenteuer war. Sie konzentriert sich auf Saphira, verdrängt die Gedanken an ihn. Beide haben seit der Beerdigung nicht mehr miteinander gesprochen. »Und wie geht es Calin mit allen?«, fragt Sora neugierig. Sie sieht ihn kaum noch, war er früher wie ein großer Bruder, sieht sie ihn heute nur noch selten, alles hat sich so sehr geändert. »Er spricht mit mir nicht darüber, wir sehen uns wenig, nur nachts ein paar Stunden, und wenn ich von dem Thema anfange, weicht er aus. Er will nicht die wenige Zeit, die wir haben, uns auch noch so belasten. Aber ich sehe, dass es ihm alles zu schaffen macht, er grübelt viel, in der Nacht von Lucas Beerdigung ist er ganz weggeblieben. Vlad meinte, er braucht Zeit für sich. Er macht sich Vorwürfe wegen Lucas Tod, er denkt, er hätte es verhindern können.«

Sora lehnt sich zurück. »Das ist Blödsinn, wie hätte er das sollen? Und was sagt er dazu, dass ihr weg wollt?« Saphira verschluckt sich fast. »Das weiß er nicht, keiner ausser dir, Luna, Felicitas und ich wissen das! Sora, bitte, es ist auch wichtig, dass es keiner erfährt. Sie würden das niemals zulassen!« Sora nickt und sieht Saphira ernst an. »Habt ihr denn schon einen Plan, wohin oder wie oder wann?« Saphira schüttelt den Kopf. »Ich muss noch einmal zu Felicitas, aber ich denke, wir werden nächste Woche gehen, es muss so schnell wie möglich passieren, damit das Ganze noch gestoppt wird. Zuerst fliegen wir nach Venezuela zurück, was dann ist, werden wir dort überlegen!« In Soras Magen beginnt es zu kribbeln, sie wollte schon immer verreisen, sie hat Rumänien noch nie verlassen. »Nimmt mich mit!« Saphira sieht sie verwirrt an. »Wie meinst du das?«

»Nehmt mich mit nach Venezuela, mich hält hier nichts. Niemand wird sich daran stören, ich habe das Gefühl zu ersticken, wenn ich hier bleibe.« Saphira nimmt die Hände ihrer Freundin und lächelt matt. »Was redest du da, Sora? Deine Familie ist hier, deine Eltern, Vlad, soll er neben Luna auch noch seine Schwester verlieren? Das geht nicht, aber wenn der ganze Wahnsinn vorbei ist, kommst du uns besuchen ... wo auch immer wir dann gerade sind.« Die letzten Worte waren mehr ein Murmeln als alles andere und man sieht Saphira an, dass sie das eigentlich gar nicht will, sie will Barnar nicht verlassen, doch sie scheint fest davon überzeugt, dass es so das Beste ist. Sora kämpft mit den Tränen, sie will Saphira nicht sagen wie unrecht sie hat, wie überflüssig sie hier ist, wie klar ihr geworden ist, dass sie, ihr Leben keinen Sinn und für niemanden wirklich eine Bedeutung hat, also nickt sie nur. »Okay, das mache ich!«

Sora arbeitet länger im Geschäft, ihr Vater schickt sie erst kurz vor Sonnenuntergang nach Hause. Im Auto denkt sie daran, wie sie sich gefühlt hat, als ihr mit Saphira im Restaurant noch einmal klar wurde, wie unwichtig sie ist. Sie hat das schon immer gespürt, das letzte Jahr besonders deutlich. Davor war sie wenigstens etwas, die Beste der Schule, ihre Eltern haben sie stolz vorgezeigt, doch seit sie die Schule verlassen hat und ihrem Vater hilft, ist nichts mehr. Die Jungs sind, seit sie alle zum Rudel gehören, nicht mehr die gleichen. Eine kurze Begrüßung, falls man sich ab und zu mal trifft, mehr auch nicht. Sie hat die ganze Zeit damit gelebt, mit diesem Gefühl, aber seit der Nacht mit Dorian zerfrisst es sie. Denn in diesem Augenblick, wo Dorian sie angesehen hat, als wäre sie ein Stern, der direkt vom Himmel gefallen ist – und sie weiß, sie wird dieses Gefühl nie wieder haben – schmerzt es sie qualvoll.

Tränen laufen über ihre Wangen, noch hat sie etwas Zeit, bis die Sonne untergeht und sie wendet ihren Wagen.

Sie fährt zum See und lässt sich auf den Steinen, die bis tief in den See hineinführen, nieder. Wie oft sie als Kinder hier waren, sie alle, die Jungs, die Mädchen, auch Amanda war immer dabei. Sie hatten keine Probleme, wussten noch nicht, was in der Welt passiert, Sora wünschte sich das so zurück. Für sie war nur wichtig, wer am weitesten von den Steinen springen kann, ob die Eltern auch das Lieblingsessen vorbereiten und alle zusammen in Zelten im Garten übernachten dürfen. Es war so unschuldig und unbeschwert, doch das ist schon lange vorbei. Soras Gedanken gehen weiter, zu der Zeit hat Dorian ja auch schon lange hier gelebt als Vampir. So genau will sie gar nicht wissen, wie lange er schon auf der Welt sein Dasein fristet, wie viele tausend Frauen er in dieser Zeit schon hatte.

Sora denkt an Luna und Saphira, die all dem hier entkommen, auch wenn sie tiefe Wunden hinterlassen werden. Sora weiß nicht mal wirklich, was für Auswirkungen das auf Vlad haben wird, sie werden irgendwann ganz neu anfangen können. Diesen Horror vielleicht sogar vergessen, während sie hier weiter festsitzt. Sie wird immer in der Nähe von Dorian sein, es wird immer in ihrem Hinterkopf bleiben, sie wird immer nebenher laufen und gar nicht wahrgenommen werden. Was wird aus ihren Träumen? Vielleicht sollte sie auch einfach gehen, egal wohin, ihr Herz wird ihr schon den richtigen Weg zeigen.

Sie versinkt immer tiefer in ihre Gedankenwelt. Als sie wieder auftaucht, ist es schon stockduster um sie herum, doch wirklich etwas ausmachen tut es ihr nicht. Wer sollte schon was von ihr wollen und ihr gefährlich werden? Wahrscheinlich würden die ruhelosen Vampire sogar, ohne sie zu beachten, weiterziehen. Sora merkt, dass sie nun vollkommen in Selbstmitleid zerfließt und rafft sich auf. Doch genau in dem Moment kommt eine Gestalt auf sie zu und ihr Herz beginnt schneller zu schlagen. Hätte sie ihr Selbstmitleid nicht lieber in ihrem sicheren Zimmer haben können?

»Wen haben wir denn da?« Sora kann in der Dunkelheit nichts erkennen, aber sie kennt die Stimme, sie überlegt, ob sie wegrennen oder einfach auf dem Stein stehen bleiben soll. Doch es erübrigt sich, als der Mann so schnell näher kommt, dass sie kaum Zeit zum Blinzeln hat. Logisch, was für eine Chance hätte sie schon? Doch als der Mann knapp vor ihr langsamer wird, erkennt sie ihn. Es ist Tristan aus Vladans Zirkel. Derjenige von allen, der sie seine Abneigung am meisten hat spüren lassen. Sie weiß nicht, ob sie das beruhigen oder genauso angstvoll bleiben lassen soll. Tristan guckt abweisend, wie an dem Tag, wo sie im Schloss des Zirkels aufgetaucht ist. »Wieso bist du so spät hier draußen? Können eure Wulfis nicht richtig aufpassen?« Sora zieht die Augenbrauen zusammen. »Ich wollte gerade nach Hause. Außerdem muss ich nicht so vorsichtig sein. Ich bin keine Tochter des Mondes.« Tristan lacht hart auf. »Nein, das bist du nicht, aber du bist eine vom Yasus-Stamm, unsere natürlichen Feinde … außerdem scheinst du trotzdem eine ziemliche Anziehungskraft auf Vampire zu haben … zumindest auf manche!« Sora wird rot und sieht weg, das hat ihr gerade noch gefehlt.

»Wie gesagt, ich wollte gerade gehen!« Tristan denkt allerdings nicht daran sie durchzulassen. »Ich bin neugierig, du bist also nach Sonnenuntergang draußen, sitzt hier mitten im See wie auf einem Präsentierteller, bist verheult, also ich weiß nicht so genau, aber wenn du nach einem Weg suchst dich umzubringen, es gibt auch einfachere.« Er wackelt mit den Augenbraunen, als hätte er ihr gerade den Sinn des Lebens erklärt und Sora wird langsam sauer. »Wenn ich vorhabe mich umzubringen, weiß ich ja jetzt, an wen ich mich wenden kann, danke, darf ich jetzt gehen?« Tristan lacht und sieht sie erneut prüfend an. »Du bist schon außergewöhnlich, kommst als Mitglied der Yasus einfach in unser Haus spaziert, als wäre nichts dabei, sitzt hier herum, als würdest du dich sonnen, kein Wunder, dass Dorian einen Narren an dir gefressen hat!«

Sora zuckt zusammen und hofft, dass Tristan es nicht bemerkt hat, sein auftretendes Grinsen lässt sie diese Hoffnung aber schnell wieder verlieren. Sie will ihm gerade klar sagen, dass Dorian gar nichts an ihr gefressen hat und fasst sich automatisch an die Stelle am Hals, wo er sie gebissen hat. Auch wenn die Wunde schon abgeheilt ist, sie spürt noch immer ein leichtes Kribbeln, wenn sie dort hinfasst. Doch bevor sie dazu kommt, ertönt plötzlich ein ohrenbetäubendes Jaulen aus dem Wald und keine zwei Minuten später kommen Calin, Vlad, Davud und Radu daraus. »Was willst du von meiner Schwester?« Vlad bebt!

   Bevor sie überhaupt reagieren kann, steht Vlad schon vor ihr und somit ganz nah vor Tristan, sie hat keine Chance mehr etwas zu sehen. »Auch wenn zur Zeit andere Regeln herrschen, gilt das Verbot, euch einer Yasus-Frau zu nähern immer noch!« Vlads Stimme zittert vor Wut und Calin geht dazwischen. »Hast du sie zu Hause abgefangen?« Auch er ist sauer, aber redet immerhin noch normal. Tristan sieht sich das alles total ungerührt an, es scheint ihm gar nichts auszumachen. Er will gerade etwas sagen, da erscheinen Vladan und Dorian aus dem Wald. Sora könnte losheulen, sie wollte doch nur einmal kurz abschalten, das entwickelt sich hier gerade zu einer Katastrophe. »Was ist hier los?« Sora verwundert es etwas, dass nicht Vladan mit seiner Stimme losdonnert, sondern Dorian, er sieht sauer zu Tristan und der hebt lachend die Hände.

   »Was habt ihr alle? Ich hab die Kleine nicht angefasst!« Sora tritt hinter Vlads Rücken vor, sie muss jetzt etwas sagen, um die Situation zu klären. »Das stimmt, ich habe die Zeit vergessen. Tristan hat mich hier gefunden, ich wollte gerade nach Hause kommen«, erklärt sie leise und will eigentlich einmal in die Runde schauen, doch das gelingt ihr nicht, denn sobald sie hinter Vlads Rücken auftaucht, schiebt Calin sie hinter sich. »Geht es dir gut?« Nun sehen alle verwundert zu Dorian. Sora könnte ihn dafür erschießen. »Was interessiert es dich, Bastard, wie es meiner Schwester geht?« Vlad ist kurz davor durchzudrehen, weder hat Sora ihn schon mal so wütend gesehen, noch weiß sie, warum er es plötzlich ist.

Nun hält auch Calin ihn zurück und Vladan tritt vor. »Ruhig, er hat höflichkeitshalber gefragt, ich hätte sonst das gleiche getan. Tristan hat sie nicht angerührt, also verschwinden wir jetzt. Wenn ihr eure Frauen nicht im Griff habt, ist das euer Problem. Es hätte sie auch jemand anderes finden können, aber das muss ich euch ja nicht erzählen.« Er setzt ein überhebliches Grinsen auf und kehrt ihnen den Rücken. Tristan nickt noch einmal frech in ihre Richtung, bevor er ebenfalls in Vladans Richtung aufbricht, nur Dorian sieht sie noch einen Augenblick länger an. Er ist wütend, wirkt fast ebenso aufgebracht wie Vlad. Es scheint, als müsste er all seine Kraft zusammennehmen, um ihnen den Rücken zuzudrehen und auch in den Wald zu verschwinden. Sora sieht ihnen noch einen Augenblick nach, dann dreht sie sich um und sieht in die wütenden Gesichter der Jungs.

Saphira hat schon den ganzen Tag hin und her überlegt, was sie tun kann, wie sie gehen kann ohne viel Ärger, Schmerz und Sorgen. Sie denkt daran zu erzählen, dass sie zu großes Heimweh hat, was aber nicht ausreichen wird. Für Anis besteht immer noch das Problem in Venezuela mit den Männern, insbesondere mit Jalcub. Saphira wirft wütend ein Geschirrhandtuch in die Spüle, er hat keine Vorstellung, wie klein und lächerlich das Problem ist im Gegensatz zu dem, was ihnen allen hier blüht, wie sollte er? »Alles in Ordnung, du wirkst so gereizt?« Nicola, die bei ihr in der Küche sitzt und genüsslich Skittles verspeist, sieht sie fragend an. Sie hat die rothaarige Vampirin mittlerweile mehr als in ihr Herz geschlossen. Fast jeden Abend kommt sie für ein paar Stunden vorbei. Obwohl Saphira weiß, dass sie alle in Wirklichkeit viel zu tun haben, nimmt sie sich die Zeit. Sie alle tun so viel für Saphira und Luna, dass es ihr den Magen umdreht, sie muss eine Lösung finden. »Ja, alles in bester Ordnung.« Saphira versucht zu lächeln, doch an Nicolas hochgezogenen Augenbrauen erkennt sie, dass die Vampirin ihr das nicht abnimmt. »Ich lackiere dir deine Nägel nie wieder so schön, wenn du gleich danach wieder abwäschst.«

»Nächstes Mal bin eh ich dran«, mischt sich Luna aus dem Wohnzimmer ein, wo sie mit Anis die Nachrichten verfolgt. Vor zwei Tagen gab es in Venezuela wieder ein kleines Erdbeben. Das ist nichts Außergewöhnliches, Saphira und Luna sind das gewöhnt, aber Anis scheint das äußerst spannend zu finden, er lebt wohl schon zu lange hier in Barnar. »Okay, aber ich lasse mir für dich etwas Besonderes einfallen.« Nicola steht auf und setzt sich zu Luna. Für Anis gehört sie mittlerweile schon fast zur Familie, konnte er am Anfang kaum glauben, was er da sah, so hat er sich nun an sie gewöhnt. Luna dreht sich zu Saphira um. »Hat unsere Tante gesagt, ob es Nana wieder gut geht?« Saphira hat vorhin erst mit Venezuela telefoniert. Keinem ist etwas passiert, dafür war das Beben zu schwach, aber Nana liegt seitdem schlapp im Bett, die Aufregung tut ihr nicht gut. Ihre Tante hat ihr heute gesagt, dass Nana, also ihre Oma, immer noch müde ist, aber es wird schon wieder besser. Saphira spürt, dass dies ihre Chance ist.

»Nein, es geht ihr nicht besser. Ich habe ihr gesagt, dass ich nach Flügen Ausschau halte. Ich habe ein ungutes Gefühl, und sie wird sich sicher freuen uns zu sehen.« Anis und Nicola sehen beide verwundert zu ihr. »Wie, ihr wollt runterfliegen? Ihr seid doch noch gar nicht lange hier!«, beschwert sich Anis sofort. Saphira lächelt matt, obwohl sie am liebsten losweinen würde. »Papa, du weißt selber, dass Nana nicht mehr die Jüngste ist und wer weiß was passiert. Wir fliegen nur kurz, Luna hat eh Projektwochen, da ist es nicht so schlimm.« Luna sieht weg, Saphira weiß, dass sie die Tränen nicht zurückhalten kann, die sie gerade selber herunterschlucken muss. »Hmm, aber nur kurz, guck erst einmal, ob ihr so kurzfristig überhaupt Flüge bekommt.« Saphira atmet erleichtert aus. »Machen wir.«

Sora sieht unsicher von einem Gesicht ins andere. »Es tut mir leid, ich habe wirklich nicht mitbekommen wie spät es bereits ist. Ich wollte gerade nach Hause.« Sie sieht ihnen an, dass es ihnen nicht ausreicht und hebt entschuldigend die Arme. Aber keiner von ihnen sagt etwas, bis Calin das Schweigen bricht. »Du hast keine Vorstellungen, was wir uns für Sorgen gemacht haben«, stellt er sauer fest, doch nimmt Sora in seine Arme. Sora ist etwas überfordert. Calin ist wie alle anderen wie ein Bruder für sie, doch es ist schon lange her, dass sie etwas miteinander zu tun hatten. Die Zeit hat ihnen alles genommen. Sora muss ihre Tränen unterdrücken, als Calin sie an sich drückt.

Er gibt ihr einen Kuss auf den Kopf. »Pass besser auf dich auf, deine Eltern sind außer sich vor Sorge, wir wollen dich nicht verlieren, bitte!« Sora nickt. Als sie zu Calin hochsieht, lächelt der schon wieder. »Und bleib bloß von Vladans Zirkel fern.« Sora nickt und betet innerlich, dass die Jungs wegen Dorian nichts gemerkt haben. Als sie sich umdreht, nimmt sie jeder der anderen noch in den Arm, alle bis auf Vlad, der schon sauer in die Richtung ihres Autos geht. Die Jungs verschwinden wieder in den Wald, nur Vlad setzt sich ans Steuer ihres Wagens. Sora bleibt nichts anderes übrig, als sich daneben zu setzen. Er startet das Auto und Sora bildet sich ein, dass selbst das wütend klingt.

»Was sollte das, tu so etwas nie wieder, hast du verstanden? Du bist vor Sonnenuntergang zu Hause! Und wieso redest du mit einem Vampir? Es sah aus, als würdet ihr einen Kaffeeklatsch dort abhalten!« Sobald sie auf der Straße in Richtung Heimat sind, ist er nicht mehr zu halten und schreit sie richtig an. Sora zuckt zusammen, doch dann fängt sie sich wieder. »Wie oft soll ich noch sagen, dass es mir leid tut, ich verstehe gar nicht, wieso ihr auf einmal so einen Aufstand macht«, entfährt es ihr und Vlad hält schlitternd den Wagen am Straßenrand.

»Hast du eine Vorstellung, was ich für eine Angst um dich hatte, du bist meine zweite Hälfte, was soll ich denn ohne dich tun?« Sora sieht ihn verwundert an, noch nie hat er ihr so etwas gesagt und sie sieht in seinen Augen, dass er sich ernsthaft Sorgen gemacht hat. Vielleicht ist sie ihm doch nicht so egal, wie es manchmal scheint. Sie beugt sich vor und gibt ihm einen Kuss auf die Wange. »Es tut mir leid, Vlad, ich werde nie wieder so unvorsichtig sein.« Vlad räuspert sich, offensichtlich sind ihm seine offenen Worte nun doch etwas unangenehm, was Sora lächeln lässt. »Schon gut, pass einfach besser auf dich auf. Lass uns nach Hause fahren!«

Raphael setzt sich aufs Bett, ihm war noch nie so heiß wie jetzt, allein die Vorstellung bringt ihm zum Glühen. Amanda sieht nicht vom Fenster weg. Wie immer ist er ihr durch die Burg gefolgt, doch heute ist es anders, ganz anders, denn sie hat Durst. In ihren Gedanken, die sie nicht mehr zu kontrollieren vermag, sieht er auch, dass sie von ihm trinken will und das macht ihn verrückt. Doch sie ist noch zu stur, auf ihn zuzukommen. Wie kann man nur so dickköpfig sein. Am Anfang war das Spiel amüsant. Sie versucht zu verbergen, wie sehr sie es will, doch man sollte Amanda nicht unterschätzen. Sie weiß, dass er ihre Gedanken liest. Als wolle sie ihn dafür bestrafen, dass er das Spiel genießt, denkt sie an das letzte Mal, sie zeigt ihm, wie gut es sich für sie angefühlt hat ihn zu spüren, überall, und Raphael kann sich kaum noch zurückhalten.

Er muss sich setzen. Seine Nerven sind zum Zerreißen gespannt, als sie mit ihm zu spielen beginnt, sie zeigt ihm die Bilder, wie sie stöhnend auf seinem Schoß sitzt und er flucht leise. Kalt sieht Amanda aus dem Fenster, aber in ihren Gedanken quält sie ihn. Sie zeigt ihm ihre Brüste und wie sie sich vorstellt ... Raphael hält es nicht mehr aus. Mit wenigen Schritten hat er sie erreicht und wirbelt sie herum, sodass sie ihn ansehen muss. „Trink!" Verdammt, er erkennt seine Stimme selbst nicht wieder und sie lächelt gelassen.

»Ich denke, ich brauche noch nichts.« Raphael konnte sich kaum noch an ihre schöne Stimme erinnern, doch er mag es nicht, wenn man mit ihm spielt. Er drängt sie an die Wand, er weiß, sie spürt jetzt an ihrem Schenkel, dass er schwach ist und er fährt mit der Nase ihren Hals entlang. Sie versucht noch ihre Gedanken zu kontrollieren, doch sie schafft es nicht mehr. Sein Hals ist zu nah an ihrem Mund und blitzschnell beißt sie zu, was Raphael wild aufstöhnen lässt. Das ist das beste Gefühl, was er jemals gespürt hat.

Dazu sieht er, wie sie es genießt im ersten Augenblick, doch dann will sie mehr. Raphael schiebt ihr Kleid hoch und drängt sie an die Wand, um in sie einzudringen.

Amanda lässt von seinem Hals ab und ihre Lippen treffen sich. Sie küssen sich wild und begierig und Raphael passt seine Stöße an. Er löst sich von ihr und will sich ihren Brüsten widmen, doch er fängt Gabriels und Felicitass Gedanken auf, die sich der Burg nähern. Schnell löst er sich ganz von Amanda, sie schreit enttäuscht auf, doch er verschließt ihren Mund mit seiner Hand. Er kann nicht glauben, was er da in Gabriels aufgebrachten Gedanken liest. Es sind einige auf dem Weg zu ihnen!

Kapitel 7

'Wenn du denkst, es kann nicht schlimmer kommen, belehrt dich das Schicksal eines besseren.'

Saphira drückt die letzte Taste und bestätigt ihren Flug übermorgen nach Venezuela. Sie hat sich sofort, nachdem Nicola das Haus verlassen hat, an den Rechner gesetzt und ist auch schnell fündig geworden. Zwar gibt es nicht viele Flüge nach Venezuela und man muss oft umsteigen, doch diese sind nie voll besetzt. In dem Moment, wo sie den Rechner herunterfährt, kommen ihr die Tränen. Jetzt ist es getan, noch zwei Tage, dann verlassen sie und Luna Barnar wieder. Jeder wird denken nur kurz, doch sie wissen, es ist für immer. Sie sieht in die Nacht hinaus, wo genau in diesem Moment alle zusammen die Stadt bewachen. Der Zirkel und der Stamm, und das alles nur ihretwegen. Sie weiß genau, es ist die einzig richtige Entscheidung, doch ihre Tränen stoppen nicht. Saphira spürt jetzt schon genau, sie wird das niemals überwinden, niemals vergessen können. Und auch wenn sie weiß, dass Calin für eine andere Frau bestimmt ist, wird sie nicht aufhören ihn zu lieben. Er hat ihr Herz so sehr berührt, dass sie seine Spuren niemals verwischen kann.

»Verdammte Scheiße!« Calin reißt beim Aufstehen den Stuhl um, auf dem er gerade gesessen hat. Er kann nicht mehr ruhig dasitzen, nichts hält ihn mehr. »Wie sicher ist das Ganze?« Auch Vladan, der an der kalten Steinmauer der Burg lehnt, reagiert, nachdem Gabriel ihnen allen gerade mitgeteilt hat, er hätte in Erfahrung gebracht hat, dass eine Gruppe ruheloser Vampire auf dem Weg zu ihnen ist. »Ich war gerade auf dem Weg zurück von einem Treffen mit einem Zirkel im Norden, als der Anruf kam. Zwei Hexen, die den Wächtern normalerweise nicht wohlgesonnen sind, wollten sich offensichtlich einen guten Eindruck verschaffen und haben mich informiert, dass sie während ihrer nächtlichen Rituale eine Gruppe von ungefähr 30 ruhelosen Vampiren entdeckt haben, die in unsere Richtung unterwegs sind. Natürlich ist es ihnen sofort aufgefallen und sie haben sich versteckt, bevor sie mich alarmiert haben. Allerdings meinten sie, die ruhelosen Vampire waren so sehr auf ihren Weg fixiert, dass sie auf nichts anderes geachtet haben. Ich halte es für ausgeschlossen, dass das ein Zufall ist. Auf meine Nachfrage, ob Maurice unter ihnen ist, konnten sie mir das aber nicht bestätigen. Jeder weiß zwar, wer es ist, aber kaum einer hat ihn mal zu Gesicht bekommen.«

Calin läuft unruhig im Raum herum. »Was bedeutet das? Wann werden sie hier sein?« Gabriel, der am Tisch steht, um den sich die anderen versammelt haben, reibt sich die Augen. »Wenn man bedenkt, dass sie nur nachts vorankommen und wie die Hexen ihre offensichtliche Gier und ihre Zügigkeit beschrieben haben, schätze ich, sie müssten morgen am Ende der Nacht den Weg geschafft haben. Ich bezweifle, dass sie dann noch angreifen, sie wissen vom Rudel und eurer Immunität gegen das Tageslicht und dass ihr das nutzen würdet. Somit schätze ich, würde ihr Angriff stattfinden, sobald übermorgen die Sonne untergeht.«

Nicola schüttelt verwirrt die roten Locken. »Aber wie geht das alles? Also langsam verstehe ich das nicht mehr. Ich meine, wenn die ruhelosen Vampire hier in der Nähe wären und den Geruch von Saphira und Luna wahrnehmen würden, aber sie sind viel zu weit weg. Und auch wenn Maurice Macht über sie hat, es sind ruhelose Vampire, man kann sie nicht so im Griff haben wie er offensichtlich.« Gabriel nickt zustimmend. »Das ist genauso wie, dass Raphael keine ihrer Gedanken lesen oder lenken kann oder Maurice vollkommen immun gegen den Einfluss der Wächter zu sein scheint. Er muss jemanden auf seiner Seite haben. Es war schon immer so, dass die Hexen nicht gut mit den Wächtern zurecht gekommen sind. Doch sie haben sich immer an gewisse Regeln gehalten, nachdem mein Bruder ein klares Zeichen gesetzt hat. Außerdem ist das zu viel Macht, jede Hexe kann einen bestimmten Zauber, das wären mehrere auf einmal. Das ist nicht machtbar! Hexen sind wie ruhelose Vampire, zwar keine Einzelgänger, aber fast unmöglich zu zähmen. Und so viel Macht hat keine von ihnen.«

Vladan rückt etwas von der Wand ab und wirft dem umherlaufenden Calin einen genervten Blick zu. »Außer eine!« In dem Augenblick schnellen alle Blicke zu Gabriel, der nach Vladans Aussage etwas blasser wird. Natürlich kennt jeder die Geschichte von der stärksten und mächtigsten Hexe, die es je gegeben hat. Sie war die Königin unter den Hexen und verfügte über soviel Wissen und Hexenmacht, dass sie für die Wächter nicht zu bändigen war. Es heißt, dass Gabriels Bruder, der damals noch am Leben war, sie verbannt hatte. Da Hexen auch als unsterblich gelten, soll er sie in ein Verlies gesperrt haben. Hexen brauchen kein Essen und Trinken, sie soll so weit und gut versteckt sein, dass es unmöglich ist, jemals zu ihr zu gelangen. Den Schlüssel hat er damals einschmelzen lassen. Gabriel schüttelt den Kopf. »Das ist unmöglich, keiner weiß, wo Shanja versteckt ist. Nicht mal ich! Es haben Tausende nach ihr gesucht und keiner hat es je geschafft.« Nicola hält sich die Hand vor den Mund. »Aber was ist, wenn? Wie erklärst du dir sonst die ganze Macht? Maurice wäre dazu nicht in der Lage.« Es ist still und das erste Mal seit Calin denken kann, sieht er selbst den mächtigen Gabriel sprachlos.

Raphael betritt den Raum, mit ihm, eher nicht so willig, Amanda. Calin sieht, dass es ihr schon viel besser geht, doch sie ignoriert wie immer alle. »Nicola hat recht! Wir waren im Nebenzimmer. Bewusst! Ich wollte ihre Gedanken bei eurer Unterhaltung lesen, da sie ja nicht reden will. Natürlich hat sie die gut versteckt, aber als ihr auf Shanja zu sprechen gekommen seid, ist ihr Bild in ihren Gedanken erschienen. Zwar kennt sie sie nicht, aber ich habe sie erkannt, und sie war bei Maurice!« Der sonst immer so beherrschte Gabriel lässt anscheinend nur mit seiner bloßen Wut ein auf dem Tisch stehendes Glas zerspringen. Radu, der davor sitzt, geht dem aus dem Weg und flucht, keiner von ihnen weiß wirklich, wie viel Macht Gabriel besitzt. Doch was bringt ihnen all die Macht, wenn sie von Shanja nicht zugelassen wird. »Wenn wir dachten, es wird schlimm, wissen wir jetzt, dass es unmöglich wird!«

Tristan sieht zwischen Gabriel und Vladan hin und her. »Wenn sie herkommen, werden sie sich wieder verteilen. Wir hatten das letzte Mal Glück, dass es gut ausging, doch dieses Mal sind sie darauf vorbereitet, dass wir so viele sind. Sie werden alles tun, um an Saphira und Luna heranzukommen.« Calin stoppt in seiner ständigen Bewegung, er fühlt sich wie ein Raubtier im Käfig. »Was sie nicht schaffen werden!« Raphael sieht sich in der Runde um. »Nur Lucian und Vlad sind als Wachen draußen?« Vladan verlässt jetzt endgültig die Wand. »Was sollen wir tun? Wir müssen uns doch besprechen! Es wäre so ... sprich endlich! Was weißt du noch?« Der Anführer des Vampirzirkels schreit Amanda an. Calin weiß, dass Vladan furchteinflößend ist, doch Amanda regt sich nicht.

»Wir hätten sie gleich töten sollen, nicht mal Informationen kriegt man von ihr!« Plötzlich scheint es in Amandas Kopf zu arbeiten, das erste Mal, seit sie hier ist, redet sie wieder. »Wieso sollte ich euch irgendetwas sagen? Ihr haltet mich hier wie eine Gefangene, ich brauche meine Freiheit. Er hat recht, der Tod wäre zehnmal besser als das hier!«, spuckt sie ihnen allen quasi vor die Füße. »Ein Umstand, der einzurichten wäre«, gibt Tristan genervt zurück, doch Calin kann dem allen gar nicht wirklich folgen. In seinem Kopf arbeitet es auf Hochtouren. Wie sollen sie es schaffen, gegen die Ruhelosen, Maurice und die Hexe zu kämpfen und gleichzeitig Saphira und Luna zu schützen? Er spürt, dass es Verluste geben wird, egal wie er es dreht und wendet. Er trifft Raphaels Blick. Zum ersten Mal wünscht er sich, dass der große dunkle Mann was dazu sagt, einen seiner Kommentare dazu abgibt, dass Calin unrecht hat, irgendeinen seiner frechen Sprüche. Doch Raphael wendet den Blick ab, weil er es nicht kann. Weil er genau weiß, Calin hat mit seinen Befürchtungen recht.

»Lasst mich frei und ich sage euch, was ich weiß.« Vladan lacht laut auf und tritt nun ganz an Amanda heran. »Ich glaube, du denkst, wir würden hier verhandeln, das tun wir nicht!« Calin geht auch zu ihnen, als er sieht wie aggressiv Vladan sie anschaut, ein falscher Schritt und Vladan könnte sie zerfleischen. »Lass sie, keiner tut ihr etwas.« Wütend wirbelt nun Vladan zu ihm um. »Du solltest dich mal langsam entscheiden, willst du deine Vampirfreundin beschützen oder Saphira? Denn genau die hält uns gerade davon ab, das zu tun!« So sehr Calin Vladan hasst, und dieser Hass sitzt tief verankert in seiner Seele, das spürt er genau, als er dem Anführer seiner Feinde in die schwarzen seelenlosen Augen sieht, er hat recht. »Das bringt alles nichts, lasst das, jetzt haben wir dafür keine Zeit mehr. In ein paar Stunden geht die Sonne auf und dann haben wir nur noch eine Nacht Zeit!« Dass dieses Mal Felicitas mit ihrer ruhigen, sanften Stimme dazwischen geht, scheint alle wieder etwas runterzubringen.

»Es ist egal was sie weiß, zumindest für diesen Moment. Es ist nun klar, dass Maurice mit Shanja zusammenarbeitet. Die neuesten Pläne kann sie gar nicht kennen, da sie da schon hier war, also konzentriert euch auf das Wesentliche«, ermahnt die zarte Frau alle aufgebrachten Männer hier im Raum. Nicola nickt zustimmend. »Versucht einmal, nicht mit eurer Wut, sondern mit eurem Verstand zu handeln. Wenn sie hier sind, werden sie uns alle verstreuen. Sie werden sicher auch die Stadt angreifen, so dass wir uns so verteilen müssen, dass niemand mehr wirklich geschützt ist.« Dorian spielt mit einem Messer in seiner Hand, alle sind aufs Äußerste angespannt, das spürt man im ganzen Raum. »Wir schaffen das nicht alleine, wir sollten uns Verstärkung holen. Hier in der Nähe gibt es nur einen weiteren Zirkel, ob sie es aber schaffen, bis morgen Abend hier zu sein, ist fraglich.«

Calin hat das Gefühl, der Wolf müsste jede Sekunde aus ihm herausbrechen und alle anwesenden Vampire vernichten. Ihre ganze Existenz bringt nur Schlechtes, Böses, Leid. Je größer die Gefahr für Saphira wird, desto stärker sein Hass. »Wirklich? Noch ein paar Vampire, reicht nicht der Haufen Wahnsinniger, die hierher unterwegs sind? Denkst du, die reagieren nicht auf Luna und Saphira?« Vladan seufzt schwer auf. »Sie leben ebenfalls im Zirkel, ich denke nicht, dass sie so reagieren, das müsste man ausprobie ...« Er kann den Satz nicht mal zu Ende sagen, Raphael ist allerdings zu schnell und stoppt Calin. »Ausprobieren?« Vladan deutet auf Amanda. »Beschwert sich jetzt etwa der Wolfi, der sich aus Spaß einen ruhelosen Vampir hält, nur ein paar Kilometer von Saphira entfernt?« Es knallt laut und alle drehen sich zu Gabriel um, der sich mit seiner Faust auf dem Tisch Gehör verschafft hat. »Setzen, alle!!«

Nach Gabriels lauter Ansage versammeln sich alle um den Tisch, auch die hitzigen Anführer setzen sich, jeder weiß, es geht gerade um alles und sie müssen sich zusammenreißen. »Das mit der Verstärkung ist ein zu hohes Risiko, als dass wir es versuchen können. Wenn man nur wüsste was sie vorhaben? Wie sie sich verteilen wollen. Wir dürfen sie nicht in die Nähe der Stadt lassen, müssen so gut es geht probieren, sie von hier fernzuhalten«, grübelt Gabriel laut und bemerkt nicht, dass er damit schon die Lösung gegeben hat. »Sie wissen zwar, was sie hier erwartet, aber sie wissen nicht, dass wir über ihr Erscheinen Kenntnis haben. Wir müssen sie rechtzeitig abfangen, sie vorher überrumpeln, sodass sie gar nicht in die Nähe der Stadt kommen. Außerdem haben wir so den Überraschungseffekt, den sie sich erhofft haben!« Davuds Vorschlag weckt seit Langem das erste Mal wieder Hoffnung in Calin.

»Er hat recht, wenn wir uns beeilen, können wir sie beim Anbruch der nächsten Nacht stoppen, noch besser, sie vielleicht sogar im Schlaf überraschen.« Nun ist auch Tolja fest dabei, nur Vladan schüttelt den Kopf. »Und wie soll das gehen? Habt ihr daran gedacht, dass wir nicht so einfach bei Tag aufbrechen können? Das ist unmöglich! Wir können in der Nacht aufbrechen und ihnen entgegengehen, dann stoppen wir sie immer noch ein ganzes Stück vor der Stadt.« Dieses Mal mischt sich Calin ein. »Nein, das Risiko, dass uns einer entwischt und sich doch zur Stadt durchschlagen kann, ist zu hoch. Außerdem schafft ihr es nicht, in derselben Nacht zurückzukehren. Nicht, dass ich was dagegen hätte, aber ihr würdet dann selber nach dem Kampf gegrillt werden. Das Rudel bricht alleine auf, so haben wir die Sicherheit, dass nichts passiert!«

Raphael kratzt sich am Kopf. »Das ist alles Wahnsinn!« Vladan springt wieder auf. »Sicherheit? Ihr seid nur noch 5 Wölfe und wollt gegen Maurice, die Hexe und 30 ruhelose Vampire antreten? Was mit uns allen schon schwer wird, aber so unmöglich ist.« Davud lehnt sich entspannt zurück. »Vergiss nicht, dass wir schon jahrelang mit euch gut zurechtkommen!«, grinst er frech, doch Gabriel hebt die Hand. »Die Idee ist nicht schlecht, wahrscheinlich unsere einzige Lösung. Ich werde das Rudel begleiten, Raphael ebenfalls, wir kümmern uns um die Hexe, trotzdem wird es so nicht machbar sein, aber uns bleibt nichts anderes übrig, wir müssen sie von der Stadt fernhalten.«

Radu zeigt auf Amanda. »Was ist mit ihr, wenn wir alle weg sind?« Gabriel nickt in Richtung Tür. »Wir haben ein sicheres Verlies, was mithilfe meiner Kraft für sie undurchdringbar wird, dort muss sie solange verharren, bis Raphael wieder da ist.« Nun mischt sich Catalina das erste Mal ein. »Drei Stunden von hier entfernt ist dieses große Felsspaltental. Genau in der Richtung, aus der sie kommen, sie müssen es passieren.« Nun setzt sich Vladan wieder, auch Calins Herz schlägt schneller. Die Vampirin hat recht, es führt kein Weg um dieses Tal, welches von hohen Felsen umgeben ist, vorbei. »Dort können wir überraschend zuschlagen. Es ist zwar nicht so weit entfernt, aber wir müssen eben alles gut absichern. Und selbst wenn es lange dauert, dort gibt es genug tiefe Höhlen, wo wir uns bei Tagesbeginn in Sicherheit bringen können. Wir dürfen nur niemanden entkommen lassen. Wenn wir jetzt sofort aufbrechen, erreichen wir die Höhlen noch vor Sonnenaufgang. Ihr könntet im Laufe des Tages eintreffen, so sind wir alle rechtzeitig da, wenn sie es passieren.«

Es ist einige Minuten still, alle scheinen die Idee abzuwägen, doch Calin sieht jedem an, dass es keine andere Möglichkeit gibt. »Dann los, wir müssen jetzt aufbrechen, damit wir es bis dahin schaffen«, murmelt Vladan schließlich und der Zirkel erhebt sich. Jedem ist klar, dies wird nicht einfach, es kann sehr gut sein, dass sie scheitern. Sie wissen nicht wirklich, was sie erwartet, sie haben nur grobe Schätzungen und Vermutungen, doch sie haben keine andere Wahl. Sie müssen alles auf diese eine Karte setzen. Als sich der gesamte Zirkel erhebt, steht auch Gabriel auf. »Viel Glück euch allen, wir treffen ein paar Stunden später ein!« Vladan nickt. Ohne noch ein Wort zu verlieren wollen sie die Burg verlassen, doch Nicola dreht sich noch einmal zu Calin um. »Sag Saphira und Luna bitte von mir, dass ... grüß sie von mir.« Calin sieht die rothaarige Freundin seines Engels an. Er hätte schwören können, dass ihre Stimme brüchig ist und wüsste er nicht, dass sie ohne Seele ist, würde er denken, sie weint. Doch er kann nicht abstreiten, dass sie sich loyal gegenüber Saphira verhält, ihr eine gute Freundin ist, und letztlich ziehen sie jetzt alle für die beiden in den Kampf. Deswegen nickt er leicht, sodass sich Nicola beruhigt umdreht und der Zirkel als erstes von ihnen loszieht.

In einen Kampf mit wenig Aussichten auf ein gutes Ende!

Bevor sie alle noch einmal kurz zurück ins Schloss gehen, um ein paar notwendige Dinge zu holen, hält Dorian Lucian auf. »Kannst du meine Sachen mitnehmen? Ich folge euch gleich, ich muss schnell etwas erledigen.« Lucian sieht Dorian verwirrt an. »Wir müssen in spätestens 20 Minuten los, es ist keine Zeit, jetzt noch etwas zu erledigen, was willst du tun?« Dorian kehrt seinem Freund schon den Rücken. »Ich hole euch gleich ein, danke!« Ohne sich noch einmal umzudrehen, läuft er direkt zu Soras Haus. Er weiß, dass Vlad und die anderen noch bei Gabriel sind und als er zu ihrem Fenster hochklettert, weiß er nicht, was er fühlen soll. Er spürt, er muss das tun, er kann nicht anders. All die Tage, seit sie bei ihnen im Schloss war, hat er sich gequält, von ihr fernzubleiben. Er schiebt das Fenster auf und klettert ins dunkle Zimmer. Sofort schlägt ihm ihr Geruch entgegen, und sein Herz krampft sich zusammen. Dorian geht leise zu ihrem Bett und betrachtet die schlafende Schönheit. Er konnte nicht anders, er musste sie noch einmal sehen. Wer weiß, ob er es noch einmal kann.

Er streicht ihre langen Haare zur Seite, berührt dabei ihre weiche Haut. Sein Blick fällt automatisch auf die Stelle, wo er sie gebissen hat. Er hat sie beide verdammt, für die Ewigkeit, und sie hat nicht mal eine Ahnung davon. Dorian wollte es nicht, aber als er sie bei sich hatte, sie geküsst und gespürt hat, wusste er, sie ist die Seine. Es ist nicht machbar, ein Vampir nimmt sich selten eine Gefährtin, sehr selten, Vladan und Catalina sind das einzige Beispiel dafür, was er kennt. Und wenn, dann nur eine Vampirin, sie hingegen ist ein zerbrechlicher kleiner Mensch. Dazu sind sie auch noch verfeindet.

Er weiß nicht, was er sich gedacht hat, doch er konnte es nicht verhindern. Sein Instinkt war stärker. In dem Moment, wo er ihr Blut getrunken und MEIN gesagt hat, hat er sie beide verdammt. Er wird niemals wieder von ihr lassen können. Wird für immer an sie gebunden sein, auch wenn sie von all dem weder etwas weiß noch etwas spürt. Sie kann es als Mensch gar nicht spüren. Das Einzige was sie bemerken wird, im Gegensatz zu allen anderen Menschen, die er jemals gebissen hat, ist ein Kribbeln, das sie immer an der Hautstelle spüren wird, seine Markierung, die er bei ihr hinterlassen hat. Wenn ein anderer Vampir ihr zu nah kommt, wird er das auch bemerken, als Warnung.

Das Einzige was stärker ist als sein Drang seine Gefährtin bei sich zu haben, ist ihr Glück. In dem Augenblick, als er sie hat wegfahren sehen, wie verängstigt sie war, wie sie geweint hat und vor ihm geflohen ist, wusste er, dass er ihrer beider Unglück ist. Es geht nicht, in keinerlei Hinsicht, also quält er sich auch noch den Rest seines Daseins für ihr Glück und hält sich von ihr fern, auch wenn es Höllenqualen sind. Doch er musste sie jetzt noch einmal sehen, wer weiß, ob er wiederkommt, ob einer von ihnen wiederkommt. Vielleicht ist es für ihrer beider Schicksal sogar besser, wenn er die Nacht nicht übersteht.

In diesem Moment schlägt Sora ihre Augen auf und blickt ihn erschrocken an. »Was tust du hier?« Dorian sieht ihr in die grünen Augen, er würde ihr gerne so viel sagen, doch er kann und darf es nicht. Er beugt sich vor und gibt ihr einen schmerzlichen Kuss auf die Wange, doch als er aufstehen und gehen will, hält sie ihn fest. »Was soll das werden? Erkläre es mir, was tust du hier? War dir langweilig? Wolltest du wieder etwas Spaß hab ...« Sie kommt nicht weiter. Sie macht Dorian wütend, wenn sie nur verstehen könnte, wie schwer ihm das alles fällt, doch ihr Unglaube an ihn und ihr Hass auf seine Art lassen das nicht zu, also küsst er sie. Er umfasst ihren Nacken und legt all seine Liebe zu ihr in diesen einen Kuss. Er weiß, was auch geschehen wird, es wird das letzte Mal sein, dass er sie so spüren wird. Egal, was ihre Lippen vorher gesagt haben, sie küsst ihn zurück, erst zögernd, doch dann bildet er sich ein, mit einer genauso starken Sehnsucht, wie er sie verspürt. Als er sich widerwillig trennt, um ihr nicht den Atem zu nehmen, legt er seine Stirn an ihre und sieht ihr in die Augen.

»Ich liebe dich, Sora, mehr als alles andere, egal was geschieht, vergiss das nie!« Er hört sie nach Luft schnappen und gibt ihr einen letzten Kuss auf die Stelle, die sie beide für immer verdammt hat. Kurz bevor er aus dem Fenster springt, scheint Sora erst wieder reagieren zu können ... »Wohin? Dorian warte! Was ist ...« Doch er springt ohne ein weiteres Wort zu verlieren und geht dem Kampf entgegen, der ihn vielleicht von seinem Leiden erlösen wird. »Dorian!« Noch einmal ruft sie nach ihm und sein Herz verkrampft sich, doch er schafft es sich zu überwinden und für ihr Glück von seiner Gefährtin wegzugehen!

Kapitel 8

Saphira und Luna sitzen am Frühstückstisch, beiden sieht man die schlaflose Nacht an. Sie haben zusammen in Saphiras Zimmer auf Calin und Vlad gewartet, doch sie sind nicht gekommen. Sie wollten ihnen so schonend wie möglich beibringen, dass sie morgen zurück nach Venezuela fliegen, doch als die Beiden nicht aufgetaucht sind, wussten sie, es musste etwas passiert sein. Jetzt haben sie zusammen mit Anis gefrühstückt, worüber er mehr als verwundert schien, doch als er jetzt zur Arbeit aufgebrochen ist, sehen sich die Schwestern angespannt an. »Ich denke ich würde das auf Dauer nicht durchstehen, dieses ewige nicht-wissen-was-passiert-ist. Diese Angst, dass etwas passiert ist, es macht einen verrückt«, gibt Luna kleinlaut zu und Saphira nickt verständnisvoll. Es ist eine ständige Belastung. »Mach dich fertig für die Schule, ich fahre auf dem Weg zur Arbeit bei Ovid und in der Werkstatt vorbei, wenn etwas ist, rufe ich dich an.« Luna schleppt sich müde nach oben, während Saphira den Tisch abdeckt. Vielleicht ist etwas mit dieser Amanda passiert? Oder sie haben bei der Bewachung etwas entdeckt, es kann so viel sein, Saphira kann diese Ungewissheit kaum noch aushalten. Als Luna wieder herunterkommt und aufbrechen will, klopft es an der Tür.

Es ist ein merkwürdiges Gefühl, als Calin und Vlad zusammen durch die Tür kommen, normalerweise benutzen sie diese niemals. Saphiras ungutes Bauchgefühl nimmt zu. Als Vlad sieht, dass Luna gerade zur Schule aufbrechen will, begleitet er sie und schenkt Calin noch einmal einen Blick, der bei Saphira eine Gänsehaut verursacht. Auch wenn er dann ganz normal zu Saphira kommt und sie wie immer in seine Arme zieht, kann sie die in ihr hochsteigenden Tränen nicht verhindern, sie spürt, dass etwas nicht in Ordnung ist. »Was ist los?«, flüstert sie an seine Brust. Calin gibt sie wieder frei, um ihr in die Augen zu sehen. »Mach dir keine Sorgen, wir haben alles im Griff!"«

Saphira kann es nicht mehr ertragen, dieses aufopfernde Verhalten, wie er sie noch immer von allem fernhalten will, dabei ist sie genauso involviert, schlimmer, es passiert alles nur ihretwegen. »Rede mit mir, Calin, ich will es wissen!« Er sieht an ihr vorbei ins Wohnzimmer, wo Luna schon gestern Abend eine Reisetasche hingepackt hat, weil sie mit Saphira heute Nachmittag noch einige Geschenke für ihre Verwandten in Venezuela besorgen wollten.

»Verrate mir lieber erst einmal, was bei euch los ist.« Saphira kräuselt automatisch die Nase, sie hasst es lügen zu müssen, auch wenn es sein muss. »Wir fliegen nach Venezuela.« Sie probiert es extra freudig klingen zu lassen, doch Calins Augenbrauen ziehen sich sofort zusammen und sie erzählt ihm schnell vom Erdbeben, ihrer Oma, dass sie nach ihr sehen wollen und sie hofft, dass er das einfach akzeptiert, ohne weiter darauf einzugehen, es fällt ihr so schon schwer genug. Sie hat aber schon gewusst, dass sie sich falsche Hoffnung macht. Kaum dass sie geendet hat, rückt er ein Stück von ihr ab. »Du wirst nicht nach Venezuela fliegen!«

Saphira sieht ihn ein paar Minuten wortlos an, sie weiß, dass in seinem Hinterkopf Jalcub ist, er kennt die Geschichte. Manchmal, wenn sie zusammen kuscheln und er sie fest an sich drückt und ihr sagt, er würde es nie zulassen, dass ihr noch jemals einer wehtut, weiß sie, dass er daran denkt, aber sie lässt sich von niemandem etwas befehlen. Allerdings ist ihr schlechtes Gewissen viel zu groß, wohl wissend, dass sie gar nicht vorhat wiederzukommen und es ihm verschweigt, also sieht sie darüber hinweg. »Ich werde sehr aufpassen, du brauchst dir keine Sorgen zu machen, ich will nur bei meiner Oma sein, verstehst du?« Calin seufzt und kommt wieder näher zu ihr. »Doch Engel, ich verstehe das, aber warte bitte. Ich kann das jetzt nicht auch noch gebrauchen. Wenn das alles vorbei ist, können wir zusammen runterfliegen, aber jetzt muss ich mich erst einmal hier um alles kümmern.«

Saphira ist vollkommen entgangen, dass er ihre Frage noch nicht beantwortet hat. »Was war gestern Abend los?« Calin gibt endlich auf. »Sie kommen, wir vermuten es zumindest stark und werden ihnen entgegengehen. Deswegen bin ich noch einmal gekommen, ich wollte dir Bescheid geben, wir müssen aber gleich los.«

Saphira öffnet den Mund und schließt ihn gleich wieder, sie muss ihre Gedanken sammeln. Es prasselt alles auf sie ein, Panik, Angst, alle Gefühle, die sich angesammelt haben, werden freigesetzt durch diese zwei Worte: Sie kommen! Sie haben alle die ganze Zeit mit diesem Gefühl gelebt, wann ist es soweit? Was wird passieren, und diese zwei Worte setzen dem ein Ende. Sie beginnt zu weinen. Als Calin sie halten will, entzieht sie sich seinem Griff, sie braucht Luft. Saphira beginnt auf und ab zu laufen. »Was bedeutet das, sie kommen? Woher wisst ihr das so genau?« Calin lehnt sich an den Esstisch und erzählt ihr von den Hexen, die Gabriel alarmiert haben, dass sie ihnen entgegengehen und sie an einem Tal überraschen wollen. Der Zirkel ist schon aufgebrochen und sie wollen gleich aufbrechen. Saphira spürt, dass er ihr nicht alles sagt, aber diese Informationen bereiten ihr schon eine Gänsehaut. »Aber ihr wisst nicht, ob es wirklich Maurice ist, oder? Und wieso geht ihr ihnen entgegen? Es besteht doch die Möglichkeit, dass sie gar nicht vorhaben hierher zu kommen, dass sie gar nicht angreifen wollen? Ihr wisst das doch alles gar nicht sicher.« Calin sieht sie sauer an. »Sehr unwahrscheinlich, dass sie aus Spaß zu so vielen hier in diese Richtung spazieren werden, es geht nicht anders.«

Saphira geht zu ihm. »Calin, bitte tut das nicht, bleibt hier, egal wie groß die Hoffnung ist, dass sie nicht herkommen, es gibt sie, wenn ihr ihnen entgegen geht, dann wird auf jeden Fall etwas passieren«, beschwört sie ihn, doch Calin winkt nur ab. »Lass das, Saphira, die Entscheidung ist schon gefallen, wir wollen sie von der Stadt fernhalten.« Saphira kann das nicht zulassen. »Aber wenn du sagst, sie sind so viele, wie wollt ihr das schaffen? Das ist Wahnsinn, ihr habt noch heute und die halbe Nacht, wenn nicht sogar die ganze Nacht, wir können die Stadt verlassen. Alle, dann wird niemand verletzt!« Calin wird sauer. »Saphira, hör auf mit dem Blödsinn, was ist mit der restlichen Stadt? Und wir rennen nicht davon!«

Saphira könnte platzen. »Wenn sie hier nicht finden, was sie suchen, werden sie vielleicht wieder gehen. Was heißt, ihr lauft nicht davon? Ihr würdet vernünftig handeln, Calin, bitte!« Er sieht sie lange an. »Ich hab jetzt keine Zeit für so was, Saphira, ich muss los, ich wollte dir nur Bescheid geben und dich noch einmal sehen. Nächste Nacht müsst ihr unbedingt vorsichtig sein. Am besten bleibt ihr alle bei meinem Vater, er wollte sich noch einmal mit Graham etwas ...« Saphira unterbricht ihn. »Calin, nein!!! Was stellst du dir vor, dass ich dir jetzt einen Kuss gebe und sage, viel Spaß? Bitte passt auf, dass nicht so viele sterben. Ich kann das nicht, ich will das nicht! Das ist alles nur wegen Luna und mir, vielleicht sollten wir dahin, zwei Leben gegen eure alle? Wir wollen nicht, dass ihr eure Leben für uns aufs Spiel setzt, wir wollen das nicht!«

Saphira weint und schreit ihn an. »Kommt nicht mal auf die Idee, irgend so einen Blödsinn zu machen, hörst du Saphira? Ihr bleibt hier, ich werde Ovid sagen, er soll auf euch aufpassen!« Saphira kann sich kaum mehr beherrschen. »Wir fliegen nach Venezuela, da sind wir dann ja wohl in Sicherheit, dann passiert so etwas nie wieder!« Calin flucht in der anderen Sprache und sieht sie böse an. »Ich hätte dir das alles gar nicht sagen sollen, du kannst mit so was nicht umgehen, ich wollte ...« Saphira ist in Rage, aus Angst, sie hat einfach Angst um sie alle. »Ich kann damit nicht umgehen, wegen was? Weil ich keine Yasus bin, weil ich dafür bin lieber wegzugehen, als sich einem Kampf zu stellen, der aussichtslos ist?« Calins Handy unterbricht sie dieses Mal.

»Ich muss los.« Sie beben beide vor Wut. »Ich sage Ovid ...« Saphira schüttelt den Kopf. »Ich gehe nach Venezuela, wir gehen!« Sie sagt das so fest, dass Calin sich abwendet. »Warum solltest du auch einmal auf mich hören?«, murmelt er sauer, während er zur Tür geht. Saphira läuft ihm hinterher. »Calin, bitte, tut das nicht.« Sie fleht ihn förmlich an. »Mach du, was du willst, ich werde nicht zulassen, dass dir etwas passiert, davon kannst du mich nicht abhalten!« Er bleibt in der Tür stehen, dreht sich aber nicht noch einmal zu ihr um. »Dann werde ich auch tun, was ich tun muss und nie wiederkommen, damit weder du noch sonst einer jemals wieder in Gefahr wegen uns kommt!« Mit einem derart heftigen Stoß tritt Calin gegen einen alten Schaukelstuhl, den Anis wohl schon seit Jahren aufarbeiten wollte, dass er krachend in sich zusammenbricht und geht. Saphira sieht ihm nach, auch dann noch, als sein Auto nicht mehr zu sehen ist. Sie wischt sich die Tränen weg und atmet viel zu schnell, dann schnappt sie sich die Autoschlüssel und fährt los.

Sie fährt direkt zum Buchladen, zum Glück ist gerade nichts los, als sie Marion unter Tränen erzählt, dass sie morgen zurück nach Venezuela fliegt. Auf ihre Frage, ob sie denn zurückkommt, kann sie ihr nicht mehr antworten, sie hat das Gefühl zu zerbrechen. Marion nimmt sie in den Arm und sagt ihr, dass, gleichgültig, was passiert, Saphira hier immer eine Stelle haben wird und dass sie ihr viel Glück wünscht. Saphira macht das alles nur noch trauriger, sie fährt direkt zu Lunas Schule, es ist eh schon alles egal und sie wundert sich auch nicht, als sie diese statt in ihrem Klassenzimmer weinend auf der Mädchentoilette vorfindet.

Vlad hat ihr ebenfalls alles berichtet, allerdings weniger als Calin Saphira. Luna ist ganz anders als Saphira, sie war nicht in der Lage etwas zu sagen, während Saphira ausgerastet ist. Offensichtlich ist Vlad auch anders als Calin, denn zu ihrem Besuch in Venezuela musste Luna ihm nur hoch und heilig versprechen gut aufzupassen. Im Gegenteil, er fand es sogar besser, dass Luna und Saphira erst einmal ganz in Sicherheit sind. Doch Luna ist genauso fertig. »Was ist, wenn einem etwas passiert? Ich kann das nicht ertragen!« Saphira umarmt ihre Schwester. »Ich habe es versucht, aber wir können das wohl nicht verhindern. Das Einzige, was wir tun können, ist zu beten und versuchen zu verhindern, dass so etwas wegen uns noch einmal passiert!«

Sie hilft Luna auf und zusammen verlassen sie die Schule. So ganz hat Saphira die Hoffnung noch nicht aufgegeben, will sie nicht aufgeben! Sie konnte nicht mal mehr mit Nicola sprechen, natürlich geht keiner von ihnen an sein Handy. Als sie zu Ovid fahren, sieht sie Sora gerade das Haus verlassen und bitterlich weinen. Da erst weiß sie, dass es zu spät ist, sie sind weg!

Sora ist genauso aufgewühlt wie sie, sogar so sehr, dass sie vor Luna von Dorians Besuch erzählt. Nicht dass es etwas ändern würde, erstens würde Luna niemals davon erzählen, zweitens wird sie dazu keine Gelegenheit haben. Sie alle drei sitzen noch eine lange Zeit auf der Veranda vor Ovids Haus. Adina kommt manchmal raus, sie bittet sie rein, will ihnen Essen und Trinken bringen, doch irgendwann setzt sie sich einfach dazu. Sie alle weinen nicht mehr, kaum einer spricht mehr ein Wort, denn es ist nicht in Worte zu fassen, was gerade passiert. Ovid hat sich von seinen Söhnen verabschiedet und ist gegangen. Adina weiß nicht wohin oder wann er wiederkommt, und man sieht, dass Calins Mutter jede Minute ein stilles Gebet auf den Lippen trägt.

Irgendwann fragt Saphira abwesend nach Cesar und Adina erzählt traurig, dass er sich in der Garage verschanzt, wenn so etwas ist. Er hasst es, nicht helfen zu können und bei ihnen zu sein. Saphira nickt nur müde. Und als langsam die Dämmerung hereinbricht, wird es ganz still. Es ist, als würde sich ein Schleier der Angst über Barnar ausbreiten, am Ende dieser Nacht oder spätestens in der nächsten werden alle Menschen, die sie hier so fest in ihr Herz geschlossen hat, kämpfen, ihr Leben riskieren und vielleicht sogar verlieren, alles ihretwegen. Saphiras Brust schnürt sich zu, sie kann kaum atmen.

Sie verabschieden sich von Adina, sie umarmt beide lange. Saphira weiß nicht mal, ob Calins Mutter informiert ist, dass sie am Morgen nach Venezuela fliegen. Sie sagt auch nichts, sie kann gerade nicht mehr darüber reden. Sora begleitet die Beiden. Sie weiß, die beiden werden nicht wiederkommen. Im Auto erzählt Saphira von ihrem heftigen Streit, ihrem Abschied von Calin. »Er glaubt nicht, dass du nicht zurückkehrst, niemals, er denkt, du hast das aus Wut gesagt, sonst hätte er dich nie gehen lassen.« Sora blickt zu Luna. »Wenn ihr in Venezuela seid, solltet ihr euch das Ganze noch einmal überlegen und wieder zurückkommen. Ihr wisst nicht, was das für Vlad, Calin ... für alle bedeutet, wenn ihr wegbleibt.

Sie werden euch suchen kommen.« Sora scheint sich dessen absolut sicher und Saphira stimmt ihr zu. »Das denke ich auch.« Zumindest ist sie sich da bei Vlad absolut sicher. »Deswegen werden wir auch nicht in Venezuela bleiben.« Sie hält vor ihrem Haus. »Versteh doch, ich bete, dass das heute Nacht gut geht und alle da rauskommen ...« Saphira kann ihre Gedanken nicht in Worte fassen. »Aber selbst wenn das vorbei geht und wir zurückkommen, wird es nicht das letzte Mal gewesen sein. Ich kann mit diesem Wissen nicht leben!« Luna nickt. »Ich auch nicht, es ist zu viel. Zu viel Leid, was wir verursachen!« Sie steigen aus. »Ich denke, ihr habt keine Vorstellungen davon, was für Leid es bringen wird, wenn ihr nicht wiederkommt!«

Sora ist mit Lunas und Saphiras Entscheidung nicht einverstanden. Das wissen die Beiden, doch sie hilft ihnen beim Packen, weil sie ihre Freundin ist und vielleicht auch, weil sie die Entscheidung nicht gut findet, aber nachvollziehen kann. Man spürt die Anspannung, sobald etwas zu Boden fällt oder etwas lauter ist, zucken alle zusammen. Keiner weiß, was weiter entfernt gerade passiert. Als sie Sora mit Anis' Jeep vor ihrer Haustür absetzen um zum Flughafen aufzubrechen, umarmt sie beide ganz lange. »Versprecht mir euch zu melden, sobald ihr angekommen seid.« Saphira nickt. Und als Luna ins Auto zurückkehrt, blickt Saphira Sora noch einmal in ihre grünen Augen.

»Lass dir die Liebe zu Dorian nicht nehmen, bitte denk darüber nach. Wenn etwas Zeit vergangen ist und alles sich beruhigt hat ... sag Calin, es tut mir leid, dass wir so auseinandergegangen sind. Ich wollte ihn nicht anschreien, ich hatte ... habe einfach Angst. Es fällt mir so schwer seine Hand loszulassen, auch wenn ich weiß, dass ich sie niemals hätte halten sollen.« Sora weint ebenso wie Saphira. »Ich weiß, was du meinst!« Sie gibt ihr einen letzten Kuss auf die Wange und steigt zurück zu ihrem Vater ins Auto. Als sie Barnar verlassen, blickt keine von beiden zurück, sie schaffen es nicht. Sie kommen spät am Flughafen an, die Strecke hat länger gedauert als sie es gedacht haben. Bevor sie hineingehen, klingelt noch einmal Saphiras Handy. Es ist Sora, die ihr aufgeregt erzählt, Calin hätte sich bei Ovid gemeldet.

Saphiras Herz rast schneller, er lebt. Sie haben die ganze Nacht gewartet, aber keiner von den Vampiren ist aufgetaucht. Sie warten jetzt bis zur nächsten Nacht, vielleicht haben die doch einfach länger gebraucht und noch eine Nacht pausiert. So schätzen sie es ein, aber in Saphira macht sich eine kleine Hoffnung breit. Vielleicht kommt es nicht einmal zum Kampf. Doch sie hat nicht viel Zeit darüber nachzudenken, denn Anis schiebt seine Töchter schon zu ihrem Gate, wo sie ihn noch ein letztes Mal kurz drücken. Sie haben keine Zeit mehr und Saphira bereut so vieles.

Durch die vielen Ereignisse hatten sie kaum Zeit für ihn. Er weiß nichts von ihrer Absicht nicht wiederzukommen und sie drückt ihn ganz fest. »Ich liebe dich, Papa.« Anis gibt seiner ältesten Tochter einen Kuss. »Ich dich auch, grüß alle und passt auf eure Oma auf!« Saphira nickt, sie ist ganz sicher, sie wird Anis auf jeden Fall wiedersehen. Den Kontakt zu ihrem geliebten Vater wird sie nie aufgeben. Sie hofft, er wird ihre Entscheidung irgendwann akzeptieren, auch ohne die ganzen Hintergründe zu kennen. Sie passieren die Kontrolle.

Erst als das Flugzeug abhebt, kommen ihr erneut die Tränen, sie kämpft nicht mehr dagegen an. Auch Luna ist ein Stein vom Herzen gefallen, als sie gehört hat, dass es in dieser Nacht zu keinem Kampf gekommen ist. Saphira sieht aus dem Fenster als sie abheben, die Sonne geht gerade auf. Sie sieht auf das viele Grün, das sie jetzt verlassen. Es tut weh, sie hat das Gefühl innerlich zu zerreißen, doch auch ein anderes Gefühl macht sich breit. Die Hoffnung, als sie gehört hat, dass es zu keinem Kampf kam, die Hoffnung, es wird auch in der nächsten Nacht zu keinem Kampf kommen, die Hoffnung, mit ihrem Verlassen wird es nie wieder zu so einem Kampf kommen. Sie blickt ein letztes Mal aus dem Fenster auf das Gebiet, auf das sie mit ihrer Ankunft so viel Unglück und

Leid gebracht haben. Sie kann nur beten, dass alles gut geht und die Legende der Töchter des Mondes, wie es bei ihren Vorfahren der Fall war, irgendwann in Vergessenheit geraten wird.

Hijas de la luna -
Die Legende der Töchter des Mondes

Kapitel 9

Calin blickt in den Himmel, er kann es nicht lassen, nach einem Flugzeug Ausschau zu halten. Es ist unsinnig, aber sein Herz treibt ihn dazu. Er zwingt sich, wieder auf seinen Weg zu achten, die Wälder hier sind ihm nicht so bekannt. Und da er allein unterwegs ist, muss er doppelt so vorsichtig sein. Sie haben die ganze Nacht angespannt gewartet, jeder auf seinem Posten, aber es war schnell klar, dass, wie gut sie sich auch verteilen, es wahrscheinlich nicht ausreichen wird. Deshalb war Calin mehr als erleichtert, als der Tag angebrochen ist und sie nicht aufgetaucht sind. Nun kann er nach Gataia zu Petru. Normalerweise hätte die Zeit nicht gereicht um Verstärkung zu holen. Aber dieser eine Tag und dass dieses Felsental, wo sie sie überrumpeln wollen, in der Nähe der Stadt liegt, bringt ihnen nun doch einen gewissen Vorteil. Zwar gibt es in Petrus Stamm selbst keine Männer mehr, die dieses Gen in sich haben, aber aus dem Nachbarstamm sind vier Wölfe, die Ovid und Petru schon kontaktiert haben. Calin hasst es nach Hilfe zu fragen, aber die Situation erfordert es, er will es nicht riskieren, noch einen aus seinem Rudel zu verlieren.

Sobald er die ersten Häuser von Gataia sieht, verwandelt er sich. Er mochte die Stadt hier schon immer sehr gerne, als kleiner Junge war er oft mit seinem Vater hier. Petru gilt unter allen Stämmen als einer der erfahrensten und weisesten Männer, doch das Schicksal hat ihm und fast allen in Gataia nur Töchter gegeben, sodass in seinem Stamm das Wolfsgen nicht weitervererbt wurde. Es wird behauptet, dass der Stamm von einer Hexe verflucht wurde, und langsam schenkt Calin jeder Geschichte, die er hört und früher nur für eine Erzählung gehalten hat, mehr Glauben. Als er bei dem gemütlichen Blockhaus von Petrus Familie ankommt, läuft ihm schon die kleine Alyssia entgegen. Petru ist schon weit über 60 Jahre und hat bereits seine zweite Frau, doch er hat die Hoffnung nie aufgegeben. Calin ist sich dennoch sicher, dass die 6-jährige Alyssia sein letzter Versuch war, seine starken Gene gegen den Fluch der Hexen einzusetzen. Der kleine Wirbelwind war erst vor zwei Monaten für einige Tage mit seiner Mutter bei Adina zu Besuch und war gar nicht von Calins Seite wegzubekommen, sodass sie ihm jetzt freudig entgegenhüpft und auf seinen Arm springt. »Onkel Calin, Onkel Calin!« Kaum ist sie auf seinen Armen, umarmt sie ihn und fragt neugierig nach Davud, was Calin zum Schmunzeln bringt.

Davud ist für viele einfach nur ein unfreundlicher, meist schlecht gelaunter Mann. Wer ihn nicht besser kennt, so wie das Rudel, sieht nicht hinter die harte Mauer des Mannes, dessen Gesichtshälfte verbrannt ist, weil er Calin damals beim Unfall vom Auto weggezogen hat. Das Rudel weiß, dass er sich diese Mauer gebaut hat, um nicht zu zeigen, wie er in Wirklichkeit ist, doch sie alle bekommen oft genug sein wahres Gesicht zu sehen. Als Alyssia ständig bei ihnen in der Werkstatt war, hat sich dieses kleine Mädchen mit den kurzen Locken und den neugierigen Augen nicht von all dem abschrecken lassen. Kinder sehen die Narben und Verletzungen nicht so wie Erwachsene. Sie hat immer so lange gequengelt, bis sie auf seinen Arm durfte und ihn mit Fragen durchlöchert. Auch wenn Davud genervt schien, hat Calin ihn selten so oft lachen gehört wie zu dieser Zeit. Als Alyssia dann wieder weg wahr, hat er öfter nach ihr gefragt, er hätte sie jetzt sicher gerne wiedergesehen, doch Calin hat alle anderen angewiesen, sich genau wie die Vampire in die Höhle zurückzuziehen und sich auszuruhen. Keiner weiß wirklich, was in der folgenden Nacht auf sie zukommt und er will auf alles vorbereitet sein.

Alyssia begleitet ihn zum Haus. Als er Petrus zweite Frau begrüßt und sie ihm mehrere Pfannkuchen zubereitet, erklärt sie ihm, dass Petru seit mehreren Stunden auf der hinteren Veranda sitzt und in den Wald starrt. Calin kennt solche Sachen von seinem eigenen Vater. Er fragt sich manchmal, ob sie jemals alles erfahren werden, was die Väter schon miterlebt haben, aber wenn er jetzt dran denkt, ob seine Söhne jemals alles erfahren werden, was er schon gesehen hat, beantwortet sich seine Frage von selbst. Er nimmt den Teller mit den leckeren Pfannkuchen mit auf die Veranda. Petru sitzt in einem Schaukelstuhl mit Blick zum Wald und wendet sich nur kurz zu Calin, um ihm in die Augen zu sehen. »Mein Sohn, setz dich zu mir!«

Calin hört auf den älteren Mann, er ist ein stolzer Mann, so wie alle Mitglieder des Stammes, man sieht ihnen an, dass sie in ihrem Leben schon viel mitgemacht haben. »Die vier Männer werden bald eintreffen, ich habe ihnen am Ende der Nacht nach Ovids Anruf Bescheid gesagt. Sie können es nicht erwarten, was zu tun zu bekommen. In ihrer Gegend ist es ihrer Meinung nach zu ruhig, vielleicht sollte euer Vampirzirkel mal umziehen, sodass alle Stämme Beschäftigung bekommen!« Calin hat die ungestüme Art von Petru schon immer gemocht, wie alt er auch mit den Jahren geworden ist, in seinen Augen blitzt noch immer der junge Mann durch, der er mal war, mit dem Herzen auf der Zunge.

Calin isst seine Pfannkuchen und lehnt sich zurück, er braucht auch etwas Erholung. Das Wissen, dass Saphira sich auf dem Weg nach Venezuela befindet, raubt ihm den Verstand. Vlads Theorie, es sei für ihre Sicherheit sogar besser, teilt er absolut nicht. In seiner Nähe ist sie am sichersten. Dass sie ihn angeschrien hat, sie würde für immer wegbleiben, hat er Vlad auch nicht erzählt. Er ist sich sicher, dass sie das nur aus Wut gesagt hat. Er liebt sie über alles, er hat manchmal das Gefühl, ihn macht diese Liebe zu ihr krank, weil es so gewaltig erscheint und doch nicht dieses Gefühl der Seelenverwandten verursacht, dass es seinen Körper zu zerreißen droht.

»Du siehst sehr erschöpft aus, Calin!«, stellt Petru trocken fest. »Wenn diese Sache durchgestanden ist, kommen wieder bessere Tage, das ist die Last, die man als Anführer zu tragen hat. Ovid hat mir einiges von Saphira erzählt, ist sie in Sicherheit?« Calin nickt. »Offensichtlich!« Petru sieht ihn mitfühlend an. »Hat es noch nicht eingesetzt?« Nun kann Calin ihm nicht mehr folgen. »Als Ovid mir von deinen starken Gefühlen zu Saphira erzählt hat, hatte ich gleich eine Vermutung, aber wir werden erst wissen, ob es so ist, wenn es passiert.«

»Von was redest du da? Mein Vater hat mir nichts gesagt!« Der ältere Mann nickt leicht. »Wahrscheinlich weil ich mir unsicher war und er dir nichts sagen wollte, was nicht ganz klar ist.« Calin wird unruhig. »Sag mir, von was du redest!« Petru räuspert sich. »Also, Ovid hat von den Jungs erfahren, wie heftig deine Reaktion auf Saphira war, aber dass sie nicht deine Seelenverwandte ist, dass es nicht eingesetzt hat. Und den Kampf, den dein Körper seitdem führt, mir ist das aber erst aufgefallen, nachdem klar war, dass Saphira ebenfalls einer Legende entstammt. Legenden können sich nicht untereinander vermischen, das ist nicht üblich. Sicher passiert das mal, aber die Natur hat das nicht vorgesehen. Das wäre schon kompliziert, aber du bist ein Anführer und sie ist die Auserwählte. Ihr beide seid dazu bestimmt, eure starken Gene weiterzugeben, deshalb wird es dir nicht möglich sein, sie als Seelenverwandte zu sehen. Ich gehe davon aus, dass sie es ist, dass sie im Normalfall die Deine ist und du es gespürt hättest, als du sie das erste Mal gesehen hast, aber die Urinstinkte lassen das nicht zu. Deswegen dieser innere Kampf, sie ist es, du weißt es, aber dein Körper lässt es nicht zu. Das ist meine Vermutung.«

Calin lehnt sich zurück, er hat an so etwas nie gedacht, aber jetzt, wo Petru ihm das sagt, kommt es ihm ganz logisch vor. Es würde alles erklären. »Das bedeutet, weil wir beide sozusagen die Anführer sind, sind wir dazu verdammt, aufeinander zu verzichten?« Calin könnte gerade etwas zerstören. Petru schüttelt den Kopf. »Das denke ich nicht, ihr habt euch schon dagegen gestellt und zusammengefunden. Ich weiß nicht, ob sich das Gefühl noch durchsetzt, vielleicht kommt es noch, wenn deine Liebe zu ihr deinen Instinkt besiegt, aber du kannst sicher sein, es wird dann stärker, soviel mächtiger sein als bei den anderen, unterschätze es nicht! Aber wie gesagt, eine Garantie ist das nicht, ich vermute es so.« Calin nickt und das erste Mal seit Wochen keimt in ihm eine kleine Hoffnung. In all dem Chaos ist es etwas, was gut tut, wo er sich dran festkrallen kann, und er will dieses Gefühl nicht aufgeben. »Sie ist mein Leben!«

Es dauert noch eine Stunde, bis die anderen Männer aus dem Stamm eintreffen, langsam wird es knapp zurückzukommen, also brechen sie sofort auf. Calin umarmt Petru noch einmal lange und dankt ihm für alles. Die kleine Alyssia will ihn nur unter Protest wieder gehen lassen, doch sie müssen los. Es ist merkwürdig, mit anderen Wölfen unterwegs zu sein, aber Calin verdrängt dieses Gefühl. Sie sind alle hochkonzentriert, man merkt, dass die vier anderen Wölfe ganz scharf auf einen Kampf sind. Calin ist zufrieden, den Kampf können sie bekommen. Als sie an den Höhlen eintreffen, wartet sein Rudel schon ungeduldig, die Sonne geht langsam unter. Calin macht alle miteinander bekannt. Es dauert auch nicht lange und der Zirkel kommt aus seiner Höhle. Sofort spannen sich die neuen Wölfe an, während Tristan die Augen verdreht. »Noch mehr von denen, artet ja zu einer Plage aus.« Die vier anderen Wölfe wurden aber offensichtlich schon unterrichtet, dass sie dieses Mal mit dem Feind gegen einen noch viel größeren Feind kämpfen müssen und sie besprechen die neue Aufteilung.

Als Calin dieses Mal von seinem Punkt über alles schaut, hat sich die Lage geändert, nun haben sie eine reelle Chance gegen sie anzukommen. Er brennt darauf, dass dieser Kampf endlich losgeht. Alle stehen, hocken und lauern in den Felsspalten, auf den Felsen, versteckt in den Nischen und warten angespannt. Die Minuten vergehen, dann die Stunden, sie werden immer ungehaltener. Wo bleiben die Vampire? Sie müssten schon längst passiert haben, wenn sie dieses Tal nicht passieren, müssen sie einen mehreren Tage dauernden Umweg gehen. Sie wissen nichts davon, dass sie hier auf sie warten, also wieso sollten sie das tun? Nach drei Stunden verlässt Vladan entnervt seinen Platz und kommt zu Calin in die Felsspalte. »Irgendetwas stimmt nicht! Das kann gar nicht möglich sein!« Calin sieht auf den schwarzen Wald, aus dem sie treten müssten. »Felicitas kann auch nichts spüren, nichts sehen. Sie kommen nicht!« Calin flucht. »Aber wie kann das sein, die

Hexen ...« Plötzlich werden sie von Felicitas' Schreien unterbrochen. »Oh mein Gott, nein!«

Alle versammeln sich blitzschnell um die zarte Frau, die sich den Kopf hält und die Augen schließt. »Es ist schrecklich«, flüstert sie leise, bis Davud sie am Arm hält. »Was passiert gerade?« Felicitas öffnet ihre Augen erschrocken. Auch wenn sie etwas weggetreten aussieht, findet sie die Worte wieder. »Sie greifen die Stadt an, jetzt in diesem Augenblick!« Calin flucht laut auf und Vladan tritt näher. »Barnar? Soll das heißen, wir sind ...« Doch Felicitas unterbricht ihn schnell. »Nein, nicht Barnar, näher, ich höre die Gedanken der Menschen, sie haben Angst, sie haben Schmerzen, es muss in dieser Richtung sein!« Felicitas zeigt in die Richtung, aus der Calin noch vor ein paar Stunden gekommen ist, Gataia, Petru. So schnell wie sie nur können rennen alle los in die Richtung, in die Felicitas gezeigt hat. »Wir sind in einen Hinterhalt geraten«, sind die letzten Worte, die Calin noch vernimmt, bevor er sich so sehr auf den Weg konzentriert, dass er kaum etwas anderes wahrnimmt. Er registriert leicht, dass er und die Wölfe aus dem anderen Rudel die Führung übernehmen, da sie den Weg am besten kennen, doch es geht Calin nicht schnell genug. Er beschleunigt immer mehr. Er hasst dieses Gefühl, dass, egal wie kurz der Weg ist, wenn man ihn dringend passieren muss, er immer viel zu lang ist und man selber viel zu langsam scheint. Nach einer gefühlten Ewigkeit rasen sie endlich aus dem Wald und sehen sofort die Verwüstung.

Gataia ist nicht groß, es leben vielleicht 20 Familien hier, zwei Läden und eine Ausfahrt zur nächstgrößeren Stadt, doch es ist alles plattgemacht. Sie haben innerhalb weniger Minuten die Stadt ausgelöscht. Er sieht nicht nur bei seinem Rudel die Betroffenheit und den Schock über das Bild, was sich ihnen bietet. Sie sind zu spät, es brennen Feuer in den Häusern. Doch Calin ist sich sicher, dass die Menschen, die drin gelebt haben, eh nicht mehr atmen oder verwandelt sind. Das scheint wie bei all seinen Zügen gegen ganze Städte das Muster von Maurice zu sein. Er verwischt seine Spuren durch Feuer, damit die Menschen nicht bemerken, was wirklich passiert ist. Es ist paradox, wenn man bedenkt, wie gefährlich das Feuer für die Vampire selbst ist.

Sie alle stehen am Stadteingang, tief betroffen, geschockt und wütend. Keiner sagt ein Wort, sie sehen auf das Schlachtfeld, Kleidungsstücke liegen auf der Straße. Calin entdeckt auch die Leiche eines Mannes, der vermutlich weglaufen wollte, als hätte er jemals eine Chance dazu gehabt. Er traut sich gar nicht zu dem Haus von Petru zu sehen. Es schnürt ihm die Kehle ab, wenn er an den alten Mann, der schon immer so ein guter Freund der Familie war, seine Töchter und seine Frau denkt. Er schließt die Augen: Alyssia! Das alles, während sie in dieser verdammten Schlucht warten und sich zum Narren machen. Calin weiß nicht was größer ist, die Wut oder die Trauer.

»Lasst uns sehen, ob wir noch etwas tun können«, murmelt Gabriel leise. Er ist der Einzige von ihnen, der so etwas schon einmal gesehen hat, als Maurice aus Rache die Stadt, in der sein Bruder gewacht hat, innerhalb kürzester Zeit dem Erdboden gleichgemacht hat. Hier muss es noch schneller gegangen sein. Sie alle bewegen sich in Richtung der Stadt. Calin sieht die Frauen, die sich die Hand vor den Mund halten, um ihren Schock nicht herauszuschreien. Ihm selbst steigen Tränen in die Augen, als sie die Stadt betreten. Der beißende Geruch des Todes liegt in der Luft, dazu der Rauch. In manchen Häusern brennt es schon so sehr, dass sie gar keine Chance haben hineinzugehen. Die Vampire halten sich verständlicherweise bei dem Feuer zurück, doch Calin registriert, wie sich Dorian und Tristan nach dem einen oder anderen Menschen bücken, um zu sehen, ob da noch Hoffnung besteht.

Er rechnet es den Vampiren aus Vladans Zirkel hoch an, gleichzeitig steigt sein Hass auf diese Rasse ins Unermessliche bei jedem weiteren Toten, den sie finden. Calin wird noch übler, als sie zum Haus von Petru kommen. Vielleicht bildet sich Calin das auch nur ein, aber hier scheint die Verwüstung am größten zu sein. Er sieht zu seinem Rudel und bemerkt die Betroffenheit bei allen. Sie alle kannten die Familie. Als Gabriel respektvoll vortritt und sagt, dass sie dieses Haus übernehmen, weiß Calin, dass es das Beste ist. Auch hier brennt schon ein Feuer im Obergeschoss. Er weiß genau, ihnen bleibt nicht mehr viel Zeit noch nachzusehen, ob jemand verschont wurde. Es dauert auch nicht lange und Gabriel erscheint zusammen mir Raphael wieder vor der Tür, sein trauriges Kopfschütteln sagt alles. »Er hat sich aber offensichtlich etwas verteidigen können, denn es gibt viele Kampfspuren, aber gegen eine derartige Überzahl war er machtlos.« Calin nickt, er kann sich gut vorstellen, wie sich Petru bis zur letzten Minute gewehrt hat. Zumindest ist ihnen die Verwandlung erspart geblieben, der einzige, schwache Trost, den Calin für sich finden kann. Ihm ist klar, dass jedes Mitglied eines Stammes den Tod der Verwandlung zu einen Vampir vorziehen würde.

»Ich höre etwas!« Felicitas, die mit dem Zirkel etwas weiter weg steht, zieht alle Aufmerksamkeit auf sich. Sie sind alle wegen des beißenden Geruches und des lauten Knisterns des Feuers von ihren Sinnen abgetrennt. »Was hörst du? Lebt noch jemand?« Felicitas hält sich den Kopf. »Ich weiß nicht genau, es ist unklar und durcheinander, aber es ist etwas da, es muss hier irgendwo in der Nähe sein. Felicitas läuft zum Haus von Petru, doch Vladan hält sie auf. »Nein, das ist zu gefährlich, es kann jederzeit einstürzen!« Felicitas entzieht sich seinem Griff. Calin steuert ebenfalls das Haus an, wenn es auch nur eine kleine Hoffnung gibt, dass jemand noch am Leben ist, wird er sie nutzen.

Sie betreten schnell das Haus. Calin spürt, dass ihm Davud folgt und alle anderen anweist draußen zu bleiben. Aber wie er Tolja kennt, kann ihn niemand davon abhalten Calin beizustehen. Er bleibt dicht an Felicitas, die wieder die Augen schließt, offensichtlich braucht sie das, um sich auf das Geräusch zu konzentrieren. Er hält die brennenden Balken von ihr fern. Vladan hat recht, das Haus stürzt jede Minute ein, aber Felicitas steuert direkt auf die Küche zu. Sie geht zu einem kleinen verschlossenen Schrank, der wahrscheinlich als kleines Essenslager gedient hat und versucht ihn zu öffnen. Als ihr das nicht gelingt, übernimmt Calin, aber auch er braucht erst ein paar kräftige Schläge, bis sich die Tür öffnet. Er kann seine Gefühle nicht in Worte fassen, als ihn dann ganz erschrocken Alyssia aus ihren verweinten großen Augen ansieht und ihm schreiend in die Arme springt. »Süße.« Er drückt sie fest an sich, sein Herz klopft wie wahnsinnig. Sie hat überlebt, sie müssen sie im Schrank eingesperrt haben, als es losging, mit der Hoffnung, dass sie übersehen wird und das hat sich erfüllt.

Auch in den Augen der anderen sieht er die Erleichterung. Felicitas strahlt, Davud gibt Alyssia einen Kuss auf die Haare. Sie hustet, sie muss den Rauch schon viel zu lange eingeatmet haben, auch wenn die Tür so gut verschlossen war, dass es sie geschützt hat. »Los, wir müssen raus!« Sie rennen zurück in den Garten. Kaum auf der Wiese angekommen, beginnen am Haus auch schon Balken zu brechen. Calin will Alyssia von seinem Arm nehmen, um genau zu prüfen, ob ihr etwas fehlt, doch die Kleine klammert sich an ihn, als hänge ihr Leben davon ab.

»Alyssia, alles ist gut, dir passiert nichts mehr, sieh mich an!« Calin weist das zitternde kleine Mädchen an und sie sieht ihn an. Wie kann er ihr sagen, alles wird gut? In dem Haus verbrennt gerade ihre ganze Familie, doch sie lebt! »Süße, was hast du gesehen, gehört?« Alle versammeln sich neugierig um sie und sehen sich das kleine Mädchen an, das als einzige Überlebende dieser Hölle entgeht, doch sie schüttelt ihre dunklen Locken. »Es wurde geschrien, und Mama hat mich in den Schrank gesetzt. Sie hat gesagt, egal was ist, bleib da drinnen, bis dich jemand rausholt. Sei ganz still. Dann hat sie mir die Ohrenstöpsel gegeben, die sie zum Schlafen nimmt wegen Papas Schnarchen und gesagt, egal was ist, ich muss ganz ruhig sein. Und ich habe nichts gehört und bin irgendwann eingeschlafen. Als ich wach wurde, hat es so komisch gerochen, und ich hatte so eine Angst, aber Mama hat gesagt, ich darf nicht raus, und dann bist du gekommen! Wo sind Mama und Papa und meine Schwestern?«

Sie sieht verwirrt zu dem Haus, das immer mehr zusammenbricht. Calin drückt sie an sich. Er weiß nicht, ob er froh sein soll, dass sie von all dem Horror nichts mitbekommen hat oder sich fragen muss, wie sie ihr erklären sollen, dass sie ab jetzt allein ist. Es ist zu viel, es wird alles zu viel. Er sieht sich in der Runde um, alle scheinen mit dem gerade eben Erlebten überfordert. Doch dann geht Dorian auf eine Steinwand zu. Erst als er wütend eine neben ihm stehende Mülltonne umschmeißt, sehen alle genau hin.

»Das war erst der Anfang!«, steht mit Blut geschrieben. Calin flucht und dreht Alyssia auf seinem Arm so, dass sie das nicht sehen muss. Gabriel tritt vor und somit vor sie alle, er sieht besorgt auf das widerliche Werk dieser Monster. »Sie wussten es! Sie wussten, dass wir da sind, es war alles geplant. Wahrscheinlich waren schon die Hexen ein Teil davon«, gibt er niedergeschlagen zu und dreht sich zu ihnen. »Ich will mir nicht vorstellen, wie es weitergehen wird!«

Kapitel 10

Saphira sieht verwirrt auf die sich vor ihr auftuende Landschaft. Sie mussten bei ihrem Zwischenstopp schon ungewöhnlich lange warten. Sie hat auch gemerkt, dass sich das Bordpersonal unruhig gezeigt hat. Als sie sich jetzt die Landschaft ihres geliebten Venezuela ansieht, erschreckt sie sich. Es wirkt, als wäre ein furchtbarer Wirbelsturm durchgefegt, alles liegt durcheinander und es sind riesige Risse in der Erde. Das Beben soll doch nicht so schlimm gewesen sein, doch als sie merkt, unter was für Schwierigkeiten der Pilot das Flugzeug auf den Boden setzt, bekommt sie ein ungutes Gefühl. Als sich dann das Personal, statt sie hinauszulassen, vor ihnen aufstellt und ihnen mitteilt, dass, während sie noch in der Luft waren, die Erde von Venezuela erneut und dieses Mal sehr stark gebebt hat, schluckt sie schwer.

Dem Piloten ist nur mit großer Mühe eine Landung gelungen, weil fast alle technischen Geräte gerade im Land nicht mehr funktionieren. Die gesamte Infrastruktur ist zurzeit lahmgelegt und sie werden wohl das letzte Flugzeug sein, das erstmal ins Land kommt. Saphira kann nicht glauben was sie da hört, doch als sie aus dem Flugzeug steigen, sieht sie selbst die Verwüstung, die das Beben angerichtet hat. Sie werden alle einfach durchgelassen, die Leute scheinen mit anderen Sachen beschäftigt zu sein, sodass sich niemand um sie kümmert.

Umso glücklicher ist sie, als sie im Wartebereich ihren Onkel erkennt, der sie abholen kommt. Sie umarmen ihn freudig, so wenig männliche Verwandte wie sie haben, haben sie ihn immer sehr geliebt. Auch er freut sich, doch man sieht ihm an, dass er ein paar schwere Stunden hinter sich hatte. Er berichtet, dass das Beben vor einigen Stunden war, kurz nachdem sie wieder losgeflogen sind. Es ist niemand aus der Familie verletzt, ihre Gegend ist auch ziemlich glimpflich davongekommen, aber für ihre Oma war das zu viel. Ihr Herz verkraftet diese viele Aufregung nicht mehr so gut, der Arzt ist gerade bei ihr. Luna und Saphira sehen sich besorgt an, ihre Oma ist ihr Ein und Alles, sie sind bei ihr aufgewachsen und lieben sie so sehr.

Als sie durch die vertraute Landschaft fahren, stellt sich bei Saphira nicht das von ihr erhoffte endlich-wieder-zu-Hause-Gefühl ein. Sie schiebt es auf die Unruhe und das Durcheinander, was das Beben mit sich gebracht hat. Ihr Onkel erzählt ihnen, was alles in letzter Zeit hier passiert ist, doch Saphira nimmt alles nur halb wahr. Sie und Luna probieren beide, Empfang in ihren Handys zu bekommen, um sich in Barnar zu informieren was gerade geschieht, doch ihr Onkel erklärt ihnen, sie werden kein Netz bekommen. Alle Masten wurden beschädigt, zurzeit gibt es keine Verbindung zur Außenwelt, kein Handy, kein Internet, kein Fernsehen, nichts! Saphira stöhnt leise auf und steckt ihr Handy weg, aber je weiter sie in ihr Gebiet fahren, desto mehr registriert Saphira, dass hier wirklich nicht viel passiert ist.

Und sobald sie vor dem Haus ihrer Oma halten, klopft ihr Herz schneller, sie hat es so vermisst. Die Sonne lacht trotz des Unglücks vom Himmel. Sie steigen schnell aus und betreten das Haus. Sofort erkennen sie, wie ernst es ist. Alles ist abgedunkelt, alle ihre Tanten und Cousinen sind im Wohnzimmer verteilt und begrüßen sie, wenn auch nicht so freudig, wie es sonst sicherlich der Fall wäre. Saphira begreift, dass es ihrer Oma wohl nicht nur schlecht geht. Als sie mit Luna dann leise das Schlafzimmer betritt, und neben dem Arzt auch ihren Priester entdeckt, steigen Saphira die Tränen in die Augen. Sie setzen sich zu ihrer Oma. Mit ganz viel Kraft öffnet diese ihre müden Augen. Ein schwaches Lächeln liegt auch auf ihren Lippen. »Meine Engel sind zurückgekehrt, jetzt kann ich meinen Frieden finden!«

Saphira will ihr widersprechen, sagen, dass sie bei ihr bleiben soll, doch sie weiß, es ist eine Sünde, einen sterbenden Menschen am Gehen zu hindern, deswegen halten sie ihre Hand, die ganze Nacht. Nach und nach stellen sich alle Tanten und Cousinen dazu. Niemand sagt ein Wort. Als der Priester bei Morgengrauen, wo der

Mond den Nachthimmel verlässt, sein Gebet anstimmt und ihre Oma die letzten Atemzüge macht, erst da fallen die ersten Tränen. Von ihren Tanten um die geliebte Mutter, von ihren Cousinen um die Oma und von ihnen um beides, weil sie beides für sie war.

Alle verabschieden sich noch einmal von ihr, doch Saphira bleibt einfach neben ihr sitzen und kann ihre Hand nicht loslassen. Sie ist nicht bereit sie gehen zu lassen, warum verliert sie alle Menschen, die sie liebt? Als ihre Oma am nächsten Vormittag aus dem Haus gebracht wird, gehen Luna und Saphira mit zu ihrer Tante ins Haus. Sie haben noch nicht einmal ihre Koffer ausgepackt, geduscht oder etwas Richtiges gegessen. Saphira bekommt immer mehr das Gefühl, ihnen wird keine Pause mehr gegönnt, dass sie sich von den Schicksalsschlägen nicht einmal mehr erholen dürfen. Erst als sie geduscht hat und sich aufs Bett neben die schon lange eingeschlafene Luna legt, atmet sie durch. Sie ist nun wieder zu Hause, doch fühlt sich keinen Deut besser. Im Gegenteil, nun hat sie auch noch ihre geliebte Oma verloren. Sie wissen immer noch nicht was in Barnar los ist, und sie fühlt sich einfach nur noch leer. Irgendwann fällt sie in einen traumlosen Schlaf. Nicht einmal das wundert sie, weil, was für Träume sollte sie auch haben?

Die nächsten zwei Tage bis zur Beerdigung bleiben sie im Haus. Beiden Schwestern geht es sehr schlecht, sie bekommen Besuch von allen Familienangehörigen, doch nehmen alles nur halb wahr. Sie sind da aber nicht anwesend. Alle trauern um die Großmutter. Saphira und Luna trauern um alle geliebten Menschen, die sie verloren haben. Sie probieren immer wieder durchzukommen, doch es scheint keine Möglichkeit zu geben. Venezuela ist ein armes Land, bis alles wieder hergerichtet ist, kann es lange dauern. Es ist schon verwunderlich, dass die Beerdigung am zweiten Tag nach dem Tod ihrer Großmutter stattfindet. Die ganze Familie versammelt sich um das einfache Grab.

Zu Saphiras Unglück kommt auch Jalcub, der ja nun dank ihrer etwas weiter entfernten Cousine ebenfalls dazugehört. Doch dies ist nicht der Ort für solche Gefühle, das respektiert jeder. Alle nehmen leise Abschied von ihr, der starken Frau, die bis zum Schluss der Mittelpunkt der Familie war. Die Trauerfeier ist schlicht und kurz, in all dem Chaos ist nicht mehr möglich. Als nach und nach alle gehen, bleiben nur die engsten weiblichen Verwandten da, die drei anderen Töchter der Großmutter, die Schwestern ihrer verstorbenen Mutter und deren Töchter, Saphira und Luna. Als sich Saphira jetzt umsieht und auf die 12 Frauen blickt, die um das Grab stehen, sieht sie es. Nun, da sie um ihre Legende weiß, sieht sie ganz klar die direkten Nachfahren der ersten Tochter des Mondes hier versammelt. Sie bekommt eine Gänsehaut, als ihr das wirklich bewusst wird.

Sie bleiben noch lange so stehen, keiner sagt ein Wort. Als sie ins Haus ihrer Tante zurückkehren, beschließt Saphira sich ihrem Schicksal anzupassen. Sie weiß jetzt genau, dass es der Fluch ist, der auf den Töchtern des Mondes lastet. Sie wird nicht glücklich werden, sie wird wie ihre Tanten mit ihrer Schönheit gesegnet sein und zum Unglück verdammt sein, anders kann sie sich die Ereignisse der letzten Monate nicht erklären. Sie wird es einfach akzeptieren, denn zu allem anderen fehlt ihr die Kraft. Luna geht es genauso schlecht, es zerreißt Saphira, ihre kleine Schwester so zu sehen. Entweder sitzt sie am Telefon und probiert durchzukommen, oder sie sitzt in einer Ecke und grübelt vor sich hin. Saphira fragt sie nicht, ob sie Vlad vermisst, sie weiß es. Genauso, wie sie jede Sekunde am Tag an Calin denken muss, er beherrscht ihre Gedanken mehr als alles andere. Er ist immer da, immer anwesend in ihren Gedanken und den Erinnerungen. Sie dankt Gott dafür, dass ihr diese keiner nehmen kann.

Sie reden nicht über Barnar, nicht einmal, seit sie hier sind. Keiner von ihnen bringt es übers Herz, es tut zu sehr weh. Sie wissen nicht mal was passiert ist, das ist das Allerschlimmste. Saphira ist ab jetzt verantwortlich für Luna, sie weiß nicht was sie tun soll, wohin sie gehen sollen, sie weiß gar nichts mehr, in ihrem Kopf und in ihrem Herzen ist ein großes dunkles Loch. Als sie auf dem Bett bei ihrer Tante im Haus liegt und in die untergehende Sonne aus dem Fenster sieht, überkommt sie plötzlich ein starker Drang. Sie geht schnell nach unten, wo Luna das Essen mit ihrer Tante vorbereitet. »Komm mit!« Ihre Tante sieht ihnen nur verwundert hinterher, als Luna ihr ohne zu fragen folgt. Das war schon immer so. Saphiras Herz verkrampft sich bei dem Gedanken, Luna würde ihr immer folgen, ohne Fragen zu stellen. Luna spürt sofort, was Saphira will, sie halten beide entspannt die Nase in die immer dunkler werdende Nacht … keine Angst. Sie müssen hier keine Angst haben, hier gibt es niemanden, der hinter ihnen her ist. Sie können sich frei bewegen, Tag und Nacht, wie sie es schon immer getan haben.

Sie steuern direkt das Meer an. Als Saphira ihren Lieblingsfelsen entdeckt, schlägt ihr Herz schneller. Sie kann es kaum erwarten, bis sie endlich raufgeklettert sind und sie wieder alles überblicken kann. Zwar ist es nicht so hell wie sonst, da die Stromversorgung nur notdürftig funktioniert, aber die Schiffe auf dem Meer beleuchten es leicht. Sie sieht dieses atemberaubende Bild, was sie so liebt und saugt die warme Luft ein. Auch Luna schließt einen Augenblick die Augen. Sie sehen schweigend aufs Meer, doch Saphira wird immer unglücklicher. Dieses erhoffte Gefühl, was sie jetzt so dringend gebrauchen könnte, stellt sich nicht ein, wie sehr sie sich auch anstrengt. Sie hat nicht das Gefühl, endlich wieder zu Hause zu sein, was sie doch haben müsste.

»Es ist nicht mehr das Gleiche!«, murmelt sie leise zu Luna. »Nein, es wird nie wieder das Gleiche sein!« Luna weint still und Saphira legt den Arm um ihre jüngere Schwester. »Aber es wird bestimmt irgendwann leichter werden damit zu leben. Das ist die einzige Hoffnung, die mich noch aufrecht stehen lässt«, gibt Luna ehrlich zu. »Wenn ich nur wüsste, wie es ihm … wie es allen geht, vielleicht wäre es dann besser zu ertragen.« Saphira weiß genau was Luna meint und gibt ihr einen Kuss auf die Haare, als sie müde ihren Kopf an Saphiras Schulter lehnt. Sie schweigen eine ganze Weile. »Es wird sich nie wieder wie zuhause anfühlen!«, stellt Saphira irgendwann nüchtern fest. Luna steht auf, dieses Mal folgt ihr Saphira, sie hat selber keine Lust mehr, auf dieses Gefühl zu warten, das sich nicht einstellen will. »Nein, wird es nicht. Ich kann mich noch sehr gut daran erinnern, was Oma uns immer gesagt hat. Zuhause ist, wo dein Herz ist!« Sie dreht sich zu Saphira um. »Und unsere Herzen sind nicht mehr hier, sie sind in Barnar und werden dort für immer bleiben!«

Calin öffnet langsam seine Augen, er fühlt sich, als habe er nur zehn Minuten geschlafen, doch ein Blick auf die Uhr zeigt ihm, dass es bereits wieder dämmert und er fast neun Stunden geschlafen hat. Sie sind so schnell sie nur konnten nach Barnar zurück, zum Glück haben sie alles so vorgefunden, wie sie es verlassen haben. Doch seitdem sind sie im Ausnahmezustand, die Warnung war zu deutlich. Es brach Calin noch einmal das Herz, allen von Petru zu erzählen und ihnen Alyssia zu übergeben. Seine Mutter hat sich ihrer natürlich angenommen, Calin fühlt sich so schuldig. Er hätte es verhindern müssen. Er weiß, diesen Zustand halten sie so nicht durch, deswegen durften sich zwei immer den kompletten Tag ausschlafen, sie brauchen alle wieder neue Kraft.

Am ersten Tag ist er automatisch zu Anis' Haus gegangen. Natürlich war niemand da, doch er konnte nicht anders, sein Herz hat ihn geführt. Er ist fast schon dankbar, so viel zu tun zu haben, denn es droht ihn zu zerreißen. Er vermisst Saphira und bereut es, sich mit ihr gestritten zu haben. Er hätte sie in den Arm nehmen sollen, versuchen, ihr die Angst zu nehmen und ihr seine Liebe schwören, so ist sie nun in Venezuela und er weiß nichts. Sie haben erfahren, dass es ein neues Beben gab, während sie in der Luft waren. Vom Flughafen haben sie gehört, dass ihr Flugzeug das letzte war, was ins Land kam, seitdem geht nichts rein und nichts raus, sie können sie nicht erreichen.

Anis ist auch schon voller Sorge. Er weiß nicht, was gerade in Venezuela passiert, doch zumindest wissen sie, die Beiden waren nicht während des Bebens da, und es wird ihnen somit sicherlich gut gehen. Vlad, dem man ansieht, wie fertig ihn die Trennung von

Luna macht, wird nicht müde zu sagen, wie gut es ist, dass die Beiden genau jetzt in Venezuela sind, so können sie sich alle auf das gesamte Gebiet konzentrieren und sie sind garantiert in Sicherheit. Auch wenn er weiß, dass er grundsätzlich recht hat, kann er mit dem Gedanken nicht leben, er will mit ihr sprechen, sie wieder zu sich holen und einfach halten, doch es gibt keine Möglichkeit dazu.

Es klopft und Ovid tritt ein, er sieht zu Boden und seufzt leise auf. Erst da sieht Calin die auf dem Boden vor seinem Bett zusammengerollte Alyssia liegen. Anis beugt sich schon vor, doch Calin greift nach unten und hebt sie in sein Bett. Sofort kuschelt sie sich an ihn, Calin streicht ihr eine Strähne aus dem Gesicht. »Wir legen sie immer in unser Bett, doch nach ein paar Minuten schleicht sie sich zu dir.« Calin winkt ab. »Lass sie ruhig!« Ovid beobachtet die Beiden, Calin weiß, was ihm durch den Kopf geht. Für Alyssia ist Calin momentan die wichtigste Person. Warum, versteht er selbst nicht. Sobald er nicht mit dem Rudel ist, ist sie bei ihm, selbst in der Garage. Wenn er geht, weint sie, wenn er sagt, sie soll kurz bei Adina bleiben, weint sie. Er lehnt sich zurück und seufzt laut auf, sein Leben ist zur Zeit eine einzige Katastrophe.

Zwei Tage nach der Beerdigung verlassen Saphira und Luna das erste Mal wieder das Haus tagsüber. Luna fährt mit ihrem Onkel in eine etwas weiter entfernte Stadt, dort soll es wieder ein paar funktionierende Anschlüsse geben und sie will diese Chance natürlich nutzen. Saphira geht zum Markt, um etwas Obst zu kaufen. Sie trifft auf viele alte Gesichter, auch die wenigen Händler, die trotz des Durcheinanders ihre Stände aufbauen, erkennen sie. Nachdem sie alles besorgt hat, schlendert sie langsam zurück. Als sie an ihrem alten Haus vorbeigeht, dem Haus ihrer Oma, in dem sie aufgewachsen ist, durchfährt sie ein ungeheurer Schmerz. Saphira geht in den Garten und holt unter dem Stein, der schon immer als Versteck gedient hat, den Schlüssel hervor.

Als sie eintritt, riecht noch alles nach dem Rauch, mit dem der Priester gestern das Haus gereinigt hat. Man macht das, damit die verstorbene Seele ihren Weg in den Himmel findet und die Vergangenheit loslässt. Saphira sieht sich in dem Haus um, in dem immer Leben war. Sie kann sich nicht daran erinnern, dass es jemals leer war. Sie geht die Küche entlang, es ist jeder Millimeter sauber, sie kennt ihre Tanten. Um sich abzulenken, haben sie das Haus sicherlich von oben bis unten durchgeputzt. Im Wohnzimmer sieht sie auf die vielen alten Bilder, doch sie steuert direkt nach oben in das Schlafzimmer ihrer Oma. Sie kann sich an eine Kiste erinnern, die ihre Oma immer aufbewahrt hat, alles alte Erinnerungen. Manchmal haben sie als kleine Kinder hineingucken dürfen, doch sie haben das alles noch nicht verstanden. Später hatten sie daran kein Interesse mehr.

Doch als Saphira jetzt die Kiste hervorholt und sie öffnet, sieht sie alles mit anderen Augen. Jetzt versteht sie, wer da auf den alten Bildern ist, es sind ihre Vorfahren, ihre Urgroßmutter, Bilder von den Schwestern ihrer Oma und eine Zeichnung, wie sie bei all ihren Tanten und auch immer bei ihrer Mutter gehangen hat. Es ist kaum noch zu erkennen, sie haben es einmal nachzeichnen lassen für alle. Die Zeichnung zeigt Esmeralda, die erste Tochter des Mondes. Saphira nimmt das Bild an sich. Alle ihre Tanten haben es bereits und sie möchte es nun auch haben, da sie weiß, es ist mehr als nur eine harmlose alte Geschichte. Sie findet viele Bilder und schwelgt in Erinnerungen. Auch ein altes Tuch ist dabei, wo ihr Zeichen, dass sie alle tragen, der Mond, eingestickt ist. Aber dann werden die Erinnerungen unschön. Ganz gleich, wen sie auf den Bildern entdeckt, keine hat ihr Glück gefunden.

Sie alle sind wunderschön, Saphira sieht in den Spiegel vor sich, aber jede hat ihre eigene traurige Geschichte erlebt. Sie wurde nie gefragt, ob sie den Preis zahlen will. Sie kann ihre Tränen nicht mehr zurückhalten, Saphira verflucht die Legende, alles was damit zu tun hat. Sie nimmt die Kiste und wirft sie gegen den Spiegel, der sofort in tausend Scherben zerspringt. Hätte sie die Wahl, würde sie alles eintauschen gegen etwas Glück, was ihr einfach nicht gegeben wird. Saphira kann sich kaum mehr halten, schluchzend bricht sie zusammen. Sie sieht das Blut an ihrer Hand und spürt einen brennenden Schmerz im Gesicht, doch es ist ihr egal. Es kommt alles raus, was die letzten Wochen passiert ist, sie will einfach nur zu Calin, nichts anderes auf der Welt, als in seine Augen zu schauen, in seinen Armen zu liegen und seinen Duft einzuatmen, doch sie kann es nicht, sie muss den Preis zahlen, den vor ihr auch alle anderen zahlen mussten.

Saphira weiß nicht, wie lange sie dort auf dem Boden sitzt, doch irgendwann kommt ihre Tante herein. Sie muss sie gesucht haben. Als sie sie jetzt so vorfindet, wird sie sich einiges denken können. Sie bleibt ganz ruhig, holt ein Handtuch und verbindet Saphiras Hand. Dann setzt sie sich zu ihr und bettet ihren Kopf auf ihren Schoß. Ohne ein Wort zu sagen streichelt sie ihr über das lange Haar. Nach einer Weile zeigt das wirklich Wirkung und Saphira beruhigt sich. »Du weißt es, oder?« Saphira braucht nicht nachzufragen was ihre Tante meint und nickt stumm. »Warum haben wir kein Recht glücklich zu werden?« Diese Frage hat sich fest in ihre Seele gebrannt. Sie weiß, es ist ungerecht, sie ihrer Tante zu stellen, die selbst darunter zu leiden hat.

Ihren Mann, den Mann, den sie über alles geliebt hat, konnte sie nie haben. Er war schon jung an eine ältere Frau gegeben worden, ohne dass er etwas dazu sagen konnte. Sie war reich und hat ihn ausgesucht. Somit war seine gesamte Familie versorgt und er an diese Frau gebunden. Seine Liebe galt immer meiner Tante und sie hat ihn genauso geliebt. So sehr, dass sie jahrelang seine Geliebte war. Sie haben sich so oft es geht heimlich getroffen, daraus entstanden zwei Töchter, doch den Mann dazu hatte sie nie für sich. Natürlich wusste die ältere Ehefrau Bescheid, sie hat es gespürt und gesehen.

Als meine Tante mit dem dritten Kind schwanger war, hat es ihr gereicht und sie hat ihr das Leben zur Hölle gemacht, sie schikaniert, sie schlecht gemacht, sie psychisch so unter Druck gesetzt, dass sie das Baby in ihrem Leib verlor. Es war ein Junge. Der Mann kam mit alldem nicht mehr zurecht und hat sich kurz darauf das Leben genommen. Jede Tochter des Mondes hat ihre eigene Geschichte, ihr eigenes unglückliches Schicksal.

Doch ihre Tante schüttelt den Kopf und hebt Saphira so auf, dass sie sie ansehen muss. »Nein, Saphira, sieh mich an! Ich weiß, dass du trauerst und das nicht nur um Nana. Ich weiß nicht viel über ihn, aber es ist letztlich auch egal, sag mir, liebst du ihn?« Saphira nickt hilflos und würde am liebsten losschreien. »Er ist mein Leben!« Das sagt alles aus was sie fühlt.

»Dann kämpfe, mein Schatz, wir haben es schwerer als andere, das stimmt, aber es ist nicht unmöglich. Sieh dir deine Mutter an, sie hat gekämpft, hart, und sie hat ihr Glück gefunden. Glaub an uns Töchter des Mondes, sieh es nicht als Fluch sondern als Segen. Die Männer, die Welt um uns herum hat es zum Fluch werden lassen, aber wir können darum kämpfen, dass es wieder zum Segen wird! Es ist nichts unmöglich, nur kannst du es nicht schaffen, wenn du es nicht probierst, also kämpfe um dein Glück. Gib nicht auf und lasse es für dich zum Fluch werden. Du bist stark genug und du bist die Auserwähle, du hast die Stärke und die reinste Form der Tochter des Mondes, von all dem was wir repräsentieren, also gib dich nicht dem Fluch hin, der uns aufgelastet wird, sondern kämpfe um dein persönliches Glück!«

Kapitel 11

Als Sora das verliebte Pärchen an der Kasse beobachtet, kann sie ihren Blick nicht abwenden, auch wenn es weh tut. Dieses Mal hat sie nicht so sehr den Kopf hängen lassen, wozu auch, sie kann es nichts ändern. Als die Männer wiedergekommen sind, mit Alyssia, waren Trauer aber auch die Freude, dass sie alle wohlbehalten sind, groß. Es ist im Moment alles zu viel von allem, die Freuden, die Trauer, die Angst. Doch egal welches Unglück einen heimsucht, am nächsten Tag geht das Leben weiter. Keiner weiß, wie es Saphira und Luna geht, Vlad und Calin sieht man an, wie fertig sie dieser Umstand macht. Sie war heute morgen bei Adina, um nach der kleinen Alyssia zu sehen. Jeden trifft es tief, was dieser kleine Engel nun mitmachen muss.

Ovid hat vorsichtig versucht ihr zu erklären, dass ihre Eltern, ihre Schwestern, alles was ihr bisheriges Leben ausgemacht hat, nun aus dem Himmel über sie wachen. Sie war nicht dabei, aber Adinas Erzählungen zufolge hat sie es für eine Sechsjährige ziemlich ruhig hingenommen, mehr, als würde sie gar nicht verstehen, wovon er da überhaupt redet, was wahrscheinlich auch so ist, wie sollte sie das auch begreifen?

Als das Paar aus dem Laden geht, wendet sie sich wieder ihrer Tätigkeit zu. Es ist ihr schon die ganze Zeit schwergefallen, Dorian aus ihrem Kopf zu verbannen. Nun, als er ihr bei ihrem letzten ungewöhnlichen Aufeinandertreffen gesagt hat, dass er sie liebt, sie darum gebeten hat, das niemals zu vergessen, ist es unmöglich. Als sie noch dachte, sie wäre für ihn nur ein verbotenes Abenteuer ohne viel Bedeutung, war es schon schwer, seitdem kann sie an nichts anderes mehr denken. Wieso sagt er ihr so etwas? Und als er sie geküsst hat, hat es sich so echt angefühlt. Und was ist, wenn da wirklich mehr von seiner Seite ist, wenn er auch ständig an sie denken muss, so wie sie es tut, wenn er auch wünschte, dass sie sich noch einmal so nahe sind? Wenn er diese Sehnsucht ebenfalls empfindet, aber was macht sie sich darüber einen Kopf? Es bleibt verboten, wie auch immer sie es dreht und wendet.

Ihr Vater kommt und sie sagt ihm, dass sie früher gehen will. Langsam macht sich das Gefühl in ihr breit, dass ihr diese Arbeit immer schlechter bekommt, durch die Unterforderung denkt sie zu viel nach. Als sie an der Werkstatt vorbeifährt, sieht sie, dass diese geöffnet ist. Das ist ungewöhnlich, die letzten Tage haben sich alle tagsüber ausgeruht. Sora hält und geht nachsehen wer drin ist. Als sie hineinkommt, sieht Calin auf, er steht gebeugt über einen Motor. Neben ihm sitzt Alyssia auf dem Auto und spielt mit einem Teddy. Davud kommt gerade von oben mit ein paar Dosen Cola und grinst Sora frech an.

»Kaum gibt's Cola, kommt Prinzessin!« Sora muss lächeln, als er ihr eine zuwirft. Als Kind wurde sie von Cola immer zu aufgedreht und konnte abends nie einschlafen, deswegen hat sie irgendwann Cola-Verbot bekommen. Sie hat sich dann immer bei den Jungs heimlich welche genommen, die haben anschließend von ihrer Mutter Ärger bekommen. Durch ein Lachen vom Hinterhof bemerkt Sora, dass auch Cesar da ist.

Wenn sie nun so alle ansieht, vielleicht wenn genug Zeit vergeht und der Schmerz über den Tod von Luca, der Verlust von Saphira und Luna nachlässt, wenn die Gefahr gebannt ist, vielleicht besteht doch noch die Chance, dass es wieder so wird wie damals. Doch dann trifft sie auf Calins traurige Augen. Nein, das wird es nicht! Sie sieht in seinen Augen, dass es ein zu großer Verlust ist und fühlt dasselbe auch in ihrem Herzen. »Wieso arbeitet ihr alle wieder?« Sora geht zu Alyssia, die sie zaghaft anlächelt. »Ablenkung, außerdem muss hier so einiges erledigt werden!« Calin sieht aus dem Motorraum auf. Als Sora einen Schluck getrunken hat, nimmt er ihre Dose und trinkt ebenfalls daraus. Sie haben recht, doch die Arbeit bei ihrem Vater bewirkt das Gegenteil.

Sie sieht auf die Uhr, es ist noch früher Mittag. »Ich werde jetzt mal in die andere Stadt fahren, hast du Lust mitzukommen, Alyssia? Adina hat gesagt, du brauchst einige neue Sachen, wir könnten ja gleich ein paar besorgen.« Calin zieht die Augenbrauen hoch. »Das ist doch eine gute Idee, hier langweilst du dich eh nur.« Alyssia sieht ihn bittend an. »Kommst du auch mit?« Sora sieht Calins erschöpften Gesichtsausdruck und lacht leise. Sie kitzelt Alyssia an der Seite. »Nein Quatsch, nur wir Frauen. Wusstest du nicht, dass man Männer nicht zum Shoppen mitnimmt?« Alyssia muss auch lachen. »Nein, ich war immer nur mit meinem Papa Essen kaufen.«

Calin zieht aus seiner Hose einige Scheine heraus und gibt sie Sora. Eigentlich hat sie genug Geld dabei, aber als sie Calin das Geld wiedergeben will, lehnt er ab. »Nein, macht euch einen schönen Tag, sie kann es gebrauchen.« Er gibt Alyssia einen Kuss auf die Wange, dann zwinkert er zu Sora. »Du sieht auch geschafft aus. Macht euch die Haare, Nägel ... was immer Frauen so treiben!« Davud lacht auf und Sora hilft Alyssia von der Motorhaube. »Ihr müsst es ja wissen!«, gibt Sora frech zurück und grinst Calin zurück an.

Sora ist richtig motiviert, dass sie sich einen schönen Tag machen und sie sich richtig ablenken wird. Der erste Schritt war schon, dass sie Alyssia überreden konnte, einmal von Calins Seite zu weichen. Und jetzt neben ihr im Auto wirkt sie auch ziemlich neugierig und sieht erwartungsvoll aus dem Fenster. Erst kurz bevor sie die nächste Stadt erreichen, wendet sie sich zu ihr um. »Wer ist eigentlich Saphira?« Sora blickt weiter gerade auf die Straße, natürlich kennt die kleine Maus die beiden Schwestern nicht. »Wie kommst du darauf?« Sie spürt den neugierigen Blick der Kleinen auf sich.

»Calin hat letzte Nacht den Namen ein paar Mal beim Schlafen gesagt, es klang traurig!« Sie denkt gleich wieder an seine traurigen Augen, wie konnte sie nur eine Sekunde glauben, es würde eines Tages besser werden? »Vielleicht wirst du sie einmal kennenlernen, sie haben vor ein paar Tagen noch hier gelebt.« Nun scheint Alyssias Interesse erst recht geweckt. »Und wo sind sie jetzt?« Sora fährt auf den Parkplatz des großen Einkaufszentrums. »Sie sind zurück nach Venezuela, ihrer Heimat.« Alyssias Augen werden größer und Sora sieht schon die nächste Frage kommen, stoppt das aber schnell. »Na komm, wir sind da, lass uns ein paar Frauendinge tun!«

Sora hat sich wirklich nicht getäuscht, es war die allerbeste Idee, mit Alyssia den Nachmittag zu verbringen. Hätte sie mit jemand anderem den Tag verbracht, wäre das Thema immer wieder auf die vielen schrecklichen Ereignisse gekommen, aber mit Alyssia hat sie gar keine Zeit zum Herumgrübeln. Der kleine Wirbelwind war ganz offensichtlich wirklich noch nie in so einem Center und zieht Sora von einem Geschäft ins nächste. Soras Herz blüht auf, als der kleine Engel Kleider, neue Hosen und Pullover anprobiert, Haarspangen aussucht und ihre Augen wieder zu leuchten anfangen.

Wenn sie erst richtig begreift, dass sie alle geliebten Menschen verloren hat, wird es sicher nicht mehr so leicht sein, diese Augen strahlen zu sehen, deswegen freut es Sora umso mehr. Calin hat ihr ziemlich viel Geld mitgegeben. Da sie in der Umgebung weit und breit die einzige Werkstatt sind, weiß Sora, dass er gut verdient, trotzdem geht sie auch noch mal an ihr Konto. Sie gibt sonst kaum Geld aus, aber heute will sie einfach nur genießen. Nachdem sich Alyssia viele neue Kleidungsstücke und zwei Paar neue Schuhe ausgesucht hat, gehen sie noch in ein Spielwarengeschäft.

Als Alyssia ihr zeigt, was sie zu Hause schon alles hat, wird Sora erneut bewusst, das kleine Mädchen realisiert gar nicht wirklich, dass es ihr Zuhause nicht mehr gibt. Vielleicht hat sie das Feuer nicht gesehen, oder sie ist einfach noch zu klein, um das alles zu verstehen. Sie suchen zusammen zwei neue Puppen aus. Danach drängt Alyssia Sora, auch für sich neue Sachen anzuprobieren. Es ist wirklich schon länger her, dass sie sich neu eingekleidet hat und mit Alyssia, die alle Outfits, die ihr gefallen, beklatscht, macht es ihr sogar richtig Spaß, sich etwas Neues auszusuchen.

Bisher hat sie sich immer unauffällig gekleidet, doch jetzt greift sie zu etwas anderen Sachen. Etwas figurbetonter, farbenfroher. Noch immer fühlt sie sich unwohl, wenn sie daran denkt, wie unauffällig sie neben Saphira, Luna oder einer der Vampirinnen wirkt. Je mehr sie darüber nachdenkt, desto deprimierter wird sie. Es werden immer mehr, und sie alle sehen einfach perfekt aus, Amanda, Felicitas. Das Outfit, welches ihr am meisten gefällt, einen braunen Longpullover und Leggins, dazu passende Stulpen, behält sie gleich an. Nachdem sie sich noch schicke Stiefel dazu gegönnt hat, betrachtet sie zufrieden ihre Beine, die nun sichtlich betont werden. Sie muss einfach öfter mal an sich denken.

Sie essen zusammen. Eigentlich will Sora danach langsam wieder den Heimweg antreten, doch Alyssia hüpft lange vor einem Frisör und Kosmetikladen herum und schließlich willigt Sora ein. Wenn schon ein Frauentag, dann richtig! Sie lassen sich beide die Fuß- und Fingernägel lackieren. Alyssia werden die wilden Locken etwas gebändigt, und als die Friseurin sich an Soras Haare heranmacht, überschüttet sie sie mit Komplimenten. So lange, gesunde Haare hat sie selten gesehen, dazu dieser Kontrast zu den grünen Augen. Sie schneidet ihr nur etwas die Spitzen und dreht ihr dann lange Korkenzieherlocken ins Haar. Dann besteht sie noch darauf, ihr ein leichtes Make-up zu machen und betont ihre Augen so, wie Sora es noch nie getan hat.

Währenddessen bemerkt Sora, dass es bereits zu dämmern anfängt, mittlerweile haben sie alle den Ernst der Lage soweit verstanden, dass keiner mehr ein Risiko eingehen würde und sie ruft Calin an. Als er ihr sagt, er würde sofort losfahren und sie abholen kommen, ist die Friseurin schon fast fertig und Sora traut ihren Augen nicht. Was ein paar neue Kleidungsstücke und etwas Schminke bewirken, sie fühlt sich seit Langem das erste Mal wieder wohl. Beide spazieren anschließend langsam, vollgepackt und zufrieden zum Parkplatz. Es ist bereits dunkel, doch Calins Jeep wartet schon und er kommt den Beiden entgegen. »Wow, zwei Prinzessinnen!« Alyssia scheint ein Stein vom Herzen zu fallen, sie hüpft Calin gleich auf den Arm. Zusammen verstauen sie die Sachen und Calin gibt Sora einen Kuss. »Danke, sie strahlt wieder richtig.«

Auf der Rückfahrt kommt Alyssia aus dem Erzählen gar nicht mehr heraus. Sie zeigt Calin, unbeeindruckt davon, ob er fahren muss oder nicht, ihre neuen Haarspangen, während Sora überlegt, wie sie morgen wieder an ihr Auto herankommt. Calin versichert ihr, dass Davud sich darum kümmern wird und somit lehnt sie sich entspannt zurück. Erst als Calins Handy kurz vor Barnar klingelt, wird sie wieder daran erinnert, was sie in Barnar erwartet. Sie merkt sofort, dass etwas nicht stimmt, als Calin zu fluchen beginnt und zu ihr und Alyssia sieht. »Ich komme gleich!« Damit legt er schnell auf, Sora trifft seinen Blick im Spiegel, doch sie beide schweigen bis zu Calins Haus, wo er schnell Alyssia mit ihren vielen Einkaufstüten hineinbringt, nachdem Sora ihr versprochen hat, die nächsten Tage noch einmal etwas mit ihr zu unternehmen.

Sora ist nervös. Als Calin losfährt, fragt sie sofort was los ist. »Sie sind alle bei den Wächtern, es gibt offenbar mal wieder Streit!« Calin will abbiegen zu Soras Haus, doch sie hält das Steuer fest. »Fahr dahin, so bist du viel schneller. Ich weiß doch eh alles und bleibe auch ruhig und bei dir!« Sora kennt Calin sehr gut. Da ihr Haus am Ende der Stadt liegt und das von Calin am Anfang, sieht er sie zwar streng an, doch dann fährt er in Richtung der Wächter. Sora fühlt sich befreit.

Endlich lassen sie sie nicht mehr so außen vor. Doch ganz schnell schlägt das Gefühl um. Dorian. Was ist, wenn er auch da ist? Sie ist gar nicht bereit dazu, ihm wieder unter die Augen zu treten. Und wenn alle anderen dabei sind, wird die Situation nur noch unangenehmer. Doch Calin hält schon vor der Burg, ihr bleibt nichts anders übrig, als mit ihm auszusteigen. Sie muss sich jetzt zusammennehmen, genau das wollte sie doch immer, dazugehören, also muss sie das jetzt durchstehen.

Sie gehen direkt durch den Flur in einen großen Saal, der wohl als Besprechungsaal dient. Sora würde sich ja gerne umsehen, aber sie wird von der Situation, in die sie gerade hineinkommen, überrumpelt. In der einen Ecke hält Davud gerade einen der anderen Wölfe, die seit dem Vorfall ständig hier sind und ihre Hilfe anbieten, zurück. In der anderen Ecke hält Lucian Tristan davon ab, auf den Mann loszugehen. Alle anderen sitzen um den Tisch herum. Vladan der Anführer des Zirkels guckt genervt zu ihnen. »Wird ja auch Zeit, pfeif deine Wulfis zurück!«

Sofort geht ihr Blick zu Dorian, der sie verblüfft ansieht, doch entdeckt sie in seinem Blick die gleiche Sehnsucht, die sie auch verspürt. Nein, sie hat sich das alles nicht nur eingebildet. »Was geht hier vor sich?« Calin deutet Sora sich zu setzen. Ohne viel darüber nachzudenken, setzt sie sich zu Felicitas. In dem Raum voller Männer war das ihre ganz natürliche Wahl. Und erst als sie sitzt, bemerkt sie, dass sie damit auch neben Nicola sitzt. Sie stört das nicht, aber es müsste sie stören, um nicht zu auffällig zu sein. Doch schneller als ihr lieb ist merkt sie, dass es gar keinen interessiert, denn sofort fangen die Diskussionen an. Die Stelle, an der Dorian sie gebissen hat, fängt augenblicklich an zu kribbeln und sie fasst sie unbewusst an.

Sie haben sich hier getroffen, um etwas zu besprechen. Als Vladan dann verkündet hat, dass sie einen anderen Zirkel verständigt haben um Verstärkung anzufordern, sind sie alle aneinandergeraten. Soviel hat Sora bisher verstanden. Es ist sicherlich so schon schwer, den Zusammenhängen zu folgen, aber in diesem Raum, wo sie alle aufeinandertreffen, mit so viel geballter Wut, ist es fast unmöglich. Sora lehnt dankend ab, als Felicitas ihr eine Platte mit Gebäck hinhält. Die Frauen scheinen das Ganze schon gewöhnt zu sein und reagieren gar nicht auf die laute Auseinandersetzung der Männer.

»Du siehst gut aus.« Nicola lächelt sie lieb an und deutet auf ihr neues Outfit. Sora wird verlegen, das hat sie bei all der Aufregung auch noch vergessen. »Danke«, antwortet Sora schnell in der Hoffnung, dass es niemand aus ihrem Clan mitbekommt. Felicitas erkundigt sich nach Alyssia und Sora beschreibt ihr, wie sie sich macht, dass sie heute zusammen einkaufen waren, verschweigt sie. Sie weiß nicht, ob so etwas für jemanden wie sie eine normale Tätigkeit ist. Sie weiß eigentlich kaum etwas über sie, oder was genau die Wächter sind, was sie können, und das tut ihr genau jetzt leid. Felicitas ist so ein liebes, ausgeglichenes Wesen, sie muss unbedingt, wenn wieder etwas Ruhe eingekehrt ist, mehr über sie herausbekommen.

Während sie mit Felicitas redet, fasst Nicola, ohne dass sie es verhindern kann, blitzschnell an ihren Hals, genau an die Stelle, wo Dorian sie gebissen hat. Es ist nur eine Sekunde, doch Sora erschreckt sich fast zu Tode. »Nein ... das hat er nicht gemacht!«, flüstert sie erschrocken. Nun fällt auch der Blick von Catalina, die bisher unbeteiligt neben Nicola saß, zu Sora. Sora bekommt Panik und sieht sich um, immer noch sind alle Männer viel zu beschäftigt, um davon etwas mitzubekommen. Alle bis auf Dorian, der wütend zu ihnen hinüberschaut. Sora bemerkt allerdings, dass der Blick nicht ihr sondern Nicola gilt, die seinen Blick genauso wütend erwidert. Irgendetwas stimmt nicht, wie kann Nicola den Biss gesehen haben? Er ist schon lange verheilt.

Sora berührt wieder die Stelle. In dem Augenblick, wo sie Nicola das leise fragen will, artet die Diskussion zwischen Vladan und Calin aus. »Wir können hier nicht noch mehr von euch gebrauchen, nur wegen euch passieren diese ganze Sachen!« Vladan winkt gereizt ab. »Wir können jeden hier gut gebrauchen, wer bewacht denn jetzt gerade die Stadt? Zwei Wölfe, die sich nicht mal hier auskennen. Wieso sollten wir so dumm sein und die Hilfe anderer ablehnen? Ist ja nicht gerade so, als hätten wir schon einen Masterplan, auf den wir bauen können!« Calin sieht ihn wütend an. Sora spürt, dass es ihn viel Zurückhaltung kostet, Vladan nicht anzugehen. »Und dein Masterplan sieht so aus, dass wir noch ein paar mehr Vampire herholen? Als würden wir nicht genug davon haben, wenn sie hier einfallen!« Gabriel geht dazwischen.

»Calin, dieses Mal muss ich Vladan zustimmen.« Er räuspert sich vorsichtig. »Saphira und Luna sind zurzeit nicht da, der Zirkel, den Vladan verständigt hat, steht auch unter unserer Bewachung, sie haben sich ebenso nie etwas zuschulden kommen lassen wie Vladans Zirkel. Zudem bleiben sie bei Vladan im Anwesen, also außerhalb von Barnar. Und solange wir nicht angegriffen werden, dürfen sie die Stadt auch nicht betreten. Mir kommt das sehr gelegen, da ich morgen mit Felicitas aufbreche. Gerade jetzt ist es fatal um jeden, da wir alle gebrauchen können, doch ich treffe die Hexe Maksude. Sie hat nach Shanja deren Position eingenommen und ist nun unter den Hexen die Mächtigste. Ich traue keinem von ihnen über den Weg, aber ihr sollte als Einzige daran gelegen sein, dass Shanja auch weiterhin verschwunden bleibt. Sie ist auch die Einzige, die vielleicht etwas gegen sie ausrichten kann. Ich will diese Möglichkeit auf jeden Fall nutzen. Raphael bleibt wegen Amanda hier. Vladan obliegt die Aufsicht über den anderen Zirkel, Calin die Aufsicht über den anderen Clan. Ich erwarte, dass es klappt und ohne Zwischenfälle funktioniert. Jeder von euch hat mit eigenen Augen gesehen was geschieht, wenn wir nicht aufpassen!«

Sora erwartet eigentlich, dass die Diskussion jetzt noch stärker entfacht. Doch das Gegenteil tritt ein, alle nicken stumm und erheben sich um aufzubrechen. Anscheinend respektieren alle seine Ansage, auch Sora erhebt sich ebenfalls verblüfft. Vlad winkt sie zu sich, doch Soras Gedanken überschlagen sich, sie will wissen, was Nicola vorhin gemeint hat, wie sie es bemerken konnte. Sie umarmt Nicola, die sich ebenfalls gerade erhebt. Auch wenn diese sehr überrascht ist, schafft es Sora, ihr schnell etwas ins Ohr zu flüstern. »Können wir uns später sehen? Ich brauche Antworten!«, fleht sie schon fast.

Als sie sich löst, sieht sie Nicolas unauffälliges Nicken in ihre Richtung. Sie verlässt zusammen mit ihrem Bruder und Calin den Raum, dabei sieht sie noch einmal zu Dorian, der sie allerdings keines Blickes würdigt. Er redet mit Lucian und beachtet sie alle nicht weiter. Es schmerzt sie, wie gerne hätte sie noch einmal in seine Augen gesehen. Gesehen, dass sie sich das doch nicht einbildet. Aber wozu eigentlich? Wozu an etwas festhalten, was eh niemals eine Zukunft hat?

Zuhause ankommen geht Sora sofort in ihr Zimmer. Sie packt ungeduldig ihre Tüten aus. Was soll sie jetzt tun, um an Nicola heranzukommen? Was bedeutet später? Am liebsten würde sie sich jetzt einfach in ihr Auto setzen und losfahren, doch sie kann nichts anderes tun, als ungeduldig an ihrem Fenster zu warten und das macht sie verrückt. Sie will gerade nach Vlads Handy sehen, für den unwahrscheinlichen Fall, dass er Nicolas Nummer gespeichert hat. Da entdeckt sie etwas Rotes durch den Garten huschen und keine zehn Sekunden später steht Nicola bei ihr im Zimmer.

»Hi!« Sora sieht sie etwas schüchtern an. Sie hat sich zwar mittlerweile an Nicola gewöhnt und weiß auch von Luna und Saphira, dass man Nicola wirklich als eine Art Freundin ansehen kann, trotzdem fühlt sie sich komisch, als Nicola sie durchaus freundlich, aber dennoch besorgt mustert. »Okay, ich denke du solltest mir jetzt alles erzählen.« Sora ist unsicher, ob das wirklich eine gute Idee ist und setzt sich auf ihr Bett. Doch Nicola scheint gar nicht daran zu denken, dass es für alle besser ist, wenn niemand die Wahrheit erfährt.

»Was genau ist zwischen dir und Dorian passiert? Ich habe mir schon von Anfang an gedacht, zwischen euch gibt es irgendetwas. Natürlich haben wir auch mitbekommen, wie ihr die Zeit, die du bei uns im Haus warst, zusammen verbracht habt, aber nicht, dass es auf so etwas hinausläuft.« Sora will gar nicht wissen, wie ihre Gesichtsröte mittlerweile fortgeschritten ist, jedes Wort ist ihr unangenehm. »Es ist nichts mit uns beiden, wir haben keinen Kontakt ... mehr!« Nicola sieht sie etwas sauer an. »Wirklich? Und wieso bist du dann als seine Gefährtin gezeichnet?« Auch wenn Sora nicht weiß, wovon Nicola da redet, greift sie sich automatisch an die Stelle, wo er sie gebissen hat. »Was genau meinst du?« Nicola nimmt Soras Hand von ihrem Hals. »Hier ist sein Zeichen, ein Mensch erkennt das nicht, aber wir Vampire sehen es. Es ist eine Warnung an alle anderen, dass du die Seine bist.«

Sora schwirrt der Kopf. »Aber das geht nicht, ich kann nicht die Seine sein, das weißt du doch ganz genau!« Nicola hebt die Arme. »Ja, aber ihr offensichtlich nicht!« Sie wird allerdings ruhiger, als sie die Angst und Sorge in Soras Gesicht erkennt. »Jetzt bleib ganz ruhig, erzähl erst einmal was passiert ist.« Sora bleibt nichts anderes übrig, also erzählt sie Nicola alles, vom ersten Treffen, dem Kino, alles, bis hin zu der Verabschiedung vor dem Kampf. Nicola hört ihr aufmerksam zu und sieht sie dann traurig an. »Er will dagegen ankämpfen, aber das geht nicht, er macht sich doch nur selber kaputt. Das ist eine Katastrophe, genau jetzt, wo eh schon alles so kompliziert ist. Lucian hat mir schon gesagt, dass er sich Sorgen wegen Dorian macht, weil er sich weigert, von jemandem zu trinken. Das geht alles nicht, wie konnte das nur passieren?«, sprudelt es aus Nicola heraus und Sora kann es ihr nicht mal verdenken, so fühlt sie sich schon vom ersten Tag an.

»Ich weiß es auch nicht, wir wollten das nicht, es ist einfach passiert!« Nicola legt ihre Hand auf die von Sora, plötzlich ist ihr die Nähe zu der Vampirin nicht mehr so unangenehm. »Das weiß ich, doch es macht es nicht besser.« Sora nickt, sie hat recht, das macht es nicht besser, nichts macht es besser. Nicola sieht sie ernst an. »Geht es dir denn auch so wie ihm?« Sora zuckt die Schultern, sie kann die Tränen nicht mehr zurückhalten. »Ich weiß nicht wie es ihm geht, ich verstehe das alles nicht. Ich weiß, es ist falsch und darf nicht sein, kann niemals sein. Ich weiß nicht mehr was ich denken soll, worauf ich hören soll. Das Einzige was ich weiß ist ... er fehlt mir!«

Kapitel 12

Sora versucht ihre Gedanken zu ordnen. »Was genau bedeutet das, seine Gefährtin? Ich meine, ist das wie bei unserem Clan?« Nicola sieht sich in ihrem Zimmer um. »Ich denke, im Grunde schon, vielleicht noch stärker, so genau kann ich das nicht beurteilen. Zudem nehmen sich Vampire selten eine Gefährtin, es gibt mehr ruhelose Vampire als die Zirkel, die einigermaßen zivilisiert leben, von daher ist es so selten. Wir Vampire sind gerne frei und ungebunden. Wenn wir uns von Menschen ...« Sie stockt, Sora seufzt leise auf. »Bitte, ich will die Wahrheit erfahren, ich kann es nur verstehen, wenn ich alles weiß!« Nicola fährt fort. »Wenn wir Blut von Menschen zu uns nehmen, dann ist es eher ein schöner Akt. Es bringt Gefühle hervor ...« Sora unterbricht sie. »Ja, davon hat Dorian mir schon einmal erzählt.« Nicola nickt knapp.

»Gut, eben deshalb verzichtet kaum einer darauf und nimmt sich eine Gefährtin. Der Einzige, den ich kenne, ist Vladan, daher weiß ich auch, wie stark diese Gefühle sind. Sie ist alles für ihn und er für sie und das schon lange. Und ich bin mir sicher, dass es ewig halten wird. Mit der Kennzeichnung als die Seine bindet sich der Vampir an seine Gefährtin. Ich weiß nicht, wie ich das erklären soll. Also Vladan hat mal ein Beispiel genannt, was sich sicherlich komisch anhört, aber man könnte es mit einem Tier vergleichen. Wenn er seine Gefährtin verlieren würde, sie nicht bei sich weiß, ist es, als wäre das Tier tot und ausgestopft. Die Hülle besteht zwar weiterhin, aber es ist kein Leben mehr in ihm, einfach nur noch eine leere Hülle. So in etwa kann man es beschreiben.« Sora nickt.

»Ja, so denke ich trifft es auch zu, wenn das Rudel seine Seelenverwandten trifft. Aber wie kann es sein, dass es ihm bei mir passiert ist, ich meine, geht das nicht nur bei Vampiren?« Nicola lächelt matt. »Nein, das ist der Unterschied zwischen uns, bei uns wird das nicht durch einen Instinkt oder so etwas hervorgerufen, das entscheidet die Person selber, vielmehr das Gefühl, was er einer anderen Person entgegenbringt. Wenn das Gefühl sehr stark ist, will er sich mit ihr vereinen, für immer. Offensichtlich war oder ist das bei Dorian so. Ich habe aber selbst keine Vorstellungen, wie das funktionieren soll, was er sich dabei gedacht hat. Sicherlich hat er gar nicht gedacht, sondern einfach nur gehandelt, aber er scheint dich wirklich zu lieben. Bis jetzt wissen es nur Catalina und ich, aber es wird uns sicher nicht lange gelingen, das vor den Anderen geheim zu halten, er ist nicht mehr der Gleiche.«

Soras Herz zieht sich zusammen, nie hätte sie gedacht, dass er es genauso sieht und empfindet wie sie. »Okay, und was sollen wir jetzt tun?« Nicola schaut aus dem Fenster. »Ich weiß es nicht!« Sie will gerade weiterreden, als das Handy von Vlad im Flur klingelt. Blitzschnell rennt Sora hin und holt es in ihr Zimmer. Ihre Eltern schlafen, Vlad ist auf Patrouille, also geht sie an das Handy. Sie kann ihre Gefühle gar nicht ausdrücken, als sich am anderen Ende – zwar mit sehr schlechter Verbindung aber trotz allem – Luna meldet. Tränen steigen ihr in die Augen. Nicola merkt sofort, wer am Apparat ist und stellt auf Lautsprecher.

Sie alle überschlagen sich mit dem Reden, Luna will wissen, wie es ihnen geht, was passiert ist. Sie erzählt, dass sie schon mehrmals versucht hat durchzukommen, es aber nie geklappt hat. Sora erklärt ihr knapp, dass alles in Ordnung sei und der Kampf nicht stattgefunden hat, weil die ruhelosen Vampire nicht aufgetaucht sind. Luna erzählt vom Tod ihrer Oma und beginnt zu weinen. Sie hält es nicht aus ohne Vlad, sie klagt, sie wird krank vor Sehnsucht nach ihm und Saphira geht es genauso schlecht. Doch dann beteuert sie wie im Wahn immer wieder, dass sie es durchhalten werden, zum Wohle aller.

Nicola sieht Sora besorgt an und als sie gerade widersprechen wollen, wird die Verbindung getrennt. Sora sieht auf das Handy, wie recht sie doch hatte. Es ist von allem zu viel, die Freude über Lunas Anruf, die Trauer um das was folgt, wie sie sich gerade alle quälen müssen. Genauso die Freude um das Wissen, dass Dorian ebenso auch etwas für sie empfindet, mit der Trauer, dass es am Umstand nichts ändert und es für sie beide keine Zukunft gibt.

Nicola beginnt angespannt im Zimmer auf und ab zu gehen. »Das was Felicitas damals prophezeit hat, ist voll und ganz eingetroffen. Es ist nichts mehr wie vorher«, murmelt sie leise und Sora sieht sie ernst an. »Aber du denkst doch nicht, dass es richtig ist, oder? Dass es gut ist, dass sie so leiden und auf Calin und Vlad verzichten, nur damit es die Situation vielleicht einfacher macht? Ich kann sie ja verstehen, aber sie leiden. Calin und Vlad leiden, und die Beiden haben nicht mal eine Ahnung, was Luna und Saphira vorhaben.« Nicola hört endlich auf umherzulaufen und sieht sie an. »Nein, natürlich nicht, es ist Blödsinn was die Beiden tun, sie gehören hierher!« Einen Moment schweigen sie beide, doch dann kaut Luna auf ihrer Unterlippe. Soll sie ihre Freundinnen verraten? »Ich habe es ihnen versprochen!«

Nicola muss grinsen. »Ich auch, aber das sollte man abwägen, denkst du nicht? Sie sind momentan alle zu verwirrt, sodass man bei so etwas eingreifen sollte.« Sora fühlt sich unsicher, aber es fühlt sich zu richtig an, um es nicht zu tun. »Ich werde morgen mit Calin und Vlad reden!« Nicola lächelt. »Ich bin mir sicher, es ist das Beste und wir nehmen die Schuld dann auf uns beide, einverstanden?« Nun muss auch Sora leise lachen. Dass sie mal mit einer Vampirin einen Deal eingehen würde, hätte sie niemals gedacht, genauso wenig wie der Umstand, dass sich einer von ihnen sie als Gefährtin auswählt. Mit diesem Wissen ist ihre Sehnsucht nur noch stärker. »Ich muss los, Sora, die Sonne geht bald auf. Ich werde mit Dorian reden, ich hätte es schon längst getan, aber er war vorhin klug genug mit Lucian zu gehen, bevor ich ihn mir schnappen konnte.« Sie lächelt matt. »Kopf hoch, am Ende wird alles gut. Und wenn es nicht gut ist, dann ist es noch nicht zu Ende!«

»Sie wollen was?« Sora zuckt zusammen, als Calin vom Stuhl aufspringt. »Ich dachte, sie würde es nicht ernst meinen, haben sie das etwa geplant? Und wieso wissen wir nichts davon?« Nur wenige

Stunden später sitzt sie zusammen mit Ovid, Vlad und Calin am Küchentisch bei Calin im Haus. Sie konnte es nicht aushalten und hat den müden Vlad mit allergrößter Mühe zu Calin gelotst. Doch ihr war bewusst, es würde nicht leicht werden, deswegen hat sie Ovid dazu gebeten.

»Beruhige dich, Calin!«, mahnt dieser ihn auch gleich, doch er sieht Sora wütend an. »Ich dachte, Saphira hat das aus Wut zu mir gesagt. Wie lange hatten sie das schon geplant und warum?« Sora erzählt ihnen alles, von ihren Ängsten und Bedenken, dass sie es nicht zulassen wollen, dass ihretwegen noch jemand in Gefahr gerät. Sie hören ihr genau zu. Sora erkennt an ihren Gesichtern, dass, auch wenn es ihnen nicht gefällt, sie die Gründe verstehen. Im Gegensatz zu Calin ist ihr Zwillingsbruder nicht aufgebracht, er wird immer blasser. Als Sora dann von dem Anruf gestern erzählt und auch, wie Luna geweint hat, wie schlecht es beiden geht, aber sie trotz allem weiter fest an ihrem Vorhaben festhalten, steht Vlad ohne Worte auf und will das Haus verlassen. Calin und Sora halten ihn auf.

»Was hast du vor?« Jetzt erst wird Vlad ungehalten. »Ich werde zu Luna fliegen, jetzt sofort, und ihr diesen Schwachsinn ausreden, ich werde keine Minute mehr länger ohne sie bleiben!« Sora denkt, Calin würde ihm widersprechen, doch es scheint eher so, als wolle er sich ihm anschließen. »Wartet! Bevor die Verbindung getrennt wurde, hat Luna versprochen, später noch einmal anzurufen. Sie waren bei ihrer Familie, da ist noch nicht so ein gutes Durchkommen möglich, doch es wird immer besser. Sie fahren in die Stadt, von da müsste es mittlerweile gut funktionieren. Wartet noch den Anruf ab!« Nun mischt sich auch Ovid ein. »Wie stellt ihr euch das überhaupt vor? Ihr könnt hier nicht weg, genau jetzt nicht!«

Ohne auf seinen Vater einzugehen geht Calin zurück zum Tisch und nimmt sein Handy. Er probiert immer wieder durchzukommen, doch auf deren Handys klappt es nicht. Sora setzt sich niedergeschlagen auf die Couch, Vlad steht immer noch unschlüssig herum, als wolle er jede Minute losrennen. Dann versucht Calin

Anis zu erreichen. Ovid sagt ihm, er wäre auf der Arbeit. Bei dem starken Schneefall haben sie alle Hände voll zu tun, es müssen eine Menge Bäume gefällt werden, um neue Wege zu schaffen und es werden Unmengen an Brennholz benötigt.

Also ruft Calin in der Firma an, doch dort wird ihm mitgeteilt, dass Anis auf dem Weg ins Krankenhaus ist, weil er einen Arbeitsunfall hatte. Am liebsten würde Sora dieses Mal laut fluchen, so viel Unglück wie zur Zeit über sie hereinbricht, kann doch gar nicht wahr sein. Ohne sich weiter abzusprechen brechen die vier auf und fahren in das große Krankenhaus in der nächsten Stadt. Ovid macht sich sichtliche Vorwürfe, es ist wirklich gefährlich, in der Kälte bei dem Schnee und Eis im Wald zu arbeiten. Er hätte bei seinen Arbeitskollegen sein sollen.

Als sie das Krankenhaus betreten, kommt ihnen schon einer dieser Kollegen entgegen und sieht sie verwundert an. »Wie geht es ihm, was ist passiert?«, sprudelt es sofort aus Ovid heraus. Der Mann sieht ihn an, als wäre er etwas angetrunken. »Es geht ihm gut, er hat sich nur am Arm geschnitten, nichts Dramatisches! Normalerweise würden wir da nicht mal ein Pflaster verschwenden, aber du kennst doch die neuen Vorschriften wegen Arbeitsunfällen.« Genervt verdreht er die Augen. Sora fällt ein Stein vom Herzen. Calin klopft seinem Vater auf die Schulter. »Na los, dann lass uns mal das Pflaster anlegen!« Doch gerade als sie eintreten wollen, klingelt Vlads Handy. Er geht sofort ran und alle merken, dass es Luna ist, die wie versprochen noch einmal anruft.

Vlads Stimme wird sofort sanft, als er mit ihr spricht, aber er kommt gar nicht viel zum Reden, da Luna anfängt zu weinen. »Engel, es wird alles gut, komm einfach wieder her zu mir«, versucht er sie zu beruhigen. Noch ist er nicht dazu gekommen ihr zu sagen, dass sie über ihre Pläne Bescheid wissen. Calin ist unruhig. »Frag sie, ob Saphira bei ihr ist!« Vlad fragt nach, doch schüttelt dann den Kopf. Calin grübelt kurz, dann nimmt er Vlad das Telefon aus der Hand, so schnell, dass der, abgelenkt von der weinenden Luna am Hörer, nicht reagieren kann. »Luna, hey, hier ist

Calin, hör mir zu, es ist wichtig! Wir sind hier gerade im Krankenhaus, Anis hatte einen Arbeitsunfall. Ihr müsst beide so schnell wie möglich wieder herkommen. Nehmt den nächsten Flug, es gibt schon wieder ein paar, die das Land verlassen.«

Natürlich schockiert das ganze Luna noch mehr. »Nein, er wird nicht sterben, aber trotzdem solltet ihr jetzt bei eurem Vater sein!«, erklärt Calin ruhig. Sora hält sich schockiert die Hand vor den Mund, auch Ovid guckt seinen Sohn streng an. Nur Vlad lächelt leicht. Als er wieder nach dem Hörer greifen will, ist die Verbindung schon getrennt. Ovid räuspert sich, doch Calin scheint hochzufrieden zu sein. »Das ist nicht richtig, man ...« Sein Sohn unterbricht Ovid. »Ich weiß, es ist nicht gut, aber ich kenne Saphira. Luna hört auf ihre Schwester, was auch geschehen mag. Wenn Saphira sich etwas in den Kopf gesetzt hat, bringt sie niemand davon ab. Auch wenn sie es mit guten Absichten gemacht haben, sie haben unrecht. Sie gehören hierher zu uns und sie haben uns genauso reingelegt.« Ein leichtes Grinsen legt sich auf seine Lippen. »Außerdem habe ich nicht gelogen, oder? Also kommt, lasst uns nach Anis sehen und ihm sagen, dass seine Töchter bald wieder hier sind.«

Raphael sieht sich im großen Saal um, in wenigen Minuten geht die Sonne unter und Amanda wird langsam aufstehen. Gabriel und Felicitas sind schon vor einer ganzen Weile aufgebrochen. Er läuft unruhig in der Burg herum. Darauf hat er schon die ganze Zeit gewartet. Seit dem letzten Mal hatten sie keine Gelegenheit mehr alleine zu sein, nicht richtig. Als sie zu dem nicht stattgefundenen Kampf aufgebrochen sind und Amanda hier zurückließen, hat er zum ersten Mal etwas Veränderung in ihren Gedanken bemerkt. Und als er genau aufgepasst hat, auch etwas Sorge. Nach ihrer Rückkehr konnte er so etwas wie Erleichterung in ihren Augen sehen.

Seitdem haben sie beide immer wieder diesen Blickkontakt, den er nicht beschreiben kann. Ihre Gedanken werden anders nicht so schnell und auch nicht sofort spürbar, aber wenn man sich genau damit befasst, merkt man, dass sie sich fängt und das erste Mal teilt er Calins Hoffnungen. Nicola, Catalina, der ganze Zirkel, alle Zirkel die er kennt, leben beherrscht und ruhig. Er hätte nicht geglaubt, dass man einen ruhelosen Vampir zu solch einem Leben umformen kann, aber er merkt an Amanda, die Zeit zeigt ihre Wirkung. Verstärkt wurde das Ganze sicherlich auch dadurch, dass Saphira und Luna nicht mehr in der Nähe sind. Deswegen hat er sich auch etwas Besonderes für sie ausgedacht, was sie schon so lange in ihren Gedanken will. Sie soll spüren, sie ist auf dem richtigen Weg, und es lohnt sich diesen Weg zu gehen.

Er sieht, dass sich ihre Gedanken ändern und sie aufwacht. Er lässt ihr die Zeit sich zurechtzumachen, was sie aber seiner Meinung nach nicht braucht. Er hat sie schon so oft kurz nach dem Aufstehen beobachtet, sie ist dann am allerschönsten. Wenn ihre Locken ihr wild ins Gesicht fallen und sie noch ganz verschlafen aussieht, nie hat er etwas Schöneres gesehen. Als sie jetzt langsam die Treppe zum Keller hochkommt, schlägt sein Herz schneller. Als sie ihm dann in die Augen sieht, weiß er, sie hat auch auf die Gelegenheit gewartet, mit ihm alleine zu sein.

»Ich habe schon das Essen vorbereitet.« Raphael kann nicht glauben, dass genau jetzt seine Stimme seine Gedanken verrät, doch wahrscheinlich ist das die Gerechtigkeit. Immerhin kann er ihre Gedanken ja auch hören, auch wenn sie inzwischen schon ein paar Tricks herausgefunden hat, dass er nicht mehr alles mitbekommt. Gabriel und Felicitas können das schon lange, sie teilen Raphael nur das per Gedanken mit, was er auch wissen soll. Amanda nickt und setzt sich an den schon vorbereiteten Platz. Raphael hat ihr genau das gleiche Essen zubereitet, wie es Felicitas immer macht und sie isst, ohne sich zu beschweren. Es liegt wie immer eine angenehme Stille zwischen ihnen. Amanda redet nun zwar, aber nur selten und nur, wenn sie es wirklich will oder muss. Sobald sie fertig ist, möchte sie aufstehen und wie jeden Tag ihren Rundgang durch die Burg machen, doch Raphael hält sie an der Hand zurück. »Heute mal nicht, heute habe ich mir etwas anderes überlegt.«

Raphael sieht zufrieden auf Amandas aufblühenden Gesichtsausdruck. Als sie gemerkt hat, Raphael nimmt sie das erste Mal nach so langer Zeit wieder mit nach draußen, wollte sie sich ihre Freude nicht anmerken lassen, doch Raphael weiß genau, was diese Freiheit für einen ruhelosen Vampir bedeutet. Auch wenn er sie so nicht mehr sieht, sie befindet sich irgendwo dazwischen, und er will ihr jetzt zeigen, dass sie beides haben kann. Das Gefühl der Freiheit, aber ohne das wilde Verhalten einer Ruhelosen. Er lässt sie aber trotz allem nie aus den Augen und ist bereit jederzeit einzugreifen, sollte sie doch auf andere Gedanken kommen.

Als er sie dann allerdings in den Garten hinter der Burg gebracht hat, konnte sie ihre Freude nicht mehr überspielen. Vom ersten Tag an hat sie ihr Herz hier verloren. Hier endet jedes Mal ihr Rundgang in der Burg vor einem Fenster mit direktem Blick hierauf und sie wird nicht müde, stundenlang auf die Hunderte von wilden Rosen zu schauen, die Felicitas hier liebevoll züchtet. Es sind seltene Rosen, die jedem Winter trotzen und in allen unangenehmen Wetterlagen Rumäniens durchhalten. Amanda liebt es, er sieht es in ihren Gedanken. Dieses Mal wird er nicht müde sie zu beobachten, wie sie stundenlang auf dem großen Gelände hin und her schlendert. Sie riecht an jeder Rose, atmet tief die frische Luft ein.

Raphael weiß, er hat das Richtige getan. Doch irgendwann muss er dann wieder zurück mit ihr ins Haus und das von Felicitas vorbereitete Essen warm machen. Amanda setzt sich an den Tisch und beobachtet jede seiner Bewegungen. »Danke für heute.« Raphael stellt ihr einen Teller hin und lächelt, sein Herz schwillt an über jeden kleinen Fortschritt, den sie macht. »Wenn es weiterhin so gut läuft, dann können wir das öfter machen, noch mehr, andere Sachen machen«, erklärt er. Doch Amanda starrt wieder stur auf die Suppe, die er ihr vorgesetzt hat und beginnt zu essen. Er darf nicht zu viel auf einmal erwarten, erklärt er sich selber müde, doch seine Gedanken werden durch ihre unterbrochen. Sie versucht sie zu verstecken, aber es gelingt ihr nicht.

Sie hat wieder Durst, das letzte Mal ist sie nicht zum Trinken gekommen. Raphael wird heiß. Verdammt, es ist das erste Mal, dass er merkt, wie man sich fühlt, wenn die Gedanken manipuliert werden. Sobald ihre Gedanken in diese Richtung wandern, kann er kaum noch klar denken. Amanda ist das Ganze unangenehm, sie entschuldigt sich, dass sie sich etwas zum Lesen zurückziehen will. Raphael flucht, als sie den Raum verlässt. Er räumt den Tisch ab und dreht halb durch, diese Frau treibt ihn in den Wahnsinn. Sie läuft in ihrem Zimmer auf und ab und versucht die Bilder zu verdrängen, wie sie sich geliebt haben, wie gut sein Blut schmeckt, doch es gelingt ihr nicht. Raphael beißt seine Zähne zusammen.

Sie muss von alleine kommen, sie weiß, er wird ihr jederzeit sein Blut geben. Doch dann gibt sie es auf, sie lässt ihren Gedanken freien Lauf und Raphael kann sich nicht mehr beherrschen. In wenigen Schritten hat er die Treppe überbrückt und reißt die Zimmertür zu ihrem Kellerteil auf. Er braucht nichts zu sagen, denn sie kommt ihm schon entgegen. Sobald sie aufeinander treffen, sind sie nicht mehr zu halten.

»Nimm dir, was du brauchst«, flüstert Raphael ihr heiß ins Ohr und hebt sie an ihrem runden festen Po hoch, sodass sie gegen die Wand lehnt. Noch bevor er die Worte zu Ende sprechen konnte, hat sie in seinen Hals gebissen und stöhnt auf. Auch Raphael schließt die Augen. Dieses Gefühl ist unbeschreiblich. Er hält zwar still, doch massieren seine Hände ihren Po. Und kaum hat sie die ersten Schlucke getrunken, bewegt sie sich so, dass seine Finger die Stelle finden, die spürbar nur darauf gewartet hat. Raphael massiert sie, doch er will mehr. Er wendet sie beide und legt sich aufs Bett, ohne dass sie von ihm ablassen muss, doch das tut sie dann automatisch. Es hat nichts mehr von diesem Gierigen wie das erste Mal, es ist viel genießender.

Sie zieht ihm sein Shirt aus und befreit sich selbst von ihrer Kleidung. Raphael kann nicht genug von diesem Anblick bekommen, ihr Körper ist perfekt, er liebt ihre schneeweiße Haut. Als sie ihn dann von seiner Hose befreit und leicht lächelnd beginnt ihn zu verwöhnen, legt Raphael seinen Kopf nach hinten und stöhnt auf. Doch kein Gefühl kann es übertreffen, als sie sich anschließend auf ihn setzt und gleichzeitig wieder von seinem Blut trinkt, während sie ihn tief in sich aufnimmt.

Raphael muss erst einmal nach Luft schnappen, er hat schon viel gesehen, viel gehört, viel erlebt. Aber nichts hat ihm so den Atem genommen wie diese Vampirin, die sich nun von ihm herunter rollt und neben ihm liegen bleibt. Er weiß, sie ist auch geschafft, es ist anstrengend für einen Vampir so wenig zu trinken und dann so viel zu sich zu nehmen. Er atmet tief aus und sieht zu ihr. Amanda schaut ebenfalls zur Decke, doch während er daran denkt sich wieder anzuziehen, blitzt etwas in ihren Gedanken auf, was ihm bis tief in die Knochen geht. Sie würde sich gerne an ihn schmiegen, möchte einfach gehalten werden.

Er stockt, damit hätte er nie gerechnet, doch als sie sich wegdrehen will, hält er sie am Arm zurück. Raphael weiß nicht, was er da tut, bis jetzt hatte er immer nur Sex und das auch nicht sehr regelmäßig, das bringt das Leben als Wächter mit sich, es hat ihn nie gestört. Er hat noch nie so etwas wie Zärtlichkeit gegeben, deswegen ist er jetzt auch unsicher, als er sich zu ihr beugt und vorsichtig seine Lippen auf ihre legt. Ganz sanft küsst er sie, er hat Angst etwas falsch zu machen, doch sie erwidert seinen Kuss und er mag es. Es fühlt sich gut an, er streichelt über ihre langen Haare. Als er seine Lippen von ihr löst, zieht er sie in seine Arme. Ohne sich dagegen zu wehren, kuschelt sie sich an ihn, legt ihren Kopf auf seine Brust und atmet tief ein. Und plötzlich lässt sie los, sie lässt alle Blockaden in ihrem Kopf fallen. Raphael sieht Gedanken, die sie lange vor ihm versteckt gehalten hat. Er sieht Angst, sie hat einfach Angst. Sie hat Angst, seit sie hier angekommen ist.

Er sieht sie, wie sie glücklich durch die Wälder eilt. Zwar trinkt sie, aber es hatte nie das Barbarische, was manche Ruhelose ausmacht. Sie war immer allein unterwegs, ganz allein, bis sie auf Maurice und seine Truppe gestoßen ist. Sie haben sie mitgenommen, ihr eingeredet, dass es dort etwas gibt und ihr einen Duft gezeigt, Saphiras Duft an einem Shirt. Das hat sie rasend gemacht, als sie dann von ihnen festgehalten wurde in der Hütte von Calin. Sie hat sich so schrecklich gefühlt. Ständig dieser Hunger, sie hat die Männer irgendwie erkannt, aber sie wusste nicht woher. Das hat ihr noch mehr Angst gemacht, sie ist die vielen Leute nicht gewohnt. Als Raphael jetzt ihre Gedanken sieht, ihre Gefühle, zieht er sie enger an sich und gibt ihr einen Kuss auf die Stirn. Er sieht, es tut ihr gut, sich endlich einmal fallen lassen zu können.

Saphira steht auf den Felsen, ihren Felsen. Sie erinnert sich, wie sie vor ein paar Monaten schon mal hier stand um Abschied zu nehmen. Was in der Zeit alles passiert ist, ist mehr, als ein Mensch tragen kann. Luna hat ihr sofort Bescheid gesagt, als sie die Nachricht wegen Anis bekommen hat und hat zwei Flüge für morgen besorgen können. Sie sind mit der letzten Maschine gekommen, die in Venezuela gelandet ist und fliegen mit einer der ersten zurück. Saphira weiß, dass es nicht richtig ist, es ist genau das eingetroffen, wofür sie gebetet hat. Der Kampf hat nicht stattgefunden. Es könnte jetzt wieder Frieden einkehren in Barnar. Natürlich hat ihre Tante recht, sie muss für ihr Glück kämpfen, aber Saphira hat keine Kraft mehr. Sie weiß auch nicht, wo sie diese herbekommen sollte. Und wieder ein Schicksalsschlag, sie haben keine Wahl, sie müssen zurück. Saphira bekreuzigt sich und spricht ein Gebet in den Wind. Für ihre verstorbene Mutter und die Oma, für Anis, dass es ihm gut geht und dass, wenn sie dieses Mal nach Barnar kommen, es nicht eine noch größere Katastrophe mit sich bringt als das letzte Mal.

Kapitel 13

Sora blickt ungeduldig in die untergehende Sonne. Sie haben heute einen Anruf bekommen, demnach sind Saphira und Luna schnell an einen Flug gekommen und werden übermorgen ankommen. Vlad und Calin sind sehr erleichtert, auch Sora freut sich, obwohl sie weiß, dass es genau jetzt wahrscheinlich nicht die beste Lösung ist. Doch wozu sollte sie sich zu große Gedanken machen, was passieren wird? Es wird eh immer schlimmer als erwartet, das hat sie die letzten Wochen gelernt. Deswegen muss sie heute Dorian sehen. Seit ihrem Gespräch mit Nicola geht es ihr nicht mehr aus dem Kopf, was hat er sich bloß dabei gedacht? Und wenn es alles stimmt, wie will er dann weiter machen?

Er ignoriert sie. Es wäre, als würde sie für ihn gar nicht existieren, und trotzdem spürt sie diese Verbundenheit. Sobald sie an ihn denkt, kribbelt die Stelle an ihrem Hals. Sie muss sich Klarheit verschaffen, denn so kann sie nicht weitermachen, es geht nicht. Sie macht sich zu viele Gedanken, was das alles zu bedeuten hat, wenn sie Antworten hat, braucht sie das nicht mehr. Der Himmel wird schwarz, Sora zieht sich eine Jacke über. Sie hat den Eltern Kopfschmerzen vorgetäuscht und füllt ihr Bett mit Decken und Kissen aus. Es wäre viel zu auffällig, jetzt zu versuchen durch die Tür zu fliehen, sie müsste erst warten, bis ihre Eltern fest schlafen, aber dafür hat sie keine Geduld mehr.

Also schleicht sie sich in Vlads Zimmer. Sie schüttelt den Kopf über die hier herrschende Unordnung, kein Wunder, dass ihre Mutter sich weigert das Zimmer zu betreten. Von Vlads Zimmer geht ein Balkon mit Feuerleiter ab, ihre einzige Möglichkeit, das Haus ungesehen zu verlassen. Sobald sie unten ist, geht sie direkt in den Wald. Wenn das alles stimmt was Nicola gesagt hat und die Gefährtin eines Vampirs ähnlich ist wie die Seelenverwandte eines Wolfes, wird Dorian sie spüren, noch bevor ein anderer merkt, dass sie sich hier herumtreibt. Das Rudel übernimmt heute die andere Seite der Stadt, das hat sie vorhin beim Telefonat mitbekommen, weil Vlad und Tolja dann direkt aus der anderen Stadt, wo sie Sachen erledigen mussten, zu ihnen stoßen.

Sora läuft einfach ohne Ziel vom Haus weg, doch sie hat zu viel Angst, um sich zu weit zu entfernen und setzt sich schließlich auf den gefällten und vergessenen Baumstamm, von dem aus Dorian so lange über sie gewacht hat. Ihr ist kalt und das nicht nur, weil es gerade einen Schneesturm gibt, ihr ist innerlich kalt. Sie weiß nicht mehr ein und aus. Sie kann mit ihren Gedanken nicht mehr alleine fertig werden. Es hat ihr gut getan mit Nicola zu reden, aber trotzdem war noch eine zu große Distanz zwischen ihnen. Sie zieht die Beine an sich heran, um sich etwas zu wärmen. Lange hält sie das nicht durch, aber es ist ihre einzige Möglichkeit ihn hierher zu locken, falls er sie überhaupt bemerkt. Doch sie kann sich nachts nicht zu weit fortbewegen, das ist zu gefährlich. Und wäre sie zu Hause geblieben, wäre er niemals gekommen. Lange muss sie auch gar nicht warten, plötzlich erscheint Dorian zwischen den Bäumen und sieht sie wütend an. »Bist du verrückt geworden? Was ...« Er bricht ab, als er sie weinen sieht. Sie kann sich jetzt nicht mehr zurückhalten und geht schnell zu ihm.

Sie wollte nur mit ihm reden, die Sachen klarstellen, doch jetzt wo er da ist, will sie einfach nur noch bei ihm sein. Liebevoll nimmt er sie in die Arme und sie beginnt richtig zu weinen. Es bricht alles aus ihr heraus, was sich in der letzten Zeit angesammelt hat. Dorian hält sie fest. Sora hat das Gefühl, er würde das immer tun, sie nicht mehr gehen lassen, wenn sie eine Chance hätten. Sie liebt es, wieder seinen Geruch um sich zu haben. Wie kann etwas falsch sein, was sich so richtig anfühlt? »Ich kann einfach nicht mehr«, stammelt sie zwischen den Tränen als Erklärung für ihn. Er nimmt ihr Gesicht in seine Hände. Beruhigend sieht er ihr in die Augen und wischt ihr die Tränen weg.

»Es tut mir so leid, Süße, ich wollte niemals, dass du leidest. Wenn ich könnte, würde ich alle Last von dir nehmen und bis an mein Ende tragen. Ich will nur, dass du glücklich bist!« Saphira schüttelt den Kopf. »Tut es dir leid, dass du mich zu deiner Seelenverwandten gemacht hast? Ich weiß, es geht nicht, alles spricht dagegen, aber tut es dir leid, bereust du es?« Eigentlich sollte sie gar nicht fragen, die Antwort könnte zu weh tun, aber dafür ist sie hier um endlich Klarheit zu haben, denn nur die Wahrheit bringt Klarheit.

Dorian schüttelt den Kopf. »Ich sollte es bereuen, aber ich kann nicht. Du gehörst zu mir, das habe ich schon vom ersten Moment an gemerkt, ich habe den Fehler gemacht an dich heranzutreten. Ich hätte dich einfach von Weitem begleiten sollen. Nur das hat uns in diese Lage gebracht, aber ich werde mich jetzt daran halten, Süße, ich verspreche, dass ich uns nicht noch schlimmer schaden werde. Aber ich werde immer bei dir sein, über dich wachen, das schwöre ich!«

Sora sollte es annehmen. Würde sie jetzt zustimmen, wäre es eine vernünftige Entscheidung, doch ihr Herz kann es nicht, es fühlt sich zu gut an, wieder hier bei ihm zu sein. »Durch dich habe ich das erste Mal Liebe gespürt, ich will das nicht, aber du fehlst mir ...« Sie sieht ihn an und weiß, dass sie mit dem Gesagten ihrer beider Urteil unterschreibt. »Ich liebe dich, ich will nicht mehr, dass du dich von mir fernhältst!« Dorian küsst sie und welches Urteil sie auch gerade unterschrieben hat, das ist es wert. Und plötzlich fällt ihr eine kleine Last von den Schultern. Auch wenn es falsch und verboten ist und sie damit eine Katastrophe heraufbeschwört, sie hört in diesem Moment auf, gegen ihr Herz anzukämpfen. Es fühlt sich befreiend an.

Dorians Handy vibriert und er löst sich. Sora sieht ihn flehend an. »Ich muss los, du weißt, momentan geht es nicht anders. Ich werde es nicht schaffen, noch einmal heute bei dir vorbeizukommen. Aber ich ...« Sora lenkt ein, sie will mit ihm zusammen sein. »Ich könnte meinen Eltern sagen, dass ich in die Hauptstadt fahre, ich hatte das schon lange vor, um nach einer neuen Fotokamera zu suchen. Wir könnten den ganzen Tag zusammen verbringen.« Dorian sie sie ernst an. »Vladan würde durchdrehen, wenn du wieder zu uns kommst«.

Er denkt kurz nach. »Kennst du die Hütte, wo Calin am Anfang Amanda hingebracht hat? Ich habe sie vor zwei Tagen gesehen, sie ist noch immer sicher für mich, auch bei Tag. Komm dahin, ich werde die anderen anrufen und sagen, dass ich zu weit außerhalb war und den Tag in einer Höhle verbringe.« Er gibt ihr einen langen Kuss. »Bis später, Vita mea.«

Sora ist viel zu aufgeregt um noch schlafen zu können, sie geht in die Küche und bereitet leise einige Sachen zum Essen vor. Sie schmiert Brote, steckt Obst ein, Getränke, wie ein großes Picknick. Dabei verdrängt sie, dass sie sich verstecken, nicht und niemals zusammen gesehen werden dürfen. Als Vlad nach Hause kommt, zieht sie sich leise in ihr Zimmer zurück und macht sich fertig. Sie will diesen Tag zu etwas Besonderem machen. Wer weiß, wann sie dazu jemals wieder eine Gelegenheit haben werden. Sie zieht sich ein schönes neues Oberteil an, dazu eine passende enge Jeans. Zwar gelingen ihr die Locken nicht so gut wie von der Friseurin, auch das Augen-Make-up ist nicht ganz perfekt. Aber als sie in den Spiegel sieht, ist sie sehr zufrieden.

Sie schreibt einen Zettel, Vlad wird vor Mittag nicht aufstehen, ihre Eltern erst eine ganze Weile nach Sonnenaufgang. Sora schreibt, dass sie in die Hauptstadt fährt. Der Weg ist lang und sie ist extra früh aufgebrochen, um nicht zu spät zurück zu sein. Für ihre Eltern wird das reichen, sie könnten sich sicher niemals vorstellen, dass ihre liebe Tochter gerade gegen alles verstößt, wofür ihr Clan steht. Als sie auf die Straße geht, ist es schon knapp, zu ihrem Glück hat sie das Auto etwas weiter entfernt geparkt, sodass ihr Motor nicht alle aufweckt. Sie fährt blitzschnell zu der Hütte. Langsam bricht das Schwarz der Nacht. Sie hält, versteckt ihr Auto und geht die letzten Schritte zur Hütte zu Fuß. Der Himmel bricht genau in dem Moment auf, wo sie eintritt und sofort die Tür schließt.

Das erste Mal seit langer Zeit lacht ihr Herz wieder, als sie entdeckt, wie Dorian in der Hütte steht. Er zündet gerade einige Kerzen an, damit sie in der ganz abgedunkelten Hütte überhaupt etwas sehen können. Er dreht sich zu ihr um, Dorian trägt nur noch eine Jeans und hat den kleinen Kamin bereits angemacht, es ist traumhaft. Er ist wunderschön. Und das Schönste ist die liebevolle Art, wie er sie ansieht. Sora lächelt und geht zu ihm, sie wird alles und jeden vergessen für die paar Stunden, die sie hier zusammen haben.

Eine Stunde später liegt sie eingekuschelt mit ihm auf einigen Decken vor dem Kamin. Er hat sie nicht eine Sekunde allein gelassen, sie geküsst und festgehalten, als würde sein Leben davon abhängen. Sora hat jede Sekunde genossen. Jetzt hat sie das Essen geholt und lehnt sich an ihn. Er hat ihr etwas aus seinem früheren Leben erzählt, dass er damals gerade erst die Schule beendet hatte, als er nach einem Autounfall verwandelt wurde. Allerdings ist er sofort danach bei Vladan gelandet, sodass er so wie jetzt schon immer gelebt hat. Auf Soras Frage, ob es ihm nicht schwer gefallen sei, schüttelt er den Kopf. Er liebt sein Dasein als Vampir. Die ersten Jahre hat er verfolgt, wie die Menschen, die er damals geliebt hat, ihr Leben leben, doch als die ersten gestorben sind, war er froh, nicht mehr einer von ihnen zu sein.

Dorian gibt Sora einen Kuss auf die Nase. »Außerdem hätte ich dich dann nicht kennengelernt.« Sora lächelt, während er von seinem Brot abbeißt. Es wirkt alles so normal, doch sie erinnert sich wieder an das, was Nicola ihr gesagt hat. Sie legt ihr Brot beiseite und wendet sich ganz zu ihm um, setzt sich auf seinen Schoß, sodass sie ihm genau in die Augen sehen kann. »Du trinkst nicht mehr, oder?« Sora weiß nicht, wie sie es anders formulieren soll. Dorian versteht aber sofort was sie meint. »Wir müssen darüber ...« Sora nimmt dieses Mal sein Gesicht in ihre Hände, er darf sie bei nichts mehr außen vor lassen, auch wenn es ihnen beiden schwerfällt. »Ich liebe dich und ich will alles wissen, was mit dir zu tun hat.«

Dorian nickt. »Nicht mehr seit unserem letzten ... Treffen!« Sora sieht ihn fragend an. »Aber du brauchst es?« Dorian legt nun auch sein Brot zur Seite und umfasst sie. »Ich brauche dich, ich konnte es bisher nicht. Aber ich werde es schon bald wieder tun müssen.« Dieses Mal nickt Sora wissend. »Weil du sonst zu schwach wirst.« Dorian lacht leise. »Ja, lassen wir das Thema lieber, wir sollten die Zeit nicht ...« Sora sieht ihn ernst an. »Du wirst dann auch mit ihnen schlafen?« Dorian seufzt leise auf. »Nein, ich denke nicht. Es muss nicht zwingend sein. Vladan und Catalina schaffen es auch, es ist nicht leicht, aber ich bin mir sicher, dass ich es schaffe.«

Sora fasst für sich selbst einen Entschluss. »Trink von mir!« Sie hört ihre eigene Stimme zittern, doch ihr Entschluss steht fest. Dorian sagt erstmal nichts, doch dann schüttelt er den Kopf. »Nein, ich will nicht, dass du dich so fühlst wie das letzte Mal, ich werde mir das nie verzeihen.« Sora hört ihm gar nicht mehr richtig zu, sondern zieht sich ihr Oberteil über den Kopf. »Es war schön, Dorian, es hat sich gut angefühlt, es hat mir nur Angst gemacht, jetzt weiß ich was passiert.«

Dorians Hand fährt ihren nackten Rücken entlang, er scheint es immer noch nicht tun zu wollen. Sora beugt sich vor, ihre Haut trifft auf seine. Sie spürt, dass sich in ihm alles regt. »Ich will nicht, dass du von einer anderen Frau trinkst, Dorian! Würdest du wollen, dass ich mir etwas, was ich brauche, bei einem anderen Mann hole?« Sie lächelt, als sie seinen sauren Gesichtsausdruck sieht und beginnt seinen Hals zu küssen. Sie liebt seinen Geschmack und seinen Duft. Sie arbeitet sich hoch über seine Wangen. Als sie an seinen Lippen knabbert, sieht sie seine Entschlossenheit wanken. »Ich liebe dich, Dorian und ich will ab jetzt die Einzige für dich sein.« Das ist der Moment, wo er aufgibt. Er schwört ihr, dass sie für immer die Einzige sein wird und küsst sie. In Sora kribbelt alles, als er sich löst und ihre Haare beiseite schiebt. Er sieht ihr noch einmal in die Augen.

»Für immer. Und nichts und niemand kann das mehr trennen!« Als Dorian nun in ihren Hals beißt, weiß Sora, was er da tut. Statt Angst zu haben, stöhnt sie auf. Es ist unbeschreiblich. Auch wenn es gegen alles spricht, was sie seit ihrer Geburt gelernt hat, sie kann es nicht mehr hassen. Nicht, wenn es zu dem Mann gehört, den sie liebt. Sie lieben sich, lange und zärtlich. Sora spürt seine Liebe jede Sekunde und will nie wieder etwas anderes spüren. Sie liegt danach glücklich in seinen Armen. Beide sind fast am Einschlafen, es ist so schön, sie wünschte, es würde niemals enden. Noch einmal zieht er sie enger an sich. »Vita mea«, flüstert er schläfrig und küsst ihre Stirn. »Was bedeutet das?«, fragt Sora leise zurück. Ihre Stelle am Hals brennt, doch es fühlt sich gut an, dieses Kribbeln ist stärker, aber es ist richtig, weil sie jetzt die Bedeutung kennt. Er ist es, einfach nur er. »Mein Leben! Denn das bist du.« Dorian lächelt, Sora kuschelt sich an ihn und schließt die Augen. Sie will nie wieder aus diesem Traum aufwachen.

Calin sieht unschlüssig auf die Frau, die neben Gabriel im Besprechungsraum steht. Er und Felicitas sind schnell wieder zurück gekommen. Anscheinend war die Hexe, die er mitgebracht hat, mehr als willig ihnen zu helfen, eine Sache, die Calin unsicher macht. Sie steht da mit ihren langen, schwarzen glatten Haaren, die sich so mit ihrem schwarzen Gewand vermischen, dass man nicht mal erahnen kann, wie lang sie sind. Ihre blauen Kristallaugen zeichnen sie als Hexe aus. Jede von ihnen trägt sie und Calin rückt sich auf dem Stuhl zurecht. Nach den Vampiren sind es die Hexen, die er nicht ausstehen kann. Schon immer hat er angewidert ihren Geschichten gelauscht, vielleicht sind sie sogar schlimmer als die Vampire, die dir wenigstens gegenüberstehen und offen ihre Feindschaft zeigen, während die Hexen dir ins Gesicht lächeln, gehen und dir einen Fluch hinterlassen, der ganze Generationen betreffen kann.

Es ist so etwas wie das oberste Gebot, niemals mit einer Hexe Geschäfte zu machen, doch sie haben keine andere Wahl. Für Calin fühlt es sich an, als würden sie einen Pakt mit dem Teufel eingehen. »Maksude ist mitgekommen, sie ist der Ansicht, sie wäre in der Lage, wenn es soweit ist, dem Zauber von Shanja entgegenzuwirken.« Davud schnalzt mit der Zunge. »Wenn diese Shanja wirklich so mächtig war, wie sollte sie das denn können?« Bevor

Calin ihn stoppen kann, hat er ihr schon die Worte entgegengeworfen und sie dreht sich wütend zu ihm um. Calin tritt unter den Tisch gegen Davuds Bein, man sollte es sich niemals mit einer Hexe verscherzen.

Raphael grinst amüsiert und Amanda neben ihm sieht unbeteiligt zu. Es ist das erste Mal, dass Raphael sie mit in eine Besprechung geholt hat, sie hat Calin sogar zugelächelt. Sie sieht besser aus und es tut ihm leid, dass er momentan so gar keine Zeit für Amanda hat. »Shanja war die mächtigste Hexe, aber das ist schon eine Ewigkeit her. Im Gegensatz zu ihr bin ich mächtiger geworden, habe mir neue Fähigkeiten angeeignet und wo auch immer sie gesteckt hat, sie war dazu sicher nicht in der Lage. Ich kann und werde sie besiegen. Wenn ich dabei den Wächtern noch einen Gefallen tun kann, umso besser, ich erwarte dann allerdings in Zukunft, ihr Wohlwollen genießen zu dürfen!«, stellt sie klar fest, dabei zeigt ihr Gesicht keinerlei Ausdruck, nur die Kristallaugen wandern im Raum hin und her. Gabriel ist deutlich anzusehen, dass ihm das Ganze genauso wenig gefällt wie allen anderen, doch er nickt.

»Wenn dieser Angriff, oder was genau sie jetzt planen, zu unseren Gunsten ausfällt, es uns gelingt mit Hilfe von dir, Maurice und Shanja unschädlich gemacht sind, kannst du damit rechnen!« Die Worte fallen ihm nicht leicht, das spürt man, keiner will mit Hexen Geschäfte machen. Calin rechnet es Gabriel hoch an und beschließt, sich auch damit abzufinden, wenn alle anderen auch damit leben müssen. »Wir werden gleich probieren einige Blockaden zu lösen, Maksude will zuerst mit Felicitas arbeiten, dann mit Raphael. Wenn ihre Kräfte wieder auf Maurice einwirken können, sind wir klar im Vorteil!« Calin steht auf, Davud ebenso. »Okay, dann sieht man doch endlich mal wieder etwas Licht im Tunnel.«

Gabriel nickt. »Ich werde heute Abend zu Vladan gehen und ihnen Bescheid geben und außerdem den anderen Zirkel begrüßen.« Calin unterdrückt einen Kommentar und geht zu Amanda, bevor sie die Burg verlassen. Sie sieht ihn unsicher an. »Dir geht es besser, das freut mich, Amy!« Ein leichtes Lächeln legt sich auf ihre Lippen, als er sie mit ihrem alten Spitznamen anspricht. »Wenn das alles überstanden ist, Ruhe eingekehrt ist, kannst du gerne wieder zum Stamm zurückkommen. Es widerspricht zwar allem, aber ich habe mit Ovid und Graham geredet, wir werden eine Lösung finden!«, verspricht er ihr. Amanda sieht ihn aus ihren schwarzen Augen an, dann schaut sie zu Boden.

»Das ist nett und ich kann mich auch wieder an vieles erinnern, aber ich würde schon gerne erst einmal ...« Sie stockt und blickt zu Raphael, der zu lächeln beginnt. Calin sieht zu dem Riesen und kann nicht glauben, wie liebevoll er Amanda ansieht. »Amanda bleibt erst einmal hier, das ist für alle Beteiligten das Beste. Aber Ovid und alle sind natürlich herzlich eingeladen sie zu besuchen. Wir wissen, dass sie ein Teil ihrer Familie waren und irgendwie immer noch sind.« Calin nickt und muss grinsen. »Okay, ich verstehe ... dann werde ich ihnen das so sagen, ich freue mich für dich, für euch ... für uns alle!« Er beobachtet, wie Raphael die Augenbrauen zusammenzieht über die Gedanken, die Calin nicht für sich behalten kann und klopft ihm beim Vorbeigehen auf die Schulter. Calin weiß, sie ist bei Raphael in guten Händen, auch er wird immer für sie da sein.

Als Dorian kurz nach Sonnenuntergang die Burg betritt, fühlt er sich schlecht. Nicht weil er zu spät ist und der andere Clan jede Minute eintreffen müsste, nein, er konnte sich kaum von Sora trennen, er hätte sie am liebsten mitgenommen und ihr scheint es genauso zu gehen. Er hat sich die ganze Zeit gequält und von ihr ferngehalten. Seine Liebe war so stark, doch jetzt, wo er die Liebe zurückbekommt, ist sie ins Unermessliche gewachsen. Sie ist seine Gefährtin, komme was wolle. »Sieh mal an, wer da wieder auftaucht!« Lucian grinst ihm frech entgegen und beißt in einen Apfel. Sie sind alle im gemütlichen Wartebereich der Burg versammelt.

»Gabriel kommt auch gleich, wo warst du so lange?« Vladan sieht ihn prüfend an. »Du hast dich genährt ... endlich, was ist bloß los mit dir in letzter Zeit?« Dorian weiß, dass Vladan ihn wie einen Sohn liebt. Lucian und er waren schon immer die beiden Wilden und Vladan hat hart aber herzlich über sie beide gewacht. Lucian tritt zu Dorian und legt seinen Arm um ihn. »Nicht nur das, du riechst ja komplett nach der Lady, das muss ja ein süßes Vergnügen gewesen sein.« In diesem Moment verändert sich Vladans Gesichtsausdruck. »Das ist nicht dein Ernst!« Nun werden alle aufmerksam. Dorian rüstet sich innerlich, natürlich erkennt Vladan den Geruch, er ist der älteste und erfahrenste Vampir.

»Suchst du einen Nervenkitzel, ist es hier gerade etwas zu langweilig? Du hast nur Blödsinn in Kopf, Dorian! Was soll der Scheiß? Weißt du was passieren kann, wenn die Wulfis herausbekommen, dass du mit einer von ihnen gespielt …« Weiter kommt er nicht, denn Dorian geht auf ihn los. Zu aller Glück hält Lucian ihn noch fest. Vladan sieht ihn an, als hätte er jetzt vollkommen den Verstand verloren. »Rede nie wieder so von ihr, sie ist kein Spielzeug, sie ist meine Gefährtin!« Es ist mucksmäuschenstill in der Burg, keiner sagt ein Wort, sie schauen alle zwischen Calin und Vladan hin und her, die sich böse anstarren.

»Das geht nicht!« Das ist das Einzige, was Vladan dazu sagt, doch Dorian kann und wird in dieser Sache nicht klein beigeben. »Doch, das geht und es ist so!« Nicola mischt sich leise ein. »Er hat sie gezeichnet und sie liebt ihn auch. Ich denke auch, dass die Beiden …« Vladan flucht dazwischen. »Sie ist eine vom Clan! Wenn ich dich nicht gleich töte, tun sie es und sie haben allen Grund dazu. Das geht nicht! Wie konntest du so etwas tun, für die paar Jahre, sie ist ein Mensch!« Dorian wird noch wütender, weil er weiß, dass er recht hat. »Ich erwarte nicht, dass ihr das versteht, ich kann es aber nicht ändern. Wir haben beide dagegen gekämpft. Wenn sie sagt, ich soll sie lassen, tue ich es, ansonsten wird mich niemand von ihr fernhalten!«

Calin sieht verwundert zu Vlad, der neben ihm steht, während er mit Anis telefoniert. »Wieso fragst du das Anis? Du hast doch heute Mittag selber bei uns angerufen und gesagt, dass der Flug Verspätung hat, wir wollten jetzt losfahren!« Anis bestreitet, heute Mittag jemanden angerufen zu haben, er ist fest im Glauben, dass die beiden am Flughafen sind und Saphira und Luna abholen. Calin flucht. »Was ist hier los? Wer hat angerufen, die Stimme war exakt die von Anis. Es wurde bei Vlad und Calin angerufen und vor allem, wenn keiner von ihnen da ist, wer holt dann Saphira und Luna ab?«

Sein Herz rast, er rennt zum Wagen, alle bis auf Cesar folgen ihm. »Ruf alle an, sag ihnen Bescheid, dass sie Saphira und Luna haben!«

Kapitel 14

Saphira und Luna sehen sich unruhig auf dem Flughafen um. Sie warten schon seit zehn Minuten, sie hatten zu Hause niemanden erreicht. Anis scheint weiterhin im Krankenhaus zu sein, sie wissen immer noch nicht wirklich was ihm fehlt. Sie sind nur bei seiner Arbeitsstelle durchgekommen und das auch nur ganz kurz. Aber sie haben die Flugdaten durchgesagt und ihnen wurde versichert, sie würden es an Ovid und Anis weitergeben, aber es kommt niemand. Sie stehen da mit ihren vielen Koffern und sehen zur Eingangshalle, inzwischen ist es hier schon wieder fast leer, es gibt ja nicht viele Flüge, die hier ankommen. Außer ihnen wartet noch eine Frau mit einem kleinen Kind, deren Mann kommt gerade hereingeeilt und entschuldigt sich für die Verspätung. Zwei Frauen unterhalten sich am Geldwechselschalter. Saphira seufzt auf, sie holt sich eine dicke Jacke aus dem Koffer. Ja, sie sind wieder in Barnar, aber auch wenn es nicht gut ist, es fühlt sich richtig an wieder hier zu sein.

»Wie kommen wir jetzt nach Hause?« Saphira kramt in ihrer Tasche, aber sie hat nur wenig Bargeld dabei und das ist natürlich auch noch nicht gewechselt. Sie geht zum Schalter und erhält einen kleinen Betrag zurück. »Damit kommen wir nicht sehr weit, lass uns mal sehen wie die Busverbindungen sind.« Plötzlich spricht sie die Frau, die gerade noch in einer Unterhaltung gesteckt hat, an. »Wohin wollt ihr denn genau? Mit so viel Gepäck ist eine Busfahrt sehr beschwerlich.« Saphira blickt zu der Frau, die sie gerade dezent auf ihr problematisches Vorhaben hingewiesen hat. Sie ist hübsch, sie hat lange rote Haare, was sie sofort an Nicola erinnert. Aber sie trägt sie streng zu einem Zopf nach hinten gebunden. Auffallend sind ihre sehr stark heraustechenden blauen Augen. Sie ist etwas kleiner und ihrem Outfit nach zu urteilen eine Geschäftsfrau.

Komisch, sie ist Saphira auf dem Flug gar nicht aufgefallen, aber sie war mit ihren Gedanken ja auch ganz woanders. »Barnar, wir müssen dahin, oder zu einer Busstation, die in die Nähe fährt.« Luna hat jetzt die Initiative übernommen, sie hat anscheinend nicht vor, allzu viel Zeit hier zu verbringen und will so schnell wie möglich nach Hause. Die Frau lächelt freundlich. »Das liegt bei mir auf dem Weg, ich nehme euch gerne mit.« Saphira sieht unschlüssig zum Ausgang, doch Luna greift schon nach ihren Koffern. »Danke, das wäre wirklich ganz toll.«

Calin rast wie ein Wahnsinniger durch die leeren Straßen. Er beobachtet, dass ihm das Auto mit Radu und den anderen Clan-Mitgliedern folgt. Tolja telefoniert mit Dorian und beschreibt ihnen die Lage, sie sind ebenfalls auf dem Weg. »Vielleicht ist das auch nur ein Zufall, wie sollen die wissen, dass die Beiden im Flugzeug waren, überhaupt weg waren, wie sollten sie den Anruf fälschen? Vielleicht …« Calin unterbricht ihn. »Es gibt heutzutage genug Mittel um Telefone abzuhören, abgesehen von der neuen Technik haben die noch Hexenkraft dazu. Nur weil wir Maurice für ein Untier halten, der in einer Höhle im Wald lebt, heißt das nicht, dass er das tut. Wir wissen nicht, über was für Mittel er verfügt und wie weit seine Macht reicht, keiner weiß das!«

Calin sieht unruhig auf die Straße, er ist wieder zu langsam, er spürt es. Noch größer ist die Gefahr, dass sich einer nicht zurückhalten kann und sich schon jetzt verwandelt. So wütend und besorgt wie sie alle sind, ist es nicht leicht, die Verwandlung aufzuhalten. Besonders Vlad macht ihn nervös, er ist der Jüngste und hat es am wenigsten im Griff. Und wenn er sich nur halb so fühlt wie Calin gerade, könnte er jeden Moment explodieren.

»Sie sind schon knapp hinter uns, der andere Zirkel bewacht weitgehend die Stadt. Gabriel, Felicitas und Raphael sind auch schon auf dem Weg! Calin, atme tief ein, wir finden sie!« Calin folgt Toljas Blick auf seine Hände, die sich fest ans Lenkrad klammern. Er versucht klar zu denken, sie werden da sein. Es wird irgend etwas

Dummes passiert sein und sie stehen da. Sie werden sie nicht verlieren, es darf nicht sein. Calin spürt Tränen in seine Augen steigen. Er atmet tief ein, so wie Tolja es ihm gesagt hat, er muss sich auf die Straße konzentrieren.

Saphira beobachtet die Straße, sie fahren nicht den Weg, den sie sonst immer nach Barnar gefahren sind. Die Frau, die so nett war sie mitzunehmen, kommt nicht von hier und hat gleich gesagt, dass ihr ein anderer Weg zugetragen wurde, der nicht so schwer zu befahren ist, da sie etwas Angst um ihren Mietwagen hat. Doch so richtig kann sie sich darauf nicht konzentrieren, denn die Frau redet ohne Punkt und Komma, seit sie erfahren hat, dass sie auch aus Venezuela stammen nicht nur im Urlaub dort waren. Sie war wohl geschäftlich dort und hat sich in das Land verliebt. Sie beschreibt ihnen ausführlich, was sie sich alles angesehen hat und Saphira nickt höflich, auch wenn sie mit ihren Gedanken ganz woanders ist.

Wie soll sie nur Calin unter die Augen treten, sie schafft es nicht, für ein paar Tage wieder so zu tun, als wäre nichts und dann wieder zu gehen. An ihrem Vorhaben hat sich nichts geändert. Auch wenn jetzt Ruhe sein sollte, nachdem der Kampf nicht stattgefunden hat, wollen sie es dabei belassen und nichts Neues heraufbeschwören.

Luna und Saphira haben aber beschlossen, nicht nach Venezuela zurück zu fliegen sondern gleich woanders hin. Sie beide sind sofort auf den Gedanken gekommen, ihrer Tante in Italien einen Besuch abzustatten. Sie ist die einzige Schwester von Anis und hat einen Italiener geheiratet. Seitdem lebt sie dort in einer kleinen Stadt direkt am Meer und sie waren schon mindestens vier Jahre nicht mehr dort. Das letzte Mal zur Geburt ihrer Tochter und das auch nur kurz mit Anis. Sie ist eine herzensgute Frau und beide haben sich in die kleine Stadt verliebt. Das Anis beizubringen wird sicherlich nicht ganz so schwer sein. Wenn er wieder gesund ist, könnte es sogar sein, dass er mitkommen würde.

»Wir fahren aber schon ziemlich lange, ich habe das Gefühl, wir sind an Barnar vorbei«, holt Luna sie schließlich aus ihren Gedanken. Saphira betrachtet die Umgebung, wo außer dunklem Wald nichts zu sehen ist. »Ich versuche es nochmal, jetzt müsste es mit dem Empfang ja langsam besser klappen.« Sie will ihr Handy aus der Tasche holen, doch die Frau greift ein. »Wieso schlaft ihr nicht etwas?« Saphira sieht sie verwirrt an, nun weiß sie, dass etwas nicht stimmt, doch es ist zu spät. Eine so starke Müdigkeit überkommt sie, dass sie ihre Augen kaum aufhalten kann. »Wer sind sie?« Saphira schafft es gerade noch sich umzudrehen und sieht Luna bereits schlafen, dann fallen auch ihr die Augen zu.

Während sich Davud, Tolja und die anderen Wölfe auf das Gelände verteilen, rennen Calin, Radu und Vlad in die Eingangshalle des Flughafens. Er würde am liebsten losschreien, als er sie leer vorfindet. Sie sind weg, sie haben sie, ist alles, was in seinem Kopf hämmert. Vlad geht es nicht besser, nur Radu behält etwas die Übersicht und geht zu der einzigen Frau, die hier noch aufzufinden ist. Sie schließt gerade den Geldwechselschalter. »Entschuldigen sie, sind ihnen hier vorhin zwei junge Frauen aufgefallen, beide blonde Haare, eine etwas kürzer ...« Die Frau unterbricht ihn. »Na so was, jetzt kommt ihr erst? Sie haben hier vorhin lange gewartet, die armen Dinger. Irgendwann hat sie dann eine nette Dame mitgenommen. So was tut man doch nicht, Frauen warten zu lassen. Die jungen Männer von heute ...«

Sie alle sehen wütend zu der Frau, sie hat natürlich keinen Schimmer, was hier vor sich geht. »Was für eine Frau war das? Könnten sie sie etwas beschreiben?« Vlad sieht sie bittend an. Auch wenn sie nicht so begeistert scheint, antwortet sie leicht genervt. »Eine ganz normale Frau, sie hat sich hier bei mir über einige Wechselkurse erkundigt. Sie war kleiner, sehr höflich und hatte wirklich schöne blaue Augen, also das sage ich sonst ja nie, aber das ist sehr aufgefallen, wie Kristalle! Sie sind mit einem silbernen Jeep weggefahren vor ungefähr zehn Minuten, vielleicht könnt ihr sie noch einholen, auch wenn ich denke, die beiden werden sicher ganz schön sauer sein.«

Calin würde am liebsten alles kurz und klein schlagen, schreien, sich verwandeln und all seine Wut rauslassen, doch er setzt sich auf einen der Wartestühle und legt sein Gesicht in seine Hände. Shanja hat Saphira und Luna. Er hat in dem Moment das Gefühl, sein Herz wird ihm aus der Brust gerissen. Keine Minute später eilen Vladan und Dorian durch die Tür, dicht gefolgt von allen anderen. Vladan will was sagen, doch schließt seinen Mund wieder, als er Calin und Vlad ins Gesicht sieht. Es herrscht einige Sekunden gänzliche Stille, bis das Schluchzen von Nicola alle wachzurütteln scheint.

Calin steht auf, sein Blick geht noch einmal zu der Dame, die ihnen die Auskunft gegeben hat. Nun sieht sie, dass offensichtlich etwas nicht stimmt. Sie starrt geschockt auf die vielen Personen, die jetzt in der Halle stehen. Als Gabriel, Felicitas und diese Hexe Maksude noch eintreten, geht ihnen Calin entgegen, bevor die Frau noch vor Schreck umfällt. Er läuft einfach an allen vorbei hinaus aus dem Gebäude und selbst Vladan macht ihm Platz.

»Okay, sie sind bei ihr ...«, fasst schließlich Gabriel alle Informationen zusammen, die Radu ihm gerade noch mitgeteilt hat. Calin weiß nicht wohin, er weiß nicht, was er als Erstes tun soll, in seinem Kopf herrscht nur Chaos. Nur eine Meldung schrillt in seinem Ohr: Sie haben sie! »Beruhigt euch alle!« Erst jetzt blickt Calin sich das erste Mal richtig um und sieht, dass alle wütend, geschockt und betroffen sind. Doch auch wenn er es für jeden Einzelnen anerkennt und weiß, dass Saphira und Luna ihnen allen viel bedeutet, es nutzt nichts. »Die ganze Zeit planen wir, sind bereit zu kämpfen, bewachen die Stadt und dann schnappen sie sich Saphira und Luna vor unserer Nase!« Calin ist außer sich, Gabriel nähert sich ihm.

»Calin, lass uns jetzt einen kühlen ...« Calin kann nicht mehr. »Wer weiß, was sie jetzt mit ihnen tut? Wie soll ich da einen klaren Kopf haben?«, schreit er Gabriel an. Vladan kommt näher. Als Einziger traut er sich jetzt ganz nah an Calin heran und das ist nicht gut. Dann macht er etwas, was Calin niemals erwartet hätte. Er stellt sich genau vor ihn, sieht ihn mit seinen schwarzen leblosen Augen an und legt seine Hand auf seine Schulter. »Erstens: Alle zurück in die Autos, sie hatte einen silbernen Geländewagen, die gibt es nur in der Hauptstadt zu mieten. Ihr folgt ihnen! Das bedeutet, sie sind in diese Richtung unterwegs. Wir haben also zumindest eine Spur, der wir folgen können. Zweitens: Wir fahren zurück nach Barnar, es wird bald hell und so sind wir dort, falls es zu einem Angriff kommt. Wir müssen mit allem rechnen, also reißt euch zusammen, noch ist nichts verloren!« Nicola nickt. »Jede Minute zählt, solange man sie noch nicht zu den anderen gebracht hat ...« Sie stoppt, sie kann nicht aussprechen was passieren wird, wenn die Beiden in die Hände von Maurice und den Ruhelosen kommen.

»Gabriel hat gesagt, eine von den Beiden ist die Auserwählte?« Vladan nimmt die Hand von Calins Schulter und alle blicken zu der Hexe Maksude, die unbeteiligt am Rand steht. »Wenn eine von ihnen die Auserwählte ist, dann wären sie schön dumm sie umzubringen.« Calin kann sich nicht mehr zurückhalten, doch Gabriel und Vladan halten ihn auf. Über das Gesicht der Hexe breitet sich ein gemeines Lächeln aus. »Kennt ihr etwa die Geschichte der Tochter des Mondes, der Auserwählten Helena nicht?« Gabriel geht einen Schritt näher. »Um ehrlich zu sein, wussten wir fast gar nichts von den Töchtern des Mondes, bevor Saphira und Luna gekommen sind. Ihre Legende ist zu sehr verheimlicht worden.

Also, wenn du etwas weißt, was uns weiterhelfen könnte ...« Maksude seufzt laut aus. »Das liegt daran, dass ihr die alten Bräuche und Geschichten nicht mehr pflegt und schätzt, allein die Hexen wissen das Alte zu schätzen. Wir kennen die Legende der Töchter des Mondes gut, sie haben sich damals sogar an einige von uns gewandt, weil sie den Zauber oder Fluch, je nachdem wie man es auslegt, loswerden wollten, was natürlich nicht geht. Bei solchen Naturgewalten sind selbst der stärksten Hexe die Hände gebunden.« Gabriel nickt. »Okay, und wie kommst du zu der Annahme, dass sie Saphira und Luna nicht töten sollten? Was ist mit dem Blut, dem Geruch? Das lässt sie alles andere vergessen.« Maksude sieht ungerührt in die versammelte Runde.

»Wie es scheint, hat wirklich noch nie jemand von euch etwas von Helena gehört. Sie war die dritte Auserwählte nach Esmeralda. Zu der Zeit wurden schon viele von ihnen getötet. Sie litten unter dem Fluch, der auf ihnen lastet und sie wussten auch von der Existenz der Vampire, die ihre größten Feinde waren. Es passierte öfter, dass regelrechte Raubzüge in die Städte stattfanden, wo Töchter des Mondes lebten. Das war kurz vor der Zeit, als die ersten auswanderten, um sich und ihre Familie zu retten. Die Auserwählte Helena war, wie alle Auserwählten, mit den stärksten Merkmalen einer Tochter des Mondes ausgestattet: Der Schönheit, der Anmut, dem gesegneten Blut. Ihre Familie saß praktisch schon auf gepackten Koffern und war bereit, Rumänien zu verlassen. Es gab damals auch schon Zirkel wie euren, nur ging noch alles nicht so gesittet zu, wie man sich sicherlich denken kann. Einer der ältesten und mächtigsten Vampire zu der Zeit war Damian, der die gesamte Macht über diese Zirkel hatte, seine Herrschaft wurde erst von den Wächtern beendet.« Gabriel nickt. «Ich kann mich erinnern, das war alles andere als einfach!«

Maksude blickt zu ihm. »Er hörte damals von diesen Töchtern des Mondes. Nach einer alten Sage verleiht das Blut einer Auserwählten einem Vampir ungeheure Kräfte. Seine Macht wird noch stärker, und das Blut von ihr lässt ihn nahezu unbesiegbar werden. Das war für Damian natürlich von größtem Interesse. Er selbst hat die Dörfer nach diesen Töchtern des Mondes abgesucht. Es dauerte etwas, aber er hat Helena gefunden, sie ihrer Familie entrissen und in sein Schloss mitgenommen. Was genau da alles geschah weiß keiner, es wird gesagt, dass es reine Qualen waren, für alle. Er hat immer wieder von Helena getrunken, sie aber nie getötet, um noch länger etwas von ihrem Blut zu haben. Auch für ihn sollen es Qualen gewesen sein, weil er dem Blut kaum widerstehen konnte, er ist jedes Mal in einen Rausch verfallen und musste sich unter

Höllenquallen trennen, um sie nicht zu töten. Und er soll sie geliebt haben, gequält und geliebt. Er war fasziniert von ihrer Schönheit, soll sie einfach stundenlang betrachtet und ihren Hass, den sie ihm entgegengebracht hat, genossen haben.

Es muss schrecklich gewesen sein. Helena war eine starke Frau, sie hat das ganze zwei Wochen ausgehalten, dann hat sie sich aus dem Fenster gestürzt, sie hat den Tod diesem Leben vorgezogen. Doch die Sage entsprach der Wahrheit, in der Zeit, wo er sich ausschließlich von Helena genährt hat, wurde er stärker. Seine Kräfte wuchsen. Je größer seine Macht, umso schlimmer seine Gräueltaten. Zum Glück haben die Wächter Einheit geboten.

Ich denke, so wie Gabriel mir alles geschildert hat, wird es ungefähr so gewesen sein, dass dieser ruhelose Vampir auf Saphira gestoßen ist. Sie wird etwas verloren haben, was er dann Maurice gezeigt hat und er, durch den Duft angelockt, den ersten Angriff gestartet hat. Man kann wohl davon ausgehen, dass er zu diesem Zeitpunkt noch nichts mit Shanja zu tun hatte. Erst als er gesehen hat, dass ihr alle zusammenarbeitet, auch mit den Wächtern, wird er gemerkt haben, dass seine Macht alleine nicht ausreicht. Wie er an Shanja herangekommen ist, weiß ich nicht. Bis jetzt ist es niemandem gelungen, ihr Versteck ausfindig zu machen, aber ihm scheint das geglückt zu sein. Nun steht sie tief in seiner Schuld, allerdings wird sie das nicht sehr beeinflussen, ich schätze, ihr geht es eher um die Rache an Gabriel und seiner Familie.

Sie wird, sobald sie erfahren hat, dass es um die Töchter des Mondes geht, Maurice von der Macht erzählt haben, die er erlangen kann und ich denke, jeder weiß genau, wie viel Maurice Macht bedeutet. So entstand der Plan. Ich bin mir ganz sicher, sie haben nie daran gedacht, diesen Angriff durchzuführen. Shanja hat die Hexen gezwungen, Gabriel Bescheid zu sagen. Die Stadt war nur Mittel zum Zweck. Vielleicht haben sie da schon probiert, an Saphira und Luna heranzukommen. Ich kann mir lebhaft vorstellen wie groß ihre Enttäuschung war, als die da schon auf dem Weg nach Venezuela waren. Danach haben sie euch bewacht und gehandelt, als sie erfahren haben, dass sie zurückkommen.«

Alle sehen entsetzt zu ihr. Sie redet, als würde sie gerade eine Einkaufsliste abhaken, aber wenn sie das so erklärt, ist es so offensichtlich. Wenn man allerdings selber in der Situation steckt, ist es schwer so weitreichend zu denken. Vladan findet als Erster seine Worte wieder und sieht mit ernster Miene zu Calin. »Somit besteht noch mehr Hoffnung. Wie es aussieht, hat er nicht vor die Beiden zu töten. Wir müssen sie nur finden. Wir fahren zurück!« Calin nickt und ist schon halb in seinem Auto, doch Gabriel verschafft sich noch einmal Gehör. »Wir folgen euch so schnell wir können.«

Wieder mischt sich Maksude ein. »Ich sollte bei den Wölfen bleiben, sie sind am schnellsten, und ich kann ab einer gewissen Entfernung die Aura von Shanja aufnehmen.« Davud sieht verblüfft zu, wie die Hexe sich an ihm vorbeidrängt und nach vorne zu Calin eilt. Dem ist es alles egal, er will los und sie finden. Jede Minute länger kostet ihn seine Nerven. »Was meinst du mit Aura?« Maksude winkt ab. »Jede Hexe hat eine gewisse Aura, die sie versprüht, manche sagen auch, es ist die Magie, die sie umgibt. Je stärker ihre Macht, umso spürbarer die Aura. Das wäre der erste Vorteil, den sie mit ihrer Macht bewirkt. Menschen spüren sie kaum, ihr schon. Oder wollt ihr mir sagen, dass ihr euch nicht unwohl fühlt, wenn eine Hexe in eurer Nähe ist?« Davud lacht bitter auf und Calin hupt gereizt, dann erst steigen alle ein.

Der einzige Hoffnungsschimmer, an den Calin sich erst einmal klammert, ist, dass sie bis kurz vor der Hauptstadt nur eine gerade Strecke fahren, ohne Abweichungen, ohne Ausfahrten. Erst kurz vor der Hauptstadt kommen die ersten Abzweigungen, doch erst einmal rast Calin die Straße entlang. Er beachtet weder die Hexe neben sich noch einen der Jungs. Er erlaubt es sich nicht, eine Sekunde vom Gedanken abzulassen, seinen Engel zu finden, bevor ihr auch nur ein Haar gekrümmt wird. Er muss an ihren Streit denken und betet zu Gott, dass dies nicht die letzten Worte waren, die sie gewechselt haben.

Sora wartet vor dem Schloss auf der kalten Steintreppe. Ihr steigen die Tränen in die Augen, es kann jeden Moment die Sonne aufgehen und sie hat weder etwas von Dorian, noch von Vlad und den anderen gehört, keiner hat es. Anis ist bei Ovid und nun kommt er nicht mehr drum herum, dass man ihn in alles einweiht. Soviel sie weiß, hat er genau wie Saphira und Luna damals die Geschichte gekannt, ihr aber nie Glauben geschenkt, aber jetzt erfährt er alles. Wie sollen sie sonst erklären, wo seine Töchter sind? Sie ist gegangen, das Gespräch hat gerade erst angefangen, ihre Eltern sind auch dabei. Deswegen ist sie direkt hierher gekommen. Calin, Vlad und die anderen können noch draußen bleiben, der Zirkel muss sich jetzt ein Versteck suchen oder nach Hause kommen.

Sora schließt die Augen, sie hat nie über diese Gefahr nachgedacht, aber jetzt erkennt sie, wie gefährlich das für Dorian ist. Was ist, wenn sie mitten in einem Kampf stecken, während die Sonne aufgeht? Sie würden alle gnadenlos verbrennen. Doch in dem Moment geht das Tor auf und zwei der teuren schwarzen Autos kommen angefahren. Ihr Herz klopft vor Glück, als Dorian aussteigt und zu ihr sieht, kann sie nicht anders. Sie ist so erleichtert ihn zu sehen, dass sie auf ihn zu rennt, direkt in seine Arme. Dorian lacht leise und gibt ihr einen Kuss. Erst da bemerkt sie, dass auch alle anderen ausgestiegen sind. Nicola und Catalina lächeln sie an, die Männer gucken sauer zu ihnen.

»Was ist mit Vlad und den anderen, bringen sie gerade Saphira und Luna nach Hause?« Das muss doch sein, es geht gar nicht anders. Dorians Gesicht wird ernst. Vladan seufzt sauer auf und geht schon ins Haus. »Als hätten wir nicht schon genug Probleme.« Sie beachten ihn gar nicht weiter. Dorian nimmt ihre Hand. »Bleibst du hier? Du weißt, dann kommst du nicht mehr raus.« Sora nickt, ihr ist es alles mittlerweile egal, Hauptsache sie ist bei ihm, ihre Eltern werden sicherlich bei Ovid bleiben. Im Haus geht Vladan gerade die Treppe hinauf. Sora entdeckt, dass noch mehr

Vampire da sind, die sie noch nie gesehen hat. Dorian legt sofort seinen Arm um sie.

»Geht alle schlafen, keiner weiß was noch passiert, und wir brauchen alle Kraft, die wir haben!« Mit diesen Worten geht Vladan zusammen mit Catalina die Treppe hoch. Er scheint es zwar nicht gut zu finden, dass sie da ist, aber er sagt nichts mehr dazu und geht. Vielleicht haben sie auch momentan einfach wirklich zu viele andere Sorgen. Sora fragt noch einmal genau nach, was nun passiert ist. Dorian und Nicola schildern es ihr. Als sie fertig sind, wischt Dorian ihr die Tränen ab und nimmt sie in den Arm. Sie bekommt mit, wie nach und nach alle den Raum verlassen und sich zurückziehen. »Jeder von uns gibt alles, damit wir sie finden. Sora, wir müssen einfach hoffen.« Es tut so gut jemanden zu haben, sonst musste sie mit allen ihren Ängsten und Gedanken alleine sein. Sie kuschelt sich noch enger an ihn und genießt den Halt, den er ihr gibt. »Verlass mich niemals, Dorian, egal was passiert!«, bittet sie ihn leise und er küsst ihren Scheitel. »Ich schwöre es bei meinem Leben!«

Kapitel 15

Der Weg bis zur Hauptstadt ist lang, sie fahren zwei Stunden, für Calin sind es gefühlte Jahre. Es herrscht eisige Stille, den ganzen Weg über. Keiner sagt ein Wort. Er ist sich sicher, sie denken genauso über eine Lösung nach wie er. Erst kurz vor der Hauptstadt kommen die ersten Abzweigungen und Abfahrten. Calin wird schlecht, wie sollen sie sich für einen Weg entscheiden? Er spürt, dass ihm alles aus der Hand gleitet. Doch bevor sie überhaupt die Abfahrten erreichen, fasst Maksude plötzlich ins Steuer und bringt so den Wagen ins Schleudern. Zu ihrem Glück sind sie alleine auf der Fahrbahn, nur das Auto mit Davud und den anderen Wölfen ist hinter ihnen. Davud und Calin halten schlitternd die Autos.

Calin will sie gerade angehen, sobald er den Wagen gehalten hat, doch sie hält die Hand hoch um ihm anzuzeigen, dass er schweigen soll. Vlad greift ein. »Fahr weiter, Calin, wir haben keine Zeit.« Maksude dreht sich zu ihm um und wirft ihm einen bösen Blick zu. »Ich spüre sie, Shanja ist hier in der Nähe, ich spüre ihre Aura. Zwar nur leicht, aber sie ist da!« Alle sehen sich um, hier ist nichts weiter, nirgendwo ist ihr Auto zu sehen. Maksude schließt die Augen. »Wie sicher ist dieses Aura-Ding, kann es nicht sein, dass du die Aura einer anderen Hexe spürst?« Radu zeigt offen seinen Unglauben. Maksude öffnet ihre Augen genervt wieder. »Es ist Shanja und ich spüre sie.«

Calin sieht genauer in den Wald und entdeckt einen kleinen Weg, den man befahren kann, doch Maksude hält ihn erneut auf. »Ihr solltet warten, so ist es noch zu schwach und Shanja wird nicht darauf achten. Aber wenn ich näher komme, wird sie meine Aura auch wahrnehmen und ihr wisst nicht, was euch erwartet. Wenn ihr drauf losstürmt und euch dort Hunderte Ruhelose erwarten, was dann? Ihr solltet euch gedulden, bis die anderen hier sind, erst wenn sie da sind, könnt ihr zuschlagen und das schnell.« Calin wird laut. »Wir können nicht so lange warten, wie stellst du dir das vor? In der Zeit kann schon alles zu spät sein.«

Maksude sieht ihn gereizt an. »Und wenn ihr da jetzt reinstürmt und sich wirklich so viele Ruhelose dort befinden, was habt ihr dann davon? Sie haben euch schneller erledigt als ihr blinzeln könnt und sie verschwinden mit den Beiden, sodass nicht mal der Zirkel noch eingreifen kann. Das kann nicht das sein, was ihr erreichen wollt.« Calin nimmt die Hände vom Lenkrad. Auch wenn ihn das Gefühl umbringt, aber sie hat recht. »Dann können wir uns aber wenigstens so lange einen Überblick verschaffen.« Calin wird garantiert nicht tatenlos im Auto sitzen und auf den Zirkel warten.

Maksude beißt sich leicht auf die Unterlippe, dann hebt sie aufgebend die Hände. »Sie kann euch nicht spüren, wenn ihr Wölfe seid!« Calin sieht die Hexe an, kein Mythenwesen gibt gerne eine Schwäche zu. Mit diesem Geständnis hat sie eine ihrer eigenen Schwächen eingeräumt. Dieses Entgegenkommen, was ihr selber zur Last werden kann, gibt Calin das erste Mal das Gefühl, dass sie vielleicht wirklich auf ihrer Seite steht.

»Okay, dann gehe ich sofort los!« Alle anderen wollen mit aussteigen, doch er weist Vlad an zurückzubleiben. »Es wird mich schon all meine Kraft kosten nicht sofort einzugreifen, ich kann es nicht riskieren, dass du dich nicht zusammenreißen kannst. Bleib hier, sag den Wächtern und dem Zirkel Bescheid, sie sollen so schnell es geht kommen.« Vlad will etwas sagen, hält sich aber zurück. Maksude zeigt ihnen die Richtung, aus der sie die Aura empfängt. Er klärt Davud und die anderen schnell auf und sobald sie die ersten Bäume erreichen, verwandeln sie sich.

Nachdem sie alle in Wolfsgestalt sind, spürt Calin die Gefühle der anderen intensiver. Sie alle machen sich große Sorgen um Saphira und Luna, aber auch um ihn und Vlad. Calin versucht das auszublenden und konzentriert sich auf den Weg. Er versucht die Fährte von Saphira aufzunehmen, doch scheint die Aura für die Hexen sehr weit spürbar zu sein, denn es dauert eine Weile, bis er überhaupt einen Hauch von Saphira bemerkt. Immer wieder sehen alle zu ihm, denn ihnen ist klar, Calin muss sie als Erster erfassen. Sobald er einen Hauch ihres Duftes in der Nase hat, schlägt sein Herz wie wild, er verdoppelt seine Geschwindigkeit, auch wenn das kaum möglich ist.

Genau das hat er jetzt so gebraucht, ein Zeichen von ihr, dass sie sie gefunden haben. Hoffnung wächst und sie alle rasen durch den Wald. Es dauert nicht lange und sie spüren, was für eine gewaltige Kraft sie dort erwartet. Nur ein paar Minuten später sehen sie von einem Hügel hinab auf ein kleines Tal, in dem sich nur Wald und ein kleines heruntergekommenes Schloss befindet. Calins Gefühle spielen verrückt, sie sind hier, Saphira und Luna. Man kann von da oben direkt auf das von Hügeln umgebene Schloss sehen. Sie sind so weit oben, dass man sie von unten nicht erkennen kann. Es ist nur noch eine Ruine von einem Schloss, es besteht aus zwei abgetrennten Bereichen.

Ein Haus und so etwas wie ein riesiger Stall. Da es Tag ist, ist niemand zu sehen. Am Schloss ist trotz seines heruntergekommenen Zustandes jedes Fenster abgedichtet. Calin nickt den anderen zu, das ist Maurice' Versteck und das nicht erst seit ein paar Tagen. So versteckt wie es hier ist, würde es niemand finden. Sie selbst hätten das hier nie entdeckt, wenn Maksude nicht die Aura der anderen Hexe gespürt hätte. Calin blickt zu den Fenstern des Hauptgebäudes. Saphira und Luna sind hier, das spürt er und würde am liebsten sofort losstürmen, doch er muss sich noch zurückhalten. Calin wägt ihre Chancen ab. Würden sie jetzt stürmen, hätten sie den Vorteil des Tageslichtes, doch im Schloss wird es ihnen nichts nützen. Zudem weiß er nicht, wie viele sich im Schloss befinden. Seiner Vermutung nach halten sich die ruhelosen Vampire in dem anderen Gebäude auf, so wie er Maurice einschätzt, ist er im Hauptteil.

Aber was ist, wenn es unterirdische Verbindungswege gibt, sodass diese zu Hilfe eilen können? Er weiß nicht, wo genau sich Saphira und Luna aufhalten, das Risiko, dass ihnen bei dieser Aktion was passiert, ist zu hoch, denn noch scheinen sie wohlauf zu sein.

Auch wenn er sich nicht vorstellen will, was sie alles durchgemacht haben, sind sie am Leben und die ersten schlimmsten Befürchtungen sind nicht eingetroffen. Calin sieht sich alles genau an, jeden Winkel, um gleich einen Plan erstellen zu können, da registriert er plötzlich eine Veränderung. Es ist ganz still, plötzlich hört man so etwas wie einen Schrei, leise und kaum vernehmbar, doch Calin geht er bis in jeden Knochen. Saphira!

Keine Sekunde später wird der Duft ihres Blutes stärker und in diesen Millisekunden ändert sich alles, Calins Angst um sie ist so groß, dass es einsetzt. Das Gefühl, was er schon so oft bei den anderen gespürt hat, was er bei den ersten Treffen mit Saphira so herbeigesehnt hat, wogegen seine Gene angekämpft haben, wird in dieser Sekunde freigesetzt. Petru hatte ihm gesagt, dass dies passieren kann und es dann viel heftiger und intensiver wird als bei den anderen. Aber dieses intensive gerade freigesetzte Gefühl lässt in zurücktaumeln. Alle richten ihren Blick auf ihn und Calin will los. Sie blutet, sie ist verletzt. Radu, Tolja und die neuen Wölfe stürzen sich auf ihn. Davud verwandelt sich blitzschnell zurück, um ihm das Maul zuzuhalten, so dass sein Wimmern kläglich verstummt.

Es braucht fünf Wölfe und Davud, um ihn davon abzuhalten sofort in die Burg zu stürmen. »Verdammt Calin, es hat sich nur leicht verändert, sie blutet nicht stark. Beruhige dich, wenn du jetzt einen klaren Kopf behältst, haben wir eine reelle Chance sie da herauszuholen. Hör doch, alle Vampire haben es sofort gemerkt, spürst du die Unruhe?« Calin konzentriert sich. Und es stimmt, aus dem Schuppen sind Unruhen zu hören. »Sie wollen sie nicht töten, die Ruhelosen sind gar nicht bei ihr, also haben wir noch Zeit, sie halten sie extra fern.« Calin versucht sich zu beruhigen, er atmet tief ein und die anderen lassen langsam von ihm ab.

»Meine Güte, was war das denn? So heftig habe ich es ja noch nie erlebt.« Davud sieht Calin ernst an und klopft ihm dann auf das Fell. »Lass uns zurück, wir planen alles und dann holen wir Vlad und deine Seelenverwandte nach Hause, wo sie hingehören, nur noch etwas Geduld!«

Saphira sieht angewidert zu dem kleinen Gefäß, in das ihr Blut tropft. Die Hexe hat sie nicht von den Handschellen befreit und Luna kauert auf dem anderen Bett. Dicke Tränen fließen aus ihren Augen. Am liebsten würde Saphira sie fest in den Arm nehmen und ihr versichern, dass es nicht so schlimm ist, dass sie aus der Sache heil herauskommen, doch das kann sie nicht. Nicht nur, dass sie an gegenüberstehenden Betten gefesselt sind, sie weiß, sie werden hier nicht wieder heil herauskommen. Noch immer hat sie nicht ganz verstanden was hier passiert, aber sie hat Todesangst. Denn sie spürt sie alle. Auch wenn sie bis jetzt niemanden außer der Frau gesehen hat, die sie hierher verschleppt hat, spürt sie sie.

Sie sind aufgewacht und waren hier im Raum an Betten gekettet mit Handschellen, noch immer kommt sich Saphira dämmerig vor. Bis jetzt kam immer nur wieder die Frau herein, hat ihnen etwas zum Essen hingestellt, kurz nach ihnen gesehen. Sie flehen sie jedes Mal an sie gehen zu lassen, fragen, was genau sie will und vorhat, doch die Frau beachtet sie gar nicht weiter. Saphira und Luna haben sich kaum getraut ein Wort zu wechseln, denn sie hören sie, Vampire und mit aller Wahrscheinlichkeit Ruhelose.

Es müssen viele sein, sie hören sie schreien und nach ihrem Blut flehen. Sie sind in einem Haus mit den ruhelosen Vampiren. In dem Moment weiß Saphira: Egal was ist, sie werden das nicht überleben. Irgendwann wurde es dann laut vor der Tür, die die Frau immer abschließt, sobald sie den Raum verlässt. Ein Mann fing lautstark an zu diskutieren, er wollte zu ihnen, doch die Frau hat ihn nicht durchgelassen. Sie hat mit Engelszungen auf ihn eingeredet, Geduld zu haben. Dass er sich erst an den Geruch und den Geschmack gewöhnen muss. Dass er noch nicht so weit ist und er ihr vertrauen soll. Saphira hat nicht verstanden, was genau sie meinen, doch dann folgten Worte die waren unmissverständlich.

»Wenn die anderen zu unruhig werden oder du es gar nicht mehr aushältst, haben wir die Kleine, um alle ruhig zu stellen. Sie ist ohne Bedeutung, aber bitte habe noch etwas Geduld. Ich bringe dir das erste Blut gleich. Geh in den Raum, den wir extra haben sichern lassen, dass du dort erst einmal nicht herauskommst nach der ersten Einnahme, aber ich garantiere dir, du wirst es danach schon spüren. Sie und Luna haben sich nur angesehen, unfähig, noch einen Ton zu sagen. Sie tragen nur noch ihre Shirts am Körper und ihre Hosen. Schuhe und alles andere haben sie ihnen abgenommen. Sie zittern vor Kälte und vor Angst. Unfähig, etwas zu machen, müssen sie sich dem beugen, was kommt. Jetzt erst wird ihr klar, dass die Frau diese Hexe Shanja sein muss und der Mann Maurice. Und sie fragt sich, wie sie an sie herangekommen sind. Vielleicht fand doch noch ein Angriff statt, sie weiß es nicht. Sie weiß nichts mehr, nur dass sie hier nicht wieder lebendig herauskommen.

Die Frau tritt ein, in der Hand ein Messer, eine Salbe und ein kleines Gefäß. Saphira weicht zurück, soweit wie sie kann, doch sie hat keine Chance zu entkommen, als die Frau ihr einen Schnitt in den Arm macht. Das erste Mal entfährt ihr ein Schrei, das Entsetzen, die Angst weichen aus ihr heraus. Shanja sieht sie böse an und hält das Messer hoch. »Mach es nicht noch schwer, die Männer sind alle ganz gierig, es wäre so schade um die Kleine!« Als sie drohend zu Luna sieht, hört Saphira sofort auf und sieht angewidert zu dem Gefäß, in das ihr Blut hinein tröpfelt. Es wird immer lauter auf dem Anwesen, auf dem sie sich befinden. Saphira weiß, dass es ihres Blutes und des Geruchs wegen ist.

Nachdem das Gefäß zur Hälfte gefüllt ist, schmiert sie ihr die Salbe auf die frische Wunde. Es brennt höllisch, doch es hört sofort auf zu bluten. Bevor Shanja hinausgeht, sieht sie noch einmal grinsend zu den Beiden. »Ich wusste, es ist eine gute Idee die Kleine zu behalten und nicht gleich der Meute vorzuwerfen. So klappt die Zusammenarbeit viel besser!« Sie zwinkert ihnen zu und schließt sie ein.

Saphira sieht den panischen Ausdruck in Lunas Augen. »Ob sie alle in Ordnung sind?« Saphira würde sich so gerne die Tränen wegwischen, doch sie kann es nicht, also versucht sie, Luna so fest es nur geht in die Augen zu sehen. »Ich bin mir sicher, bei ihnen ist alles in Ordnung.« Sie sieht traurig zu dem verriegelten Fenster. »Ich wünschte nur, ich meine, Vlad weiß, wie sehr du ihn liebst. Anis weiß, wie sehr wir ihn lieben, alle wissen, was sie uns bedeuten. Aber Calin ...« Sie muss aufschniefen, so sehr weint sie. »Ich wünschte, er würde wissen, wie sehr ich ihn liebe. Ich habe ihn beim letzten Treffen nur angeschrien, ich habe ihn verlassen. Ich wünschte, er wüsste, wie sehr ich ihn liebe.« Luna sieht sie zuversichtlich an. »Ich bin mir ganz sicher, das weiß er!«

Calin ist es schwergefallen wieder zurückzukehren, doch sie haben keine Wahl, weil sie einen genauen Plan erstellen müssen. Sobald sie das Auto erreichen, will Vlad Einzelheiten wissen, doch Calin hat keine Kraft, ihm das jetzt zu erklären und es so selbst noch einmal vor Augen haben zu müssen. Radu übernimmt das. Kurze Zeit später trifft das Auto mit Gabriel, Felicitas und Raphael ein. Auch sie werden noch einmal genau auf den neuesten Stand gebracht. »Lasst uns genau überlegen wie wir vorgehen. Wir können uns mit Vladan kurzschließen, damit sie Bescheid wissen und wir sofort aufbrechen können, sobald die Sonne untergeht. Sie sind schon unterwegs und müssten dann hier eintreffen.« Alle sehen ihn verwundert an.

»Der Zirkel hat schon länger einen abgedichteten Van. Sie sind dort hinten gut geschützt und können bis zum Sonnenuntergang hier sein.« Calin nickt zufrieden, doch Radu stellt sich zu ihnen. »Wer fährt denn den Van?« Calin folgt den unsicheren Blicken von Felicitas und Gabriel zu Vlad, doch Raphael zuckt die Schultern. »Sie werden es doch eh gleich sehen, es ist Sora. Sie fährt sie her.« Man kann gar nicht so schnell gucken, da steht Vlad bei ihnen. »Wieso zieht ihr meine Schwester da mit rein? Sie soll sicher zu Hause sein!« Gabriel hebt die Arme. »Wir haben niemanden in etwas reingezogen, sie war bei ihnen und hat es selber angeboten.« Calin weiß zwar auch noch nicht so wirklich, worauf das hinausläuft, doch er stellt sich näher zu Vlad. »Wie, sie war dort? Was tut sie dort?« Raphael zuckt die Schultern. »Das musst du sie fragen, und solange erstellen wir einen Plan!«

Calin und die anderen stellen sich um sein Auto herum. Sie zeichnen die ungefähre Lage und Beschaffenheit des Gebietes auf. Vlad steht nur wütend daneben, bis ihn Calin ermahnt, er muss sich jetzt wie alle anderen zusammenreißen, keiner darf sich einen Fehler erlauben. Und wirklich, gerade als die Sonne untergeht, kommt ein großer schwarzer Van angebraust. Calin kann nicht so schnell am Auto sein wie Vlad, der seine Schwester, die das große Auto nur schwer unter Kontrolle hat, sofort angeht. Was sie mit dem Zirkel zu tun hat. Was sie sich denkt hierher zu kommen. Sora sieht ihren Bruder erst erschrocken dann wütend an. »Wir sind hier, um Saphira und Luna zu retten, also krieg dich wieder ein.« Calin geht dazwischen. »Hör jetzt auf, Vlad, wir klären alles andere später, konzentrier dich!« In dem Moment steigt der gesamte Zirkel aus dem Van und Calin kann das Gefühl nicht unterdrücken, dass es gut tut sie zu sehen, für Saphira und Luna.

Vlad wirft seiner Schwester noch einen eisigen Blick zu, dann verschwenden sie keine Zeit mehr. Sie erklären was sie besprochen haben, sie greifen alle gleichzeitig an. Davud, Radu, Tolja, Lucian und Tristan werden mit den anderen Wölfen direkt in den Schuppen hineingehen. Dort werden sie auf die härteste Gegenwehr treffen, deswegen werden sie von Gabriel begleitet. Calin, Vlad, Dorian und Vladan gehen mit Raphael direkt ins Hauptschloss. Die Frauen folgen ihnen und werden sich auf einem direkten Weg zu Saphira und Luna durchschlagen, die Männer werden ihnen den Weg freiräumen. »Sora bleibt im Auto!«

Soweit ist alles klar, doch Vlad mischt sich ein. »Niemals, wenn es nur einem gelingen sollte zu fliehen, sie bleibt bei mir!« Calin sieht zu Sora, er hat recht, sie kann hier nicht zurückbleiben. »Sie bleibt bei uns und hilft uns, Saphira und Luna zu finden, bei uns ist es am ungefährlichsten, wir passen gut auf sie auf. Besser, als wenn sie direkt bei einem Kampf dabei ist«, verschafft sich Nicole

Gehör und Calin nickt. Doch Dorian mischt sich ein. »Sie sollte lieber bei uns bleiben, da ist sie am sichersten!« Vlad funkelt ihn böse an. »Was geht dich meine Schwester an?« Calin reicht es. »Reißt euch endlich zusammen. Sora bleibt bei Nicola und Catalina, los jetzt!«

Es ist ein Bild, was so niemals jemand erwartet hätte, was vor einem halben Jahr noch undenkbar gewesen wäre. Der Clan, der Zirkel und die Wächter ziehen gemeinsam zu ihrem Ziel, so schnell sie können. Und Calin denkt an die Worte, die Gabriel gesagt hat, kurz bevor Saphira und Luna zu ihnen gekommen sind. 'Irgendetwas kommt, irgendetwas wird passieren, und es wird uns alle betreffen.' Nun weiß er, dass er ganz und gar recht hatte. Sie benutzen einen anderen Weg, um von unten an das Schloss zu kommen. Als sie nah genug dran sind, bleiben sie stehen. »Ich weiß nicht, ob Shanja mich schon gespürt hat, vielleicht ist sie auch gerade zu abgelenkt, aber ich werde es jetzt probieren.« Alle sind ganz still. Maksude konzentriert sich stark, man kann in ihrem Gesicht die Kraft sehen, die sie das kostet. Nach einigen Minuten öffnet sie die Augen wieder.

»Sie hat einen guten Schutz um Maurice gelegt, aber einen etwas leichteren um die ruhelosen Vampire, ihren Schutz konnte ich fast komplett abbauen. Das bedeutet, du Raphael kannst ihre Gedanken wieder übernehmen.« Raphael nickt und konzentriert sich ebenfalls, doch dann schüttelt er den Kopf. »Ich kann die Gedanken der Ruhelosen erkennen, die sind aber wie zu erwarten nur davon geprägt, an das Blut heranzukommen. Von hier kann ich sie nicht steuern, aber ich sollte mit in die Scheune gehen, es sind an die 50, mindestens, so kann ich einige von ihnen in den Griff bekommen.« Gabriel stimmt dem zu. Auch Calin denkt, dass dies wohl besser ist. »Ich kann auch Saphiras und Lunas Gedanken lesen, sie sind ... in guter Verfassung.« So wie er es ausdrückt, weiß Calin, dass er ihre Gedanken gelesen hat und es ihnen nicht gut geht, gar nicht gut. Ihm wird heiß, er will los. »Okay, dann lasst uns

Saphira und Luna holen und Maurice ein für alle mal ein Ende setzen!«

Sie rasen los, die Frauen mit Sora etwas weiter hinten, aber das ist so gewollt, da sie erst einmal hinein wollen, um die Situation unter Kontrolle zu bekommen. Sobald sie allerdings auf das Gelände stürmen, gerät alles außer Kontrolle. Natürlich haben die Ruhelosen sie kommen sehen, gehört, gespürt, letztendlich egal, denn plötzlich stürmen sie aus der Scheune. Alle Männer greifen an. Und es sind wirklich viele, Raphael hat sich nicht getäuscht. Calin schnappt sich gleich zwei von ihnen und bemerkt ihre plötzlich nachlassende Kraft. Ohne größere Schwierigkeiten besiegt er sie, sie sind so orientierungslos, dass er leichte Hand hat. Er trennt die Arme und Beine ab und wirft sie auf einen Haufen, der schon langsam anfängt sich zu bilden. Keiner scheint größere Schwierigkeiten zu haben.

Calin bemerkt, wie Raphael in der Mitte steht und alles lenkt. Er ruft Vlad zu sich, Vladan und Dorian folgen ihnen. Sie winken die Frauen heran, die zu Soras Sicherheit noch weiter hinten versteckt geblieben sind. Er wechselt noch einen Blick mit Gabriel, doch der nickt ihm zu, sie haben hier alles unter Kontrolle. Dorian tritt die morsche Tür ein und sie befinden sich mitten in einem dunklen Flur. Doch sie kommen nicht dazu sich weiter umzusehen, denn sie werden sofort von einigen ruhelosen Vampiren angegriffen, die hinter ihnen und auch aus einem Kellergang kommen. Calins Wut hat sich so aufgestaut, dass er sich jeden von ihnen ohne Probleme alleine vornehmen könnte. Hier hängt überall der Duft von Saphira und Luna in der Luft, gemischt mit Angst und Schweiß. Calin wird schlecht.

»Sie sind oben, schnell!«, ruft er Catalina und Nicola zu. Vladan, der gerade einen der Ruhelosen schwer bearbeitet, sieht ihn ernst an. »Geh mit, wir halten sie auf, du weißt nicht, was euch oben noch erwartet.« Calin lässt von dem Vampir ab und zusammen mit den vier Frauen rennt er die Treppe hoch. Noch während sie hocheilen, beginnt Luna zu schreien, was das Blut in seinen Adern gefrieren lässt. Keine Sekunde später ist Vlad neben ihnen, zusammen rennen sie zu dem Raum, aus dem der Schrei kam.

Sie treten auch diese Tür ein und blicken auf Luna. Sie sitzt auf einem Bett, angekettet an dessen Rahmen, und ein ruheloser Vampir, der es bis zu dem Raum geschafft haben muss, stürzt sich auf sie. Noch im Sprung verwandelt sich Vlad und mit zwei Bissen ist der ruhelose Vampir erledigt. Diese Wut und Angst, die sie nun herauslassen können, gibt ihnen die Kraft zu kämpfen, für ihre Leben zu kämpfen, wie noch nie zuvor. Trotzdem hat der Vampir Luna getroffen, denn ihr Hals blutet. Calin zieht sich seinen Pullover aus und presst ihn an ihren Hals, dabei zieht er die zitternde Schwester seines Engels in seine Arme. »Beruhige dich, Luna, wir sind da, alles wird gut. Wo ist Saphira?«

Er sieht sich um, er sieht auf das andere Bett, was voller Blutspritzer ist und an dessen Bettgestell auch Handschellen hängen, doch es ist leer! »Beeilt euch, sie haben sie vor ein paar Minuten geholt, diese Hexe ist gekommen, als der Lärm anfing, schnell Calin, sie sind da entlang.« Ohne eine weitere Sekunde zu verlieren, rennt Calin in die Richtung, in die Luna gezeigt hat. Vlad ist nun da und versucht, Luna von den Handschellen zu befreien.

Calin rennt durch eine Hintertür einen dunklen Gang entlang und durch eine weitere Tür, die in einem morschen, leeren Raum endet. In diesem Raum sind viele Holzbalken schon kaputt. Er kann direkt nach unten sehen, wo er Tristan entdeckt, der sich gerade mit mehreren Ruhelosen anlegt. Er beachtet es nicht weiter, denn am Ende des Ganges steht Maurice und hält Saphira am Arm. Shanja liegt am Boden, offensichtlich hat er ihr Saphira gerade entrissen, als Calin hineingestürmt ist. Alle sehen zu ihm. Saphira beginnt zu schluchzen und will zu ihm, doch Maurice hält sie eisern fest. Man sieht seine Unschlüssigkeit, er blickt zwischen ihrem Hals und Calin hin und her. Calin betrachtet die losen Balken, er wird es nicht schaffen schnell genug da zu sein. Er sieht in Saphiras Gesicht, seinem Engel tief in die Augen. Er muss es wagen, es ist seine einige Chance, also setzt er an und springt.

Wie bei Vlad verwandelt auch er sich im Flug. Ihm ist bewusst, wie gefährlich das wegen Saphira ist, er darf sie nicht treffen, nicht verletzen. Doch in dieser Sekunde kommt von der anderen Tür hinter Maurice Vladan herein und entreißt Saphira dem überraschten Vampir. Calin springt in derselben Sekunde auf ihn und wirft ihn zu Boden. So leicht wie bei den anderen Vampiren ist es nicht, das spürt er sofort. Maurice ist stark und wirft ihn zurück. Calin wäre beinahe abgerutscht und in das Erdgeschoss gefallen, Saphira schreit auf. Vladan schiebt sie zur Seite und stürzt sich ebenfalls auf Maurice. Ganz gleich was geschieht, sie dürfen ihn kein zweites Mal entkommen lassen.

Erst jetzt scheint sich Shanja wieder zu fangen und rappelt sich auf. Im selben Moment spürt Calin einen Schlag, als hätte er direkt in eine Steckdose gefasst und sackt zusammen. Er sieht noch, wie Saphira ebenfalls zu Boden geht und sich den Kopf hält, allein das gibt ihm wieder Kraft. Er schleppt sich zu ihr und stupst mit der Schnauze an ihr schmerzverzerrtes Gesicht. Sie reagiert nicht. Er wendet sich an Shanja, die in diesem Moment Vladan taxiert. Er muss sie stoppen, denn Maurice befreit sich bereits von Vladan, der nun ebenfalls Schmerzen durch Shanja erleidet. Doch was zuerst? Shanja stoppen, Maurice bekämpfen, Saphira schützen? Was auch immer er tut, es wird nicht genug sein.

Als hätten sie es geahnt, kommen plötzlich Vlad, Felicitas, Nicola, Catalina, Maksude und Luna hereingestürmt. Hinter ihnen Dorian und Sora. Augenblicklich löst sich die Spannung im Raum und Vladan stürzt sich erneut auf Maurice. Es passiert nichts, Maksude und Shanja sehen sich nur an, doch man kann ihren Gesichtern entnehmen, dass sie sich gerade einen erbitterten Kampf liefern. Von unten ruft Gabriel etwas, doch Calin stürzt sich auch auf Maurice, der jetzt Vladan heftige Gegenwehr leistet. Im selben Augenblick kommen einige der ruhelosen Vampire über beide Seiten des Raumes zu ihnen und stürzen gierig in die Richtung von Saphira und Luna. Ihr Blut lockt sie. Das war es, wovor Gabriel gerade warnen wollte. Nicola und Catalina rennen über die Balken zu Saphira, während Dorian und Vlad sich schützend vor Sora und Luna stellen.

Calin versucht an einen Arm oder ein Bein von Maurice zu kommen, doch er ist zu schnell. Er windet sich und schlägt zurück, genauso wenig gelingt es Vladan, ihn unter Kontrolle zu bekommen, es muss der Schutz der Hexe sein. Maksude kann dem nicht entgegenwirken, da sie selbst gerade in einen Kampf anderer Art verwickelt ist. Zu ihrem Glück kommt Gabriel. Maurice lässt sich durch sein Erscheinen ablenken, man sieht die Feindschaft, die sich zwischen ihnen aufgebaut hat. Calin nutzt diese Ablenkung und stürzt sich erneut auf ihn, dieses Mal mit Erfolg. Maurice geht zu Boden und Gabriel kommt zu ihnen.

»Ich übernehme ihn, er wird für alles büßen was er getan hat. Ich werde dafür sorgen, dass er es nie wieder tut.« Vladan hievt Maurice auf, zusammen mit Gabriel bringen sie ihn weg. Calin verwandelt sich zurück. Er weiß, sie werden dafür sorgen, dass er nie wieder in der Lage ist, an Saphira und Luna heranzukommen. Er blickt nach unten, dort sind Raphael, Radu und Tristan noch beschäftigt. Lucian und zwei der anderen Wölfe eilen gerade zu ihnen, um die ruhelosen Vampire von ihnen wegzuhalten. Er sieht zu Saphira und sieht Nicola sich zu ihr beugen und ihr gut zureden, während Catalina weiter ruhelose Vampire abwehrt. Alle versuchen, sich gierig ihren Weg zu den Schwestern zu bahnen. Es scheinen immer mehr zu werden.

Calin hilft Catalina, doch es ist nicht mehr so einfach. Er blickt zu Maksude und merkt, dass sie Schwierigkeiten hat, ihr Gesicht ist schmerzerfüllt. Offenbar führt das dazu, dass sich wieder der Schutz um die Ruhelosen legt. Calin kämpft schneller, noch härter. Und trotz der hohen Anzahl der eintreffenden Vampire behalten sie die Oberhand. Alle sind konzentriert und halten die Vampire von Saphira, Luna und Sora fern. Dann passiert es. Es ist nur eine Sekunde, Vlad und Dorian, die unmittelbar vor Sora und Luna stehen, sind beide gerade in einen Kampf verwickelt. Ein ruheloser

Vampir kommt so schnell von hinten angerannt, dass Calin nur eine Linie erkennt. Er will etwas schreien, aber es geht zu schnell.

Er bekommt Luna zu fassen, will zubeißen, geblendet von dem Duft des Blutes. Doch ist es Dorian, der seine Schnelligkeit, die die Vampire den Wölfen gegenüber als Vorteil haben, zunutze macht und sich dazwischen stürzt. Es war haarscharf, um ein Haar hätte der Vampir der zitternden Luna in die Halsschlagader gebissen. Vlad sieht geschockt zu ihr und Dorian, der noch immer schützend vor Sora steht. Calin geht näher zu Saphira, sie müssen sie besser schützen, die Situation ist zu unübersichtlich. Alle haben zu tun, keiner achtet mehr auf Maksude, bis diese schließlich zusammenbricht. Calin sieht sich um, wo ist Shanja? Catalina rennt zu der Hexe und hilft der erschöpften Frau ihren Kopf hochzurichten. »Sie ist zu stark, ihre Macht noch zu groß, ich habe es nicht geschafft, sie ist aus dem Fenster geflüchtet.« Catalina rennt hin, aber sieht anschließend alle entsetzt an. Sie ist weg, Shanja ist entkommen.

Es dauert noch lange, bis wirklich alle ruhelosen Vampire vernichtet sind, doch es fühlt sich gut an. So viele wie Maurice hier gehortet hat, wird sicherlich lange nichts mehr von den ruhelosen Vampiren zu hören sein. Als sie fertig sind, ist es kurz vor Sonnenaufgang. Sie bringen alle Überreste in den Hof und errichten ein riesiges Feuer. Saphira, Luna und Sora sind mit Catalina, Maksude, Felicitas und Nicola im Haus geblieben, sie sollen den Geruch und Gestank nicht direkt mitbekommen. Erst jetzt, als sie in das Feuer schauen und sehen wie all das brennt, was ihnen in den letzten Wochen soviel Kopfschmerzen gemacht hat, kommen auch Vladan und Gabriel heraus. Stolz werfen sie die Überreste von Maurice dazu. Es ist ihnen gelungen, was so viele schon so lange probieren haben, dieses Ungetüm zu Fall zu bringen. Calin sagt ihnen noch nicht, dass Shanja geflohen ist, sie genießen erst einmal dieses Gefühl, es endlich hinter sich zu haben.

Als sie anschließend zurück ins Schloss gehen, wird es langsam knapp, sie hatten noch keine Zeit mit Sahira und Luna zu sprechen, geschweige denn sie in den Arm zu nehmen. Und auch jetzt geht es nicht, denn sie müssen so schnell wie möglich zu den Autos zurück. Sie verwandeln sich, und als Calin sich hinlegt, sodass Saphira auf seinen Rücken steigen kann, tut sie dies ohne zu zögern. Er rennt so schnell er kann, darauf achtend, dass es ihr nicht wehtut. Sie ist schwach und unterkühlt, das spürt er durch sein Fell. Irgendwann kuschelt sie sich eng an ihn. Er hört, dass sie etwas sagen will, doch es kommt nichts und er versteht sie nur zu gut. Sie sind gerade alle sprachlos von dem eben Erlebten, von den Gefühlen, die über sie hereinprasseln. Es war ganz knapp und sehr hart, aber sie haben es geschafft. Es geht etwas langsamer zurück zu den Autos, aber es gelingt ihnen rechtzeitig. Luna und Saphira setzen sich sofort in Calins Auto. Alle verteilen sich, nur Sora geht mit dem Zirkel in Richtung des Vans.

»Sora, wohin?«, schreit Vlad hinter ihr her. Seine Zwillingsschwester dreht sich zu ihrem Bruder um, Tränen laufen ihr über die Wangen, sie sieht ihn flehend an. »Ich bleibe bei ihm!« Vlad sieht verwirrt und sauer zugleich zu ihr, auch Calin versteht nicht, was genau sie damit sagen will. »Du bleibst bei wem? Wir fahren nach Hause, Raphael kann sie fahren, komm endlich!« In dem Moment tritt Dorian hinter Sora und alle spannen sich an. Wenn Calin darüber nachdenkt, hat sich Dorian wirklich anders in letzter Zeit verhalten, aber er hat dem keine Bedeutung geschenkt, was sich jetzt als Fehler herausstellt. In weiser Voraussicht hält er Vlad zurück, der genauso zu verstehen scheint.

»Du Bastard, was hast du mit meiner Schwester gemacht?« Luna und Saphira schreien erschrocken auf, sie sollten nach allem endlich zur Ruhe kommen, aber auch Calin ist sauer. »Was soll das, Vladan? Das verstößt gegen alle ...« Vladan hebt die Hände. »Die Beiden haben das ohne unser Wissen gemacht, wir haben davon auch erst erfahren.« Sora beginnt immer mehr zu weinen, Dorian zieht sie in seine Arme. »Lass sie sofort los, sie hat in deiner Nähe nichts verloren.« Vlad wird immer ungehaltener. »Lass mich los, Calin, ich bringe ihn um, das Feuer brennt doch schon!« Calin kann es ihm nicht verdenken, es aber auch nicht zulassen. Auch die Wächter halten sich zurück. »Wenn du etwas willst, dann komm, das wird aber nichts daran ändern, dass ich deine Schwester über alles liebe und sie mich. Sie ist aus freien Stücken bei mir und meine Gefährtin. Ich werde mein Leben für sie geben, sie ehren und solange sie es nicht selber will, sie nicht mehr gehen lassen!«

Dorian sieht Vlad ebenso drohend an und dieser verwandelt sich. Calin kann es nicht aufhalten, aber als Dorian sich auch bereit macht zum Kampf, stellt sich Sora vor ihn. »Sora geh weg, sonst wirst du verletzt!« Calin versucht die Situation einigermaßen zu beherrschen. Die Anderen spannen sich zwar alle an, aber halten sich zurück. Vlad springt auf sie zu und knurrt, doch Sora geht nicht von Dorian weg, auch wenn er sie beiseite schieben will. Calin bricht es das Herz, das zu sehen, sie weint bitterlich, auch Vladan sieht weg. Er weiß aber, dass Vlad seine Schwester niemals angreifen würde.

»Vlad nein, ich liebe ihn. Tue dem Mann den ich liebe nichts an, bitte!« Letztlich hält Luna ihn auf. Trotz ihrer Verletzungen springt sie aus dem Auto und wirft sich Vlad an den Hals und hält ihn so auf. »Nein Vlad! Sie lieben sich und er ist gut zu ihr, lass sie bitte!« Vlad schnauft auf und bleibt stehen, alle halten den Atem an. Doch dann besinnt er sich wohl, als er seine Schwester so weinen sieht und Luna, die ihn verletzt zurückhalten will. »Er hat mir gerade das Leben gerettet!« Vlad jault gequält auf und verschwindet in Richtung Wald. Calin geht zu Luna, die noch am Boden sitzt und ihm traurig hinterher sieht. »Komm Luna, wir fahren, er kommt auch, da bin ich mir sicher.« Calin weiß es, Vlad wird gar nicht anders können, er wirft noch einen vernichtenden Blick auf Dorian und Sora. »Das war noch nicht das letzte Wort in dieser Sache!«

Als sie vorfahren, stehen schon Anis, Graham, Ovid und Adina vor dem Haus. Sie haben sie alle telefonisch informiert und allen ist die Erleichterung anzusehen. Saphira und Luna sind sofort eingeschlafen und haben bis jetzt die Augen nicht wieder geöffnet. Erst als sie halten, werden die Beiden wach. Anis kommt zum

Auto, Calin hat ein komisches Gefühl. Anis weiß jetzt über alles Bescheid, er kennt seine Reaktion auf die ganze Wahrheit noch nicht. Doch das legt sich schnell, als er seine Töchter umarmt und Calin mit Tränen in den Augen ansieht.

»Danke, danke, dass ihr meine Engel beschützt!« Calin lächelt schwach. »Ich gebe mein Leben für sie!« Anis nickt und begutachtet zusammen mit Graham Lunas Wunden. In selben Moment tritt auch Vlad geknickt aus dem Wald. Bevor er zu Luna eilt, klopft ihm Calin noch auf die Schulter. »Wir klären das noch, jetzt ist nicht die Zeit dafür.« Er weiß, dass Vlad es versteht, als er Luna in seine Arme zieht und an sich drückt, als würde sein Leben davon abhängen. Saphira steht ganz blass und erschöpft bei Anis. Calin hält ihr seine Hand hin. Seine Gefühle sind so anders, so viel intensiver, aber er will sie nicht überfordern. Saphira treten erneut die Tränen in die Augen und sie nimmt seine Hand.

Sie lassen die anderen im Garten, sie werden sich gut um Luna kümmern. Saphira will sicherlich erst einmal baden und sich ausruhen. Sobald sie in ihrem Zimmer sind, geht er ins Bad und lässt das Wasser ein. Er kommt zurück und nimmt sie das erste Mal richtig in den Arm. Sie bricht an seiner Schulter zusammen. Calin will sie halten, stark sein, doch ihm kommen selbst die Tränen. »Ich dachte, ich hätte dich für immer verloren«, flüstert er an ihren Kopf. »Alles, wovor ich Angst hatte, war, dass du nicht weißt, wie sehr ich dich liebe. Ich liebe dich so sehr Calin, ich bin krank geworden ohne dich.«

Saphira sieht ihn an. Calin küsst ihre Tränen weg, küsst ihre weichen Lippen. »Ich weiß es Schatz, aber bitte mach nie wieder so einen Blödsinn, du gehörst zu mir! Bleib bei mir, Saphira, ich verstehe deine Angst und die Absichten, aber lieber sterbe ich im Kampf um dich, als vor Qual ohne dich!« Saphira lächelt und küsst ihn. »Ich kann es gar nicht mehr. Ich kann nicht mehr ohne dich Leben, Calin.« Er schließt die Augen, diese Antwort nimmt ihm alle Ängste. Es kann vor ihm stehen was will, wer will, egal was für eine Macht. Das Einzige, was ihm auf dieser Welt Angst macht, was ihn zerstören kann, ist, Saphira zu verlieren.

   Er küsst sie mit all seiner Liebe. Als er sich trennt, sieht sie ihn aus ihren großen blauen Augen an. »Irgendetwas ist anders.« Calin lächelt. »Es hat eingesetzt, das, was ich schon immer wusste, dass du meine Seelenverwandte bist, hat sich ganz eingestellt.« Saphira beginnt zu strahlen, doch er schüttelt den Kopf. »Das ist unwichtig, war es immer, ich würde alles für dich geben, Saphira. Ich kann nicht und vor allem will ich nicht mehr ohne dich leben, Saphira! Ohne dass es mir ein Gen oder Instinkt sagt, mein Herz sagt es mir!« Sie umfasst sein Gesicht und küsst ihn als Antwort mit so viel Liebe, dass er sicher sein kann, ihr geht es auch so. Alles andere, die letzten Stunden, Wochen, alles tritt in den Hintergrund. Das ist es was zählt und was ab jetzt seinen Herzschlag bestimmen wird. Und er wird dafür kämpfen, dass sich nie wieder etwas diesem Glück, was er jetzt in seinen Armen hält, in den Weg stellt.

Epilog

Saphira lächelt, als sie an diesen Tag, diese Zeit zurückdenkt. Auch wenn sie gerade das Gefühl hat, das alles liegt schon so weit entfernt, hat sich das nicht geändert. Die Liebe zu Calin ist wenn, dann nur noch stärker geworden, jetzt aneinander gebunden, so fest, dass es nie wieder zu lösen ist. Sie betrachtet die Blumen und Geschenke, die ihr Sora gebracht hat, auch mit ihr und Dorian ist es besser geworden. Es hat gedauert und ist noch immer nicht wirklich optimal, aber Saphira denkt, dass es für diese Umstände einen guten Weg verläuft. Es hat lange gedauert, bis Vlad seine Schwester überhaupt wieder angesehen hat. Calin hat – und das nur mit Saphiras ständigem Zureden – irgendwann offiziell erklärt, es werde keine Folgen haben, solange es auf Soras freier Entscheidung beruht.

Er wird bis heute allerdings nicht müde, sie das jedes Mal zu fragen, wenn sie zu Besuch kommt. Sie lebt seitdem beim Zirkel glücklich mit Dorian zusammen. Der Zirkel hat sie voll und ganz akzeptiert, wenngleich sie sehr unter der Abweisung ihrer Familie gelitten hat. Ihre Mutter ist nach einer Ewigkeit des Schweigens den ersten Schritt auf ihre Tochter zugegangen, und jetzt folgen langsam alle. Die Liebe ist letztlich stärker als jede Feindschaft. Selbst wenn noch immer zwischen den Männern des Clans und des Zirkels keine Freundschaft besteht, haben sie diese Ereignisse und der gemeinsame Kampf verändert.

Calin und Vladan haben nun einen gewissen Respekt den anderen gegenüber, trotzdem werden sie sicher nie viel miteinander zu tun haben. Anders ist es mit den Wächtern, Amanda gehört nun praktisch zu ihnen. In den letzten Monaten hat sie sich immer mehr verändert, Raphael tut ihr gut. Auch wenn sie es nicht offen zeigen, wissen alle, dass der dunkle Mann der Halt ist, den Amanda braucht. Calin und sie, wie auch alle anderen des Clans sind deswegen öfter bei den Wächtern zu Besuch. Was sie auch alle trennt, der Zirkel, der Clan, die Wächter, es verbindet sie alle die Gewissheit, dass, sollte so etwas noch einmal passieren, sie alle wieder zusammen dagegen ankämpfen werden.

Saphira sieht auf die kleinen Armbänder, die Nicola ihr in der Nacht gebracht hat. Sie ist mittlerweile eine Ausnahme und geht bei ihr und Calin nachts ein und aus, was dieser Augen verdrehend hinnimmt. Sie haben die Wohnung über der Garage fertiggestellt und sich ein gemütliches Heim geschaffen. Alyssia, die sie vom ersten Moment an tief in ihr Herz geschlossen hat, haben sie zu sich geholt. Sie hängt an Calin und Saphira, und sie geben ihr Bestes, mit ganz viel Liebe all das zu ersetzen, was ihr genommen wurde. Es ist seit dem Tag nichts mehr passiert, kein Angriff, die ruhelosen Vampire schweigen. Trotzdem sind und werden alle immer in Alarmbereitschaft sein. Shanja ist noch da, und Saphira weiß, dass Gabriel zusammen mit Maksude auf der Suche nach ihr ist. Zwar ist es nicht mehr so angespannt, trotz allem sind alle wachsam, besonders, seit die neuen Wunder auf die Welt gekommen sind.

Saphira hat nichts von ihrer Schwangerschaft bemerkt, erst der ständig grinsende Raphael hat sie darauf aufmerksam gemacht. Calin, der eh schon immer sehr vorsichtig ihretwegen war, hat sie in der Zeit der Schwangerschaft manchmal so in den Wahnsinn getrieben, dass sie zum Zirkel oder Luna, Vlad und Anis geflüchtet ist, wo er sie dann besorgt abgeholt hat. Noch mehr hat ihn gestört, dass sie sich keinen Arzt gesucht hat, sondern sich vertrauensvoll in Felicitas' Hände begeben hat. Sie hat den Schritt nie bereut. Felicitas hat mehr Wissen und Geduld, als es jemand anderes hätte haben können und ist bei der Aufgabe jeden Tag mehr aufgeblüht. Alle haben sofort angefangen zu wetten, doch gewonnen hat letztlich keiner.

Nach den alten Sagen ist es genetisch vorgegeben, dass der Rudelführer des Stammes als erstes Kind einen Sohn zeugt, der automatisch der neue Anführer wird und so den Erhalt des Stammes sichert. Bisher ist das immer eingetroffen, genauso ist es genetisch bedingt, dass sie als Auserwählte eine Tochter zur Welt bringt, die die reine Form der Töchter des Mondes weiterführt. Bis zur letzen Minute haben alle gewitzelt und gewettet, wer die stärkeren Gene hat, sogar die Wächter und der Zirkel haben sich beteiligt. Als Felicitas Calin dann seinen Sohn, der seinem Vater wie aus dem Gesicht geschnitten ist, in die Arme gelegt hat, ist er vor Stolz fast zerschmolzen. Es war das reine Glück in seinem Gesicht zu sehen. Als sie ihm fünf Minuten später dann ihre gemeinsame Tochter, die vor Schönheit der Töchter des Mondes nur so strahlt, in die Arme gelegt hat, wäre er beinahe umgekippt.

Saphira muss lachen und schaut in das Kinderbett, in dem Elias und Elena liegen. Sie beugt sich vor und achtet darauf, Alyssia nicht zu wecken, die in Calins und ihrem Bett schläft, weil sie die beiden Engel nicht eine Minute aus den Augen lässt. Elena schläft tief und fest, während Elias versucht, mit aller Kraft seine kleine Faust zu betrachten. Sie streichelt über seine kleinen Finger. Er gluckst zufrieden, als sie ihm einen Kuss gibt. Saphira muss an die Worte ihrer Tante denken, als sie damals im Haus ihrer Oma zusammengebrochen ist. 'Sie soll für ihr Glück kämpfen.' Das hat und wird Saphira weiterhin tun.

Sie als Auserwählte wird bis zum Schluss gegen den Fluch der Töchter des Mondes ankämpfen. Für das Glück ihrer Tochter und allen weiteren Generationen der Töchter des Mondes!

Entdecken Sie die

ergreifende Welt

von

Jaliah J.

www.jaliahj.de